La malédiction de la sorcière

Créatures de l'Autre Monde

Brogan Thomas

TRADUCTION PAR
Sophie Troff pour Literary Queens

TRADUCTION PAR
Maiwen Habchi pour Literary Queens

Ebook ASIN : B0FF4CG373
Livre de poche ISBN : 978-1-915946-67-6
Couverture rigide ISBN : 978-1-915946-68-3

Traduit par Sophie Troff
Traduit par Maiwen Habchi
Conception de la couverture par Melony Paradise of Paradise Cover Design

WWW.BROGANTHOMAS.COM

Pour mon mari

Chapitre Un

Huit ans plus tôt

Je me laisse retomber dans la chaise devant le bureau de la proviseure, attendant qu'un membre de mon coven arrive. Mes mains se tordent nerveusement sur mes genoux. Je grimace lorsque je m'arrache un bout d'ongle du pouce. À chacun de mes gestes, l'odeur de ma défaite m'emplit les narines.

Je pue le toast et le plastique cramés.

Je tire sur la manche de mon blazer calciné. Des taches jaunâtres et brunes maculent ma veste bleu marine ; la chaleur a fait fondre la matière en polyester, et toute la manche gauche est foutue. Adieu au blanc de ma chemise élégante désormais noircie par endroits. Je suis dans un état lamentable. Au moins, je m'en suis sortie sans trop de dégâts. La réactivité de ma professeure m'a sauvée, du moins physiquement. Parce que, psychologiquement, c'est la cata.

La porte du couloir s'ouvre d'un coup, puis elle entre. La porte se referme derrière elle en claquant. Ses pupilles d'un violet identique au mien balaient l'endroit avant de se poser sur moi.

— Mardi, souffle-t-elle, horrifiée.

Un frisson de gêne me parcourt. La secrétaire abandonne sa paperasse et se redresse dans sa chaise.

La femme menue devant nous est une centrale électrique qui écume d'autorité. La meilleure sorcière de sa génération. Elle porte un tailleur gris et a ramené ses cheveux en un chignon strict.

— Salut, maman.

Je baisse les yeux vers mes genoux et enroule mes bras autour de moi. J'ai l'impression d'avoir dix ans.

— Tu vas bien ? On t'a soignée ?

Elle se penche et ses mains flottent devant moi, avant de finalement caler une mèche violette de cheveux brûlés derrière mon oreille.

— Pour tes cheveux, je peux arranger ça, suggère-t-elle en me caressant la tête.

Elle plonge sa main dans son énorme sac à main marron contenant mille et une potions.

— Madame Larson ? La proviseure est prête à vous recevoir, intervient la secrétaire en s'adressant à nous et en me lançant un sourire de compassion.

Sa bienveillance me met mal à l'aise. En fait, la bienveillance en général me met mal à l'aise.

Pauvre, pauvre Mardi...

Ce n'est pas tant leurs paroles, mais leurs regards. La

pitié. Au fil des jours, c'est de pire en pire. Une pitié muette piètrement enrobée dans un nuage de déception. Un mélange qui s'infiltre dans mes pores, me torture les méninges et se dépose sur mon âme pour la souiller.

Je ne serai jamais à la hauteur.

Il ne faut pas non plus compter sur la communauté de sorcières pour me chasser. Non, elles m'*aiment*. D'un amour et d'une compassion sans borne. Tout ce truc de « notre amour te guérira » est à gerber. Ça me fait péter les plombs.

Je les déteste à cause de leur gentillesse, ce qui fait de moi une vraie connasse. Est-ce si mal d'espérer que pour une fois, on soit en colère après moi ? Je me sens capable d'encaisser la colère plutôt que la lueur de pitié dans leurs yeux lorsqu'elles me regardent. *Ah ! dit la petite protégée qui n'a encore rien vécu*, se moque ma petite voix intérieure.

Ta mère, elle, n'a pas pitié de toi.

Non, en effet. Derrière les portes closes et loin des regards indiscrets, elle me hait.

Je me lève, fuyant presque cette pensée, et arrive à la porte du bureau avant elle. Je veux en finir. Mes phalanges toquent contre le verre et lorsque j'entends la réponse étouffée, j'ouvre la porte et passe la tête par l'embrasure.

La proviseure est assise derrière un grand bureau en bois massif. Lorsqu'elle me voit, ses yeux marron se plissent, trahissant son inquiétude, alors qu'elle se lève de son siège.

— Oh ma pauvre... Alors le code couleur des ingrédients n'a pas fonctionné.

Elle salue ma mère d'un signe de tête et lui tend la main.

— Carol.

Une étincelle de magie pourpre jaillit de son index,

entrant en contact avec celle de ma mère. L'équivalent d'une poignée de main dans le monde des sorcières.

Encore une chose sur la liste interminable des trucs que je ne sais pas faire. Je cache ma main dans mon dos, ne sachant trop où me mettre.

— Je vous en prie, assoyez-vous, nous invite-t-elle.

Une fois que nous avons pris place, la proviseure regagne son fauteuil. Elle croise les mains sur le bureau et m'étudie, le regard suintant la tristesse.

— Mardi ne devrait pas pratiquer de magie dangereuse, commence ma mère, remontée. Pourquoi lui faites-vous jeter des sorts aussi compliqués ? Elle aurait véritablement pu se blesser...

— Ce n'était pas une potion d'insonorisation instantanée.

Ma mère déchante et se frotte le visage, embarrassée.

— Ah.

— Il était impossible de prévoir ce qui allait se passer. C'est sans précédent.

Elle adresse à ma mère un regard lourd de sens avant qu'elles se mettent à me détailler toutes les deux.

— Il me semble qu'on peut s'accorder pour dire que la magilexie de Mardi est trop importante pour un sortilège. Et cela ne me réjouit pas de vous annoncer que l'attention particulière que requiert son instruction commence à poser problème. Carol, c'est injuste pour les autres élèves de la classe.

Elles parlent de moi comme si je n'étais pas là. Peu importe ce que je pense, ce que je ressens. Mes mains s'emparent de mes manches, s'acharnant sur un coin brûlé de ma veste pendant que mes pensées engloutissent leurs voix.

Magilexie.

Je lève les yeux au plafond. Je prends énormément sur moi pour ne pas lever les mains au ciel avec exaspération. Pour elles, on en revient toujours à mon cerveau. Non, cela ne peut pas être ma magie merdique. Elles sont convaincues que je rencontre des difficultés cognitives. Leur esprit étriqué de sorcière n'arrive pas à concevoir le fait qu'une *Larson* n'ait pas de grands pouvoirs, que je sois un flop magique.

Non, c'est forcément mes cellules grises le problème.

Ras-le-bol de ce cirque. Ras-le-bol du sempiternel « allez, Mardi, un petit effort » suivi du mielleux « on croit en toi, Mardi ».

Si j'essaie encore, ma tête va exploser comme une bombonne de gaz. J'aimerais qu'elles me foutent toutes la paix.

Aujourd'hui a encore prouvé à quel point je suis inutile. Malgré toute l'aide du monde, je demeure incapable de réaliser un petit sortilège de rien du tout. Je frotte mon visage crasseux. Merde, la moitié de mes cils est partie en cendres... Qui a déjà vu une potion aussi inoffensive exploser ? Je suis maudite, putain.

Je m'enfonce dans ma chaise et fixe la cour de l'école à travers la fenêtre. *J'aimerais rentrer et me doucher. J'arrive pas à croire que je sois assise là, baignant littéralement dans ma honte.* Mon genou gauche s'agite, et j'attrape ma cuisse pour stopper ce tic nerveux. *J'aurais souhaité ne jamais remettre les pieds ici.* Je déteste cette école.

Un bout carbonisé de ma veste s'effrite entre mes doigts et virevolte jusqu'au sol. Quelle ado de seize ans peut épingler le moment exact où sa vie s'est détériorée ? Moi. Tout allait bien jusqu'à mes onze ans. J'ai dû passer les examens d'entrée pour cette école de mes deux. Ouais, ça s'est bien passé.

Pendant longtemps j'ai dissimulé mon retard. Pratiquer la magie est compliqué. Elle n'est pas aussi innée chez moi que chez mes sœurs, ce qui m'échappe. Je ne pige pas le truc. La manière dont les autres décrivent leur pouvoir ne me parle pas, je ne ressens pas la même chose.

Quand j'étais enfant, je masquais mes difficultés comme une pro. Je faisais profil bas, et personne ne les remarquait. En y repensant, j'ignore comment j'ai tenu aussi longtemps. Cela a dû être épuisant. J'ai trouvé des subterfuges. Un nouveau sortilège basique à rendre à l'école ? Disons que j'en ai *emprunté* un de niveau avancé à la maison, qui était bourré de potions. Changer au dernier moment était facile. Et bam ! En moins de deux, mes sorts atteignaient la perfection. Un sourire amer s'invite sur mon visage.

Ce n'est arrivé que quelques fois. Je ne voyais pas ça comme de la malhonnêteté. Pas vraiment. Je voulais seulement être normale. C'était une réaction instinctive de gamine. Mais la déception de ma mère et les moqueries de mes camarades étaient les pires choses imaginables.

Du moins, c'est ce que je pensais.

Je fronce les sourcils et me frotte la poitrine. Mon coven a été horrifié d'apprendre que je leur cachais mes problèmes.

J'ai fait pleurer ma mère.

Ils ont investi de l'argent et engagé un professeur spécialisé. Cependant, mon pouvoir était trop faible, trop bancal, trop merdique pour jouer le jeu.

Les premières années ont été difficiles. Et les dégâts ont

eu lieu sous les yeux de mon coven. Je suis passée de la gamine normale à l'enfant qui a besoin de cours particuliers.

Pire, je suis devenue une voleuse et une menteuse.

Une larme force ma volonté et coule sur ma joue. Je la sèche discrètement.

Je déglutis en prenant une grande inspiration. La puanteur de mon uniforme carbonisé m'irrite la trachée, je me racle un peu la gorge pour ne pas tousser. En quoi est-ce important que ma magie soit nulle ? En quoi cela entrave-t-il l'ordre des choses ? Pourtant, chaque échec devient plus dur à avaler. Chaque jour entame l'espoir, celui que j'ai en moi.

Je déteste ça.

Ça m'horripile.

Pas un jour ne passe sans que je regrette de ne pas être humaine.

Toutes ces attentes de sorcières empilées sur ma poitrine m'empêchent de respirer.

Comme si je n'entendais pas les chuchotements : *Elle est née pour faire de grandes choses. Qu'est-ce qui a bien pu se passer ?* Ouais, je suis nase. J'ai compris, merci.

— On ne peut pas la changer de classe. On peut éventuellement essayer les portails la prochaine fois.

Aussitôt, je relève le visage et recentre mon attention sur la conversation. Ma mère soupire et se penche en avant en faisant courir ses doigts à travers sa chevelure blonde.

— Arrêtez, soufflé-je, comme si un démon s'était emparé de ma voix. Arrêtez ça. Je n'en peux plus.

Ma lèvre inférieure se met à trembler et je la mords violemment.

Ma mère tourne vers moi un regard méprisant.

— Mardi, tu n'as pas intérêt à...

— Stop ! hurlé-je.

Le mot ricoche contre les parois du bureau et je lève les mains au ciel, au comble de la frustration. Tout mon corps est agité de tremblements.

— C'est comme si vous demandiez à un poisson de grimper à un arbre. Je n'y arrive pas. Je suis un poisson, pas un... putain de chimpanzé !

Je plaque ma paume sur ma bouche avec l'envie de ravaler ce que je viens de dire.

Oh merde.

Le silence s'installe et envahit l'espace. Elles me fixent, abasourdies. La proviseure secoue la tête, puis referme la bouche. Ma mère déglutit, le visage cramoisi.

— Mardi Ann Larson, je te laverai la bouche à la potion si je te reprends à parler mal, me menace-t-elle. Pardonnez-moi, proviseure, ma fille a été élevée mieux que ça, se justifie-t-elle en me fusillant du regard.

Ne comprend-elle pas à quel point je me sens frustrée ?

— Je ne veux plus faire ça, et je ne le ferai plus, m'obstiné-je en secouant la tête. Je suis désolée de vous décevoir...

La chaise racle le sol alors que je m'écarte du bureau et me mets debout.

— ... j'en ai ma claque. J'abandonne.

Mes bras retombent le long de mon corps. La douleur me brûle la gorge et la poitrine. Je croule sous le poids de la sorcière qu'elles veulent que je sois, j'étouffe.

— Je suis un poisson, murmuré-je en m'éloignant.

— Mardi, qu'est-ce que tu racontes ?

Les beaux traits de ma mère sont barrés par la confusion. Elle se tourne vers la proviseure, espérant qu'elle puisse lui servir d'interprète.

— *Tout le monde est un génie. Mais si vous jugez un poisson à sa capacité de grimper à un arbre, il vivra toute sa vie en croyant qu'il est stupide.* Albert Einstein, coassé-je, alors que ma vision se brouille.

Je cligne des yeux pour chasser les larmes, mais une goutte glisse le long de mon nez pour finir sur mon tee-shirt crado.

— Maman, je ne peux pas être ton singe de laboratoire. Je suis à bout. Je ne suis pas... assez bien. Ni assez forte, avoué-je, la voix enrouée, en dépit de la boule dans ma gorge. Je ne suis pas une sorcière.

Sur cette déclaration ferme, je tourne les talons. Et avec autant de dignité que possible, je m'en vais.

Chapitre Deux

Merde. Adios la sortie théâtrale. Je suis coincée ici, à attendre que ma mère finisse l'entretien dans le bureau. Trop stressée pour m'asseoir, je reste debout dans un coin près de la fenêtre, dos à la pièce et au sourire niais de la secrétaire.

Dehors, c'est un beau jour d'hiver : froid, mais sous un ciel bleu éclatant. Mon regard est attiré par un rouge-gorge posé sur un poteau de clôture. Le poitrail rouge gonflé avec fierté, il monte la garde sur son territoire. Une brise légère lui ébouriffe les plumes.

Vu mon état, il devrait pleuvoir, non ? Je renifle et m'essuie le nez du revers de la manche. Le tissu brûlé me griffe la peau.

J'ai traîné cette culpabilité si longtemps. C'est la première fois que je proteste, la première fois que je m'impose. Je ravale ma salive en repensant à l'expression de ma mère. Les adultes n'aiment pas qu'on leur dise non, surtout les parents.

Je pose mon front contre la vitre froide. Il fallait que je parle. Je ne peux pas continuer comme ça. Je ne peux plus enchaîner les échecs spectaculaires. Et mon estime de moi, alors ?

Tout le monde semble oublier qu'il s'agit de ma vie, et que je dois la vivre à ma façon. J'ai seize ans, ils ne vont pas me laisser abandonner mes études. Je ne suis pas naïve à ce point. Mais tout est fait ici pour que je me plante. Ce chemin qu'ils veulent me forcer à suivre... ce n'est pas le mien. Je le sais au fond de mon cœur. Je le sens.

Chaque fois que je tente un sort, une rune, une incantation, j'ai l'impression de marcher sur une corde raide glissante, avec des chaussures merdiques, sans filet de sécurité. Paf. Je m'écrase chaque fois.

Ils réduisent ma confiance à néant à force de vouloir me façonner à leur image. Alors juste une fois, j'avais besoin d'être honnête avec moi-même, avec eux. Même si c'est voué à l'échec, même s'ils m'ignorent. *Seigneur, n'ignorez pas ma supplique.*

Je pourrais plonger la tête dans les toilettes, l'effet serait le même.

Je me noie.

Le destin veut forcément que je fasse autre chose — un truc dans mes cordes. Un truc où je serais enfin douée. Juste un, même tout petit. Ma vie ne peut pas être une éternelle déception, une mise à l'écart permanente. Je veux croire que quelque chose d'autre m'attend. Un but.

Ce n'est pas abandonner si c'est pour faire quelque chose de mieux.

Pas vrai ?

Je soupire et ferme les yeux.

Dix minutes plus tard, la porte du bureau s'ouvre dans mon dos et ma mère en sort. Le duvet sur mes bras se hérisse sous la vague de colère qu'elle dégage. Ses talons claquent en approchant, menaçants.

Oh non. Je rentre la tête dans les épaules et me tasse contre la vitre. Impossible de lui échapper. Je rassemble ce qu'il me reste de courage et me retourne pour faire face à son regard perçant. Ses yeux violets flamboient de rage.

— Tu es dispensée du reste de la journée, gronde-t-elle avant de repartir d'un pas rageur. Allez, viens.

Je hoche la tête et comme une fillette docile, les yeux rivés au sol, je me dépêche de la suivre en dehors du bâtiment jusqu'à la voiture.

Pendant le trajet silencieux, je me recroqueville sur mon siège, les bras serrés autour de moi. Soudain, je comprends mieux l'expression « une atmosphère à couper au couteau ». Ma mère est furax.

— Monte dans ta chambre, lâche-t-elle d'un ton cinglant en arrivant à la maison.

Je file à l'étage sans moufter.

J'arrache mon uniforme cramé et le balance dans la poubelle, puis je fonce sous la douche.

Plus tard, quand mon père rentre du travail, je suis assise sur les marches et j'écoute mes parents se disputer à voix basse à mon sujet, en triturant une mèche de cheveux brûlée. Je ne comprends pas pourquoi ils n'utilisent pas une potion d'intimité. Peut-être qu'ils s'en foutent. Après vingt bonnes minutes de débat enflammé, on m'appelle en bas. Chaque marche semble me rapprocher du peloton d'exécution.

Quand je jette un œil dans la pièce, mon estomac se tord. Vu son langage corporel, ma mère est toujours aussi remontée contre moi. Visiblement, elle n'a rien compris à ce que j'ai dit tout à l'heure.

— Matthew, dis à ta fille qu'elle n'abandonnera pas l'école, lâche-t-elle à peine ai-je mis un pied dans notre cuisine jaune vif.

La main tremblante, je prends une inspiration pour me donner du courage, tire une chaise et m'assois à table. Le stress commence à me filer un mal de crâne.

Je m'éclaircis la voix.

— Je n'ai jamais dit ça, maman. Je sais très bien que je ne peux pas arrêter l'école. Je demande simplement à ne plus assister aux cours de magie pratique. C'est mieux pour tout le monde et pour la sécurité des autres élèves.

— Donc tu as décidé de ton propre chef que tu ne voulais plus suivre les cours de magie. Explique à ton père que dans la grande sagesse de tes seize ans, tu as aussi décidé que tu n'étais plus une sorcière.

Je pince les lèvres et me retiens sagement de répondre.

— Ne plus être une sorcière ! s'esclaffe-t-elle. A-t-on déjà entendu une ânerie pareille ? As-tu fait exploser cette potion exprès ?

Je tressaille. Les yeux ronds, je secoue la tête.

— Non, maman. Absolument pas.

— Qu'est-ce que tu as contre les sorcières ? s'offusque-t-elle. Qu'est-ce que tu vas nous sortir ensuite ? Que tu veux devenir vampire ?

Elle lève les bras au ciel, exaspérée.

— Tes sœurs, elles, sont remarquables. Incroyables. Si seulement tu faisais un peu plus d'efforts...

— Carol, l'interrompt doucement mon père. Tu es injuste. Tu sais qu'elle ne l'a pas fait exprès.

Il me regarde avec un air triste alors que je me ratatine sur ma chaise.

Ma mère renifle et se frotte le visage.

— Ah bon ? Elle a déjà menti avant. On en a parlé, Matthew. Elle ne quittera pas cette école. Elle n'a pas son mot à dire. Et qu'en penserait la communauté, hein ?

Ses yeux se révulsent à cette idée.

J'emmerde ces fichues sorcières.

Cette fois, je ne dis rien. Inutile de m'énerver, leur décision est prise.

Une frustration familière me brûle la poitrine, me serre le cœur et me donne le vertige. J'ai envie de hurler, de me rouler par terre comme une gamine de trois ans et de pleurer toutes les larmes de mon corps.

— Non. C'est hors de question. Hors. De. Question. Mardi, je suis ta mère. Je sais ce qui est le mieux pour toi. Un jour, tu me remercieras.

J'en doute.

Allez, nunuche, dis quelque chose. Je change d'approche.

— Si tu veux continuer à payer mes études pendant encore quatre ans pour que je n'apprenne rien, c'est ton choix.

Papa et moi sursautons quand sa main s'abat violemment sur la table et qu'elle grogne comme si une métamorphe sommeillait en elle.

— Tu es une sorcière. Tu recevras une éducation de sorcière.

La violence qui émane de son être me donne envie de ravaler mes paroles, de les aspirer et de les dissoudre sur ma langue.

— Je ne peux pas parler avec elle quand elle est comme ça, s'emporte-t-elle.

Sa chaise crisse sur le carrelage. Elle se lève, se met à ouvrir et refermer les placards avec fracas.

Normalement, j'irais l'aider à mettre la table. Mais pas aujourd'hui. Pas avec l'orage qui gronde en elle. J'ai envie de me rouler en boule pour me préparer à encaisser. Oh, ma mère ne m'a jamais frappée ; son arme de prédilection, ce sont les mots.

Elle pose brutalement les assiettes devant moi sur la table.

— Aucune de mes filles n'abandonnera.

Je me rapetisse encore plus. Mon père grimace mais ne dit rien. Il ne la contredit pas quand elle est dans cet état. Mais quand elle tourne le dos, il se penche discrètement vers moi et trace une rune sur ma main. Une sensation étrange me picote les paupières.

— Pour faire repousser tes cheveux et tes cils, murmure-t-il.

— Merci, papa, marmonné-je.

La magie arrange tout, pas vrai ? L'amertume enfle en moi comme un nuage d'orage. Je redresse les épaules et lève le menton.

— Donc, je dois continuer à aller à l'école et à apprendre

des sortilèges que je suis incapable de réaliser. D'accord...,
fais-je en hochant la tête.

Oh merde, j'en ai ma claque. Je n'ai jamais su la
boucler.

— Et si je refuse d'effectuer les exercices pratiques, il se
passe quoi, maman ?

Elle interrompt net son découpage agressif de carottes
et pointe le couteau vers moi. Je me tasse encore plus dans
mon siège.

— C'est toi qui vois, Mardi. Si tu n'essaies pas, tu
échoueras. Et je ne te le pardonnerai jamais.

Alors j'échouerai.

Les deux prochaines années vont être longues.

Heureusement, les sorcières deviennent majeures à dix-
huit ans. Dès que ce jour arrive, je me casse. Et l'indépen-
dance nécessite de l'argent. Ce week-end, je me trouve un
job à temps partiel.

Va te faire foutre, maman.

— Et autre chose, ma fille : ton langage grossier.

Euh, elle lit dans mes pensées ou quoi ?

— Matthew, elle a dit le mot *put*...ride. À la directrice.
Un horrible gros mot. Je n'ai jamais eu aussi honte de
ma vie.

— Je ne l'ai pas insultée. Enfin, pas vraiment, dis-je en
me frottant la bouche. Pardon, j'étais énervée. Je ne voulais
pas te faire honte.

— Énervée ?

Ma mère souffle bruyamment et jette son couteau sur la
planche à découper avant de fondre sur moi.

— *Tu* étais énervée ? Et moi, alors ? vitupère-t-elle en
plantant son index dans sa poitrine. Moi, je suis énervée !

Toi, tu ne sais même pas ce que ça veut dire ! Mais je vais te donner une vraie raison de l'être.

Elle plonge la main dans sa poche et en sort un petit flacon qu'elle pose violemment sur la table. Du bout de l'index, elle le pousse vers moi.

— Pendant que j'attendais ton père, j'ai préparé ça rien que pour toi. Bois.

Préparé avec amour, maman ?

Le liquide violet ondule doucement dans le flacon. Violet, c'est… Je feuillette mentalement le manuel des potions. Contrôle mental ? Blocage ? Merde. Violet, ce n'est jamais bon.

— C'est un anti-blasphématoire. Je t'avais dit que j'allais te laver la bouche avec une potion. Eh bien, voilà, dit-elle avec un sourire triomphant.

Horrifiée, je me tourne vers mon père.

— Papa ? je le supplie.

Il hausse les épaules.

Super. Merci, Papa.

Je secoue la tête. Non, c'est pas possible. Jamais de la vie. Je ne pensais pas qu'elle irait jusque-là…

Elle nous a toujours menacées, mes sœurs et moi. Mais ce n'étaient que des paroles en l'air. Des menaces creuses.

Oui, je jure souvent. C'est un truc du Nord. Ici, dans le Lancashire, on utilise les gros mots comme des virgules. Mais je n'ai jamais juré devant quelqu'un d'important. Pas avant aujourd'hui. Je ne suis pas une sauvage non plus. Je comprends qu'elle soit furieuse, mais me bâillonner par un sortilège ? Elle a carrément pété les plombs.

Maman tapote ses ongles sur la table avec impatience et son regard me fait trembler les mains. *On dirait que j'ai pas le choix.* Je ne perds pas mon temps à implorer mon père une seconde fois. Il ne lèvera pas le petit doigt.

Je saisis le flacon.

— Combien de temps dure l'effet ? murmuré-je, la gorge sèche.

— Quelques semaines. Au moins jusqu'aux célébrations du solstice d'hiver. Je ne te fais pas confiance pour bien te tenir. Le travail de ton père au sein de la guilde des chasseurs est bien plus important que toi, ta bouche de charretière et tes crises ridicules.

Crises ridicules ? Waouh. Sympa.

Ai-je exagéré à ce point à l'école ? Non, je ne crois pas.

Merde, j'aurais dû la fermer. Garder la tête baissée, étouffer mes peurs et attendre que les adultes règlent le problème à ma place.

Je me suis sentie coupable si longtemps d'avoir caché mes difficultés avec la magie. Mais maintenant, je vois clair : la moi d'avant était plus futée, la petite Mardi qui gardait tout pour elle. Parce qu'au fond, maman ne se soucie que de sa réputation. Elle se moque bien que, chaque jour, je meurs un peu plus de l'intérieur.

— Je ne le répéterai pas. Bois la potion.

Je regarde ma mère, puis mon père. C'est officiel, mes deux parents viennent de trahir ma confiance d'une façon irréparable. Je me fais une promesse à cet instant précis : je ne leur demanderai plus jamais d'aide.

C'est fini.

La fiole est tiède, chauffée par la poche de ma mère. Je la fais rouler entre mes doigts, puis dans un soupir résigné, j'enfonce mon pouce sous le bouchon. Il saute avec un léger pop. Sans un mot, je porte le flacon à mes lèvres et avale.

J'ai un haut-le-cœur quand le liquide coule sur ma langue. C'est immonde. Les potions n'ont pas besoin d'être infectes. Ma mère l'a fait exprès. Je m'essuie la bouche du dos de la main. Elle a pris le temps de la rendre encore plus dégueu.

Préparé avec haine, hein, maman ?

L'effet ne durera que deux semaines. Ça va le faire.

Chapitre Trois

Huit ans plus tard

Un vent de magie me hérisse la nuque. La barrière qui protège l'immeuble tombe ensuite de façon spectaculaire. Quelques secondes plus tard, la porte du hall d'entrée est enfoncée avec fracas.

Je me redresse aussitôt, faisant voler les miettes collées à mon pyjama.

— Oh bonne mère, lâché-je au lieu du « bordel de merde » qui m'est initialement venu à l'esprit.

On remercie maman pour ça. Deux semaines, mon cul. Cela fait huit ans et je ne suis toujours pas capable de prononcer un seul gros mot.

Dans ma tête, ça sonne bien, mais dès que ma bouche s'ouvre, le joli langage de charretier devient une torture.

Une source effervescente de honte qui mousse au bord de mes lèvres sans jamais les franchir. Ce tic de langage fait de moi quelqu'un de bizarre en la présence de qui on s'excuse de jurer. Oui, les gens s'excusent auprès de moi, comme si j'étais une bonne sœur.

Pour être honnête, je passe pour la fliquette de la politesse.

Comment expliquer que ma mère m'a jeté un sort ? Que le sortilège est si puissant et ma magie si faible qu'il est impossible de le briser ?

En tout cas, moi je n'y arrive pas.

Et il est hors de question que je me lance dans l'explication capillotractée du drame de mon coven. Ah, et j'ai un rire sympatoche aussi qui me donne envie de m'étrangler. Un petit rire faux, accompagné d'un geste de la main bizarre telle la reine d'Angleterre repoussant les jurons avec grâce et offrant l'absolution à ses sujets. En gros, j'ai l'air d'une conne.

Une miette accrochée à mon haut de pyjama capte mon attention. Quelle plaie. Sans réfléchir, je fredonne la pub du jeu Hippos Gloutons, puis aspire la miette dans ma bouche en moins d'une seconde. Beurk. Je plisse le nez et tousse. Putain, je sais pas ce que c'était, mais c'était pas une tartine beurrée. Je passe ma langue sur mon palais. Ce truc granuleux est resté collé à mes dents. Dégueu.

Note pour moi-même : ne pas manger un corps inconnu qui traîne sur soi.

Boum. Boum. Boum.

— Ben dis donc, on n'est pas sur une intrusion discrète.

Ça doit être un sacré bordel pour que j'arrive à les entendre en étant trois étages au-dessus. Et cela n'a rien à voir avec moi. Mes voisins sont du genre turbulent. On a droit à deux ou trois descentes de flics par mois dans l'immeuble. Pas de quoi s'alarmer.

Je bâille et m'étire paresseusement, faisant craquer mes poignets. Mon épaule gauche se déboîte et j'ai mal en bas du dos. Il faut sérieusement que je me décarre de ce canapé et me bouge. Mon style de vie sédentaire pendant mon temps libre ne me rend pas service. À nouveau, je m'affale et roule sur le côté. La fermeture éclair du coussin s'enfonce dans ma hanche alors que je jette un regard au vélo d'appart', prenant tranquillement la poussière dans un coin du séjour. J'entamerai une routine de sport stricte... *la semaine prochaine*, je me promets.

Lorsque je ne suis pas là, à végéter sur mon canapé comme une patate, je bosse. Pendant plus de soixante heures par semaine, j'entre dans la peau de Mardi, la manager. Alors quand je rentre chez moi, je deviens la Mardi feignante dans toute sa splendeur. Je me tortille et étire mes orteils. Le coussin diabolique me pique à nouveau. Saleté !

Mes yeux dérivent vers le sol pendant que le raffut se prolonge en bas.

— Pourquoi les gens ne savent pas se tenir ? grommelé-je.

Il est plus de vingt-deux heures. Je ne suis pas censée écouter ce brouhaha. Non. Je devrais être en train de regarder.

Je me penche et, la langue coincée entre mes dents, je pose une main à l'aveugle sur le sol, à la recherche de la télécommande que j'ai laissé tomber par terre il y a un moment. J'ignore la texture désagréable de mon tapis. Beurk. Il va falloir que je fasse le ménage à un moment donné là-dessous. Ah, la voilà ! Le petit canapé bleu l'avait à moitié avalée. J'enfonce la main et l'attrape.

En me rassoyant, je la pointe comme un pistolet vers la télé et l'allume. Ravie de ne pas avoir à me lever pour voir ce qu'il se passe. En bonne fouineuse, je raffole des caméras que ma sœur Ava a fait installer dans l'immeuble. Bien que regarder les gens me fascine, j'ai néanmoins une règle : pas de caméra après vingt-et-une heures avant d'aller dormir. Toutefois, j'ai mon week-end de libre. Quelques heures supplémentaires ne vont pas me faire de mal. Je clique sur l'application des caméras de surveillance de l'immeuble. *Personne ne le saura.*

Jambes croisées, parcourue d'un frisson d'excitation, je fixe la télé. Les intrus sont habillés en combis noires avec des bandes colorées courant le long de leurs épaules et de leurs bras. Ils sont cachés par des cagoules. Je pouffe de rire. *C'est quoi ça ? On dirait des méchants Power Rangers.* Je me penche en avant. *C'est gênant, putain.* Un mix entre un mauvais costume d'Halloween et une combinaison militaire sous-marine.

— Ça doit gratter là-dessous.

Je penche la tête, observant leur uniforme qui leur colle à la peau. Pas étonnant qu'ils soient cagoulés. J'imagine que leurs amis ne les louperaient pas s'ils les voyaient sapés comme ça. Mon Dieu, c'est tellement mieux que la télé.

Mes yeux glissent vers ma cuisine. Je me demande si je vais louper quelque chose en allant me chercher du popcorn...

— Appartement huit. Troisième étage. Harris, tu t'en charges, lance le Power Ranger rouge sur un ton bourru.

Mes yeux s'ouvrent sous le choc. Je pousse un cri et fais tomber la télécommande.

Hein ? Mais c'est moi ! J'habite au numéro huit. Oh-oh. Quelle que soit leur identité, c'est moi qu'ils viennent chercher.

— Oh non, non...

L'adrénaline se décharge dans mes veines. Je bondis sur le canapé et cours dans mon appartement comme si j'avais le feu aux fesses. *Putain, qu'est-ce qu'il faut que je fasse ? Qu'est-ce qu'il faut que je fasse ?* Je m'arrête net, haletante.

— Arrête de paniquer.

Encourageant. Je ne me rappelle pas quand s'intimer de ne pas paniquer a déjà aidé qui que ce soit. Je dois décider quoi faire en premier. Mes yeux balaient frénétiquement la pièce pendant que mes mains tremblent. La peur et la panique m'étourdissent.

Je rabats une mèche de cheveux violette de mon visage. On peut toujours prier pour qu'ils toquent avant de tout détruire sur leur passage. Comment m'ont-ils trouvée ? J'ai fait attention. Je ronge mon ongle. Je capte des pas lourds et des voix étouffées de l'autre côté de la porte. Mon cœur s'arrête. Ils sont là. Un éclair de magie me fait sursauter, provoqué par la barrière de l'appartement que ma sœur a mise en place ; Jodie est l'une des meilleures sorcières que je connaisse. Pfff. Bon, cet éclair est bon signe. Je le fixe, le regard écarquillé.

Je me balance d'un pied sur l'autre en marmonnant :

— C'est pas vrai, c'est un cauchemar, je vais me réveiller...

Où est-ce que j'ai merdé ? Qui j'ai mis en rogne ? Ça ne

peut pas être la mamie avec son poisson périmé. Même si elle me l'a envoyé en pleine figure, je l'ai remboursée.

Je suis trop jeune pour mourir, pleurniché-je intérieurement. Sur cette pensée sympathique, je fonce vers la chambre forte qui prend pas mal de place dans mon petit appartement. Puisque je vis seule, isolée de mon coven depuis six ans, mon père a insisté sur ce bunker hightech. C'est le meilleur sur le marché. Je grimace en voyant un autre éclair de magie frapper la porte, accompagné d'un horrible grincement en provenance de la barrière. Je croyais que ce stupide truc qui coûte la peau des fesses était exagéré. Apparemment, ils n'avaient pas tort de me mettre en garde.

Dans mon monde, la magie, c'est le traintrain. Toutes sortes de créatures peuplent mon quotidien : métamorphes, démons, sorcières, vampires et faës en abondance. Dans mon monde, c'est la loi du plus fort qui l'emporte. Tout est une question de pouvoir. Si on est faible ou qu'on appartient à un groupe incapable de nous protéger, on est mort. J'ancre mes pieds au sol et tire la lourde porte de la chambre forte vers moi dans un bruit sourd.

Cette intrusion doit avoir un lien avec mon père. Une nouvelle grande guerre se prépare, et mon père se situe en haut de la liste de la guilde des chasseurs. Il s'agit de la police des créatures magiques qui supervise tous les autres conseils. Je me glisse hors de ma robe de chambre en soie rouge et de mon pyjama assorti, puis j'enfile mes pieds dans mes chaussettes et me tortille dans mon legging thermique beige. Depuis que j'ai quitté la maison à dix-huit ans, je ne suis plus sous la protection de mon coven. Si quelqu'un veut s'en prendre à mon père, je suis une cible facile.

Ma langue claque contre mon palais tandis que j'enfile

mon soutien-gorge. Mes narines palpitent d'indignation. Cela me rend folle de rage. Pourquoi on ne me fout pas la paix ? Je n'ai rien fait de mal. La panique a rendu ma peau légèrement moite, m'empêchant de faire glisser mon soutien-gorge qui s'accroche à ma peau et s'entortille.

Je cligne des yeux, étonnée. *C'est coincé ?*

— Du fromage sur un cracker, râlé-je.

Je trépigne avec l'envie de hurler en me débattant avec mon soutien-gorge qui reste obstinément coincé. Putain !

— Je suis mal, très mal...

Je fixe la porte qui gronde, le regard exorbité.

Oh non. Ce n'est qu'une question de secondes avant qu'ils fassent irruption. Ils vont me trouver plantée là, le bras coincé et le soutif entortillé, un sein à l'air.

Surpriiiise !

Un rire paniqué de psychopathe m'échappe. Tu parles d'une surprise ! Personne n'est capable de pondre un cauchemar pareil, ça n'arrive qu'à moi ! *Une chose à la fois, Mardi,* m'encouragé-je mentalement. *Arrête de t'agiter et remets ton soutif.* Je me tortille comme un ver. Au moment où j'envisage d'utiliser mon pied, j'arrive à me libérer de mon soutien-gorge de sport.

Alléluia, mes frères !

J'ai mal au bras. Je baisse les yeux et m'aperçois de la ligne rouge en travers de mon sein gauche. Ma tête picote à l'endroit où j'ai arraché une mèche de cheveux dans ma libé-ration. Un moment de pur bonheur. J'empoigne le soutif machiavélique, lui lance un regard noir et serre des dents. Je prends une inspiration calme et refais une nouvelle tenta-tive, *doucement* cette fois, accordant le respect que le vête-ment exige.

— OK, on est bon.

Maintenant que ma poitrine est soutenue, je passe mon haut. Pendant que je le fais glisser sur ma peau, je retourne au salon pour prendre la housse de mon ordinateur. J'utilise la rage contre les mercenaires qui bouillonne en moi pour balayer ma trouille. La peur fait faire des choses stupides aux gens ; on agit sans réfléchir. Je refuse d'être gouvernée par elle. Ce n'est ni ma faute ni celle de papa.

C'est celle de l'enfoiré qui a envoyé les Power Rangers à ma porte.

Je continue à m'habiller, complétant le tout par un pantalon jaune imperméable, un imper de la même couleur et des chunky boots. J'examine mon reflet en passant devant le miroir et sourcille. Je ressemble au Bibendum Michelin en jaune ou au Bibendum Chamallow de *SOS Fantômes*.

Un gros corps phosphorescent avec une petite tête violette qui dépasse.

Sexy.

Ma porte tremble et je me voûte. Mercenaires de merde.

Je jette mon pyjama sur mon lit et referme la porte de la chambre forte. Un flash magique, annonçant l'activation de la protection de la chambre forte, m'aveugle et me picote le nez. Satisfaite, j'observe la porte en hochant la tête depuis *l'extérieur*. Les multiples couches de la barrière craquèlent de façon menaçante et l'énergie qui s'en dégage me fait frissonner. Cela devrait les occuper un moment.

Je souris sournoisement en observant la ceinture rouge de ma chemise de nuit coincée dans la porte. *Oh, regardez par là ! Mardi s'est enfermée dans la chambre forte. Et si on passait des heures à enfoncer la porte ?* Mon sourire s'élargit. Parfait.

Je retourne dans mon salon et me mets à genoux en grognant.

— Daisy, viens, on doit partir.

Grâce aux abrutis qui tambourinent à ma porte, elle s'est cachée sous le canapé. La joue contre le tapis rugueux, j'arrive à la voir si je me plaque au sol. Des yeux jaunes fendus d'une pupille verticale me regardent d'un air courroucé. Sa troisième paupière s'ouvre et se referme frénétiquement.

— Viens, on doit trouver un abri.

Je tends la main et agite les doigts.

Un sifflement s'échappe d'une bouche pleine de dents aiguisées.

— Hé, ne me siffle pas, jeune fille ! la réprimandé-je comme ma mère le ferait.

Ses griffes s'enfoncent dans le tapis et elle recule davantage pour échapper à ma main.

— Écoute, ce n'est pas moi la méchante. Les méchants sont dehors et ils essaient de défoncer la barrière de Tatie Jodie. Viens maintenant, mini boule d'écailles, on doit filer.

Daisy plisse les yeux et ses narines frémissent. Elle doit sentir mon désespoir, car après un long examen de ses pupilles et un soupir dépité, elle revient finalement vers moi en rampant. Je la prends dans mes bras et elle souffle un nuage chaud de fumée sur mon visage en ébullition. Sa queue s'entortille autour de mon poignet, les griffes de ses pattes avant s'enfoncent dans ma colonne vertébrale, et elle se cale sous mon menton.

— Voilà, gentille fille.

Je capte un éclair rouge du coin de l'œil. Fais chier, la barrière ne va pas tenir longtemps... Qui s'acharne comme ça ? La personne qui utilise la magie derrière la porte doit être puissante. *Une personne que je n'ai pas envie de rencontrer.*

Oh non, la barrière ! J'ai envie de me frapper le front. Ma sœur est reliée à la barrière de ma porte d'entrée. Elle sait que quelque chose ne va pas. Sous ma tenue ridicule, j'ai la chair de poule. Je ravale le nœud dans ma gorge qui menace de m'étouffer pour de bon. Je cale Daisy sous un bras et attrape mon téléphone. Je tapote en vitesse un message à Jodie pour lui dire que je vais bien et de rester loin de l'appartement. J'entraperçois des messages qu'elle m'a envoyés, mais je n'ai pas le temps de les lire tout de suite.

Je dézippe ma veste et cache précautionneusement Daisy dedans.

— C'est bien, ma fille, t'as tout compris, la cajolé-je alors qu'elle s'insère dans la poche spécialement cousue pour elle sur ma poitrine. Je sens le battement apeuré de son petit cœur contre mon sein. Je prends le temps de lui gratouiller la base de ses cornes et de caresser ses belles écailles douces.

— Comme ça, t'es mieux, Daisy. T'es en sécurité.

Quand je l'ai rencontrée, Daisy était marron, les écailles abîmées comme de la pâte feuilletée. Après quelques semaines et une fortune en lotions et potions, la petite dragonne a cependant mué et sa vraie couleur est apparue. Doré. Ses écailles sont un peu ternes sur le dessus et plus claires sur son abdomen, sur ses pattes et sous sa queue. Elle est magnifique.

Ma tenue imperméable bruisse et couine alors que je me précipite dans la cuisine et attrape une boule de potion dans le placard. Une substance verte et visqueuse tournoie dans la boule qui fait la taille d'une bille. C'est le génie de ma sœur, Diane, qu'il faut remercier pour ce sort. Une bulle protectrice pour Daisy, spécialement conçue pour maintenir le niveau d'oxygène, de température et la protéger des chocs. Cette potion fabuleuse garantira sa sécurité pendant que je procèderai à notre évasion.

Je fourre une bonne poignée de croquettes draconiques dans mon manteau pour la garder occupée le temps de réciter l'incantation facile. La bulle de protection se déploie autour d'elle. Parfait.

Puis, je me charge comme une mule. Je mets tout un tas de potions données par mes sœurs dans mes poches et des trucs pour Daisy. Je finis par plusieurs poignées généreuses de croquettes draconiques. Si Daisy a de l'eau et de la nourriture, tout va bien.

À nouveau, la porte d'entrée s'illumine. Le temps presse. Je ne peux pas combattre une douzaine de Power Rangers magiques. Je ne suis pas une ninja. Il est temps de se tirer.

Chapitre Quatre

Je me précipite vers la porte derrière laquelle se trouve la chaudière de l'appartement, en faisant attention à Daisy, puis je me faufile à l'intérieur. La vache, c'est serré. C'est à peine si je rentre. En me tortillant pour passer, je compresse mon gros manteau qui expulse l'air en me chatouillant la nuque. J'appuie mon pouce sur le panneau caché à gauche et le verrou électrique saute pour l'ouvrir.

Je me mets à quatre pattes en bougonnant. Je traîne derrière moi la housse de mon ordinateur tandis que je rampe dans la cachette sans éclairage.

Lorsque mon père a installé cette sortie de secours, j'ai éclaté de rire. Franchement, qui a besoin d'une issue de secours ? Pas moi. Je ferme la porte et peste en me brûlant la main sur le tuyau d'eau chaude. Saloperie ! Ouais, je pensais que mon père était fou, sans oublier cette chambre forte absurde. *Une dépense inutile*, avais-je ironiquement pensé. Sauf que là, je n'ai plus du tout envie de rire. En cet instant, je bénis ce que j'ai baptisé *l'escape-trappe*. Une échelle cachée qui descend perpendiculairement à la cage d'ascenseur de mon immeuble ; elle me permettra de descendre en toute sécurité jusqu'au rez-de-chaussée et d'accéder au local d'entretien.

Malgré le noir total, j'ai désormais un peu plus d'espace pour bouger et j'attache la housse d'ordinateur sur mon dos. *Je me demande combien d'araignées il y a ici...* Ce n'est peut-être pas plus mal qu'on n'y voit que dalle, en fait. Je m'efforce d'ignorer les toiles d'araignées qui se collent sur ma tête et mon visage, non sans m'arracher un frisson d'effroi.

Oh merde. En plus de ce bordel, je vais devoir me ratatiner devant papa et avaler son sermon du « je te l'avais dit ». *Enfin, si je m'en sors vivante...* Je roule des yeux. Si tout se passe bien, je devrais être en mesure de me faufiler hors de l'immeuble ni vue ni connue. *Bye bye, Power Rangers maléfiques.*

Je me hisse sur l'échelle. Mon cœur bondit de panique et j'étouffe un cri lorsque l'une de mes grosses boots glisse du barreau. La jambe gauche suspendue dans le noir abyssal, je force sur mes biceps pour me cramponner à l'échelle.

Putain, ce n'est pas le moment de découvrir que je suis nulle en escalade.

À nouveau, je cale mon pied tremblant sur l'échelle tandis que mon menton s'enfonce dans le barreau au-dessus de moi. Peut-être que ce n'était pas très malin d'emporter tout mon bazar avec moi avant de m'enfuir. Une goutte de sueur perle sur mon visage et ma joue irradie sous l'effet de la peur et de l'effort. Non, c'était une idée pourrie.

Tétanisée, je reste agrippée à l'échelle. Mon cœur tambourine et mes genoux jouent des castagnettes. Je passe ma langue sur ma bouche aussi sèche que le désert du Sahara. Je vais vomir.

Je baisse les yeux et lance un regard à Daisy qui semble heureuse, grignotant son repas. Je serre la mâchoire et m'oblige à bouger la jambe droite. Je ne peux pas rester pendue là toute la nuit. Du moment que je ne regarde pas en bas et que je prends mon temps, tout ira bien.

Je ferme les paupières et souffle un coup. Avec un bruit sourd, mon pied droit abandonne le barreau pour tâtonner celui d'en dessous. Je m'assure que mon pied est en équilibre avant de desserrer ma poigne sur l'échelle et descendre.

OK. Je vais bien.

Je continue en comptant chaque pas mentalement au fil de ma progression, qui semble durer des plombes. Lorsque ma chaussure touche le sol bétonné du local d'entretien, mes genoux flageolent et mon corps se met à trembler sous les vestiges de l'adrénaline. Je n'en reviens pas... J'ai survécu. J'ai envie de fondre en larmes et d'embrasser le sol. Mais je m'abstiens, ce serait dégueulasse.

Je lève la tête vers l'échelle qui n'en finit pas de monter. Plus jamais je ne me retape cette descente. J'ai l'impression d'avoir dévalé l'Everest. Mes bras et mes mains me font un mal de chien.

Escape-trappe de mes deux.

Quand je m'écarte de l'échelle, elle scintille puis disparaît. Une potion d'invisibilité instantanée la dissimule en permanence.

Je jette prudemment un regard par l'issue de secours pour vérifier que la voie est libre. Sur le seuil, j'hésite. Oh merde. *J'espère qu'il n'y a pas de méchant dehors.* J'inspire à fond en tremblant, et rassemble mon courage pour m'aventurer dehors. *Tu vas y arriver, Mardi.* Mon corps entier se tend alors que je me mets en action. L'air de la nuit souffle autour de moi. J'arrive dans une ruelle étroite et me plaque contre le mur arrière de l'immeuble.

Personne à l'horizon. Ça va, je ne suis toujours pas morte. Et il n'y a pas un chat. Je ferme la porte d'un geste sec derrière moi. Je me colle au mur et avance. Mon dos râpe la brique rouge, faisant bruisser mon pantalon jaune vif.

Avec un sourire, je baisse les yeux vers la petite poche de ma veste où se cache ma fifille.

— Jusqu'ici tout va bien.

Trois portes plus loin, l'allée débouche sur un petit parking privé. Je fonce vers le bâtiment devant moi et ouvre la porte arrière.

Le parfum de nourriture investit mes narines, et mon estomac gargouille. Miam, la bonne odeur du traiteur chinois. J'aperçois Wendy de l'autre côté du comptoir, qui prend la commande d'un client au téléphone et la salue. Je pointe le doigt vers la boîte qui contient les clés des scooters pour les livraisons. Elle me donne le feu vert en levant un pouce. Je lui souris et la remercie en silence, puis j'attrape le casque et l'enfonce sur ma tête.

— Beurk, dis-je avec une grimace lorsque mon nez capte l'odeur.

On n'a pas vécu tant qu'on ne s'est pas frotté à la sueur des casques moto des autres. Ma peau me démange. Je m'empare d'un trousseau de clés et me dirige vers la porte arrière.

— Hé, Mardi ! hèle une voix derrière moi.

Mon cœur s'arrête et pendant une seconde, je me pétrifie sur place. Je me tourne pour regarder Wendy qui vient vers moi d'un pas pressé, un sac à la main.

— Tiens, je ne veux pas que tu meures de faim. Je suis contente de te voir, ça fait un bail.

— Merci, Wendy, bredouillé-je, encombrée par le casque. Je te ramène le scooter demain.

Elle tapote mon casque et file répondre au téléphone qui sonne.

Dehors, je repère les scooters jaunes et rouges. Je triture les clés et cherche le numéro gravé sur le porte-clés. Lorsque je repère le bon scooter, j'ouvre le compartiment de rangement sous la selle, j'attrape les gants et range mon dîner dedans. Je passe la jambe par-dessus le scooter et insère la clé.

Tant que je suis sur le parking, j'en profite pour réserver une chambre d'hôtel pas loin. Quitte à se planquer, autant le faire avec panache. Après avoir réservé la chambre et jeté un dernier coup d'œil à Daisy, j'enfile mes gants et retire la béquille du scooter. Je tourne la clé, donne un coup de poignée d'accélérateur et fonce dans la nuit.

JE GARE le scooter dans un parking deux roues et récupère mon dîner sous la selle. Je pénètre dans l'hôtel et traverse le hall, dissimulée par la visière de mon casque. Je dois avoir l'air chelou. La vampire réceptionniste derrière le comptoir ne louche même pas sur ma tenue. L'enregistrement se déroule sans problème. Clé en main, je me dirige tout droit vers l'ascenseur.

Une fois dans ma chambre, mon corps se détend enfin. Je suis fière d'avoir survécu à mon périple de cinq kilomètres sans céder à la panique. Rouler de nuit sur un scooter a de quoi faire peur. On peut dire que je viens de réaliser un exploit. D'abord, l'échelle Everest, maintenant ça. On peut dire que je suis coriace. Moi et Daisy avons échappé aux mercenaires et sommes maintenant en sécurité.

Une cavale réussie, avec un dîner chinois en guise de récompense. Youpi !

La chambre d'hôtel est jolie : salle de bains, lit matrimonial, deux chaises devant un balcon. Je retire mon casque puant et le range dans l'armoire en bois de cerisier près de la porte. Je me frotte l'oreille contre l'épaule. L'envie de me décaper le cuir chevelu et le visage me démange.

En faisant attention, je dézippe ma veste et fais doucement descendre Daisy de sa poche. La pointe de son museau frémit.

— Regarde la jolie chambre.

Je la dépose par terre et souris en la voyant étirer lentement une aile, puis l'autre. Elle plie les pattes arrière avant de partir en exploration, enjouée, et de disparaître derrière le lit.

Je me débarrasse de mes couches de vêtements imperméables et les balance sur une chaise. Mon pantalon thermique me servira de pyjama ce soir. Une tenue de choix.

Je cherche le plateau de bienvenue, et j'en retire le thé et le café. Je vais dans la salle de bains et le remplis d'une poignée de copeaux destinés à la toilette de Daisy. Ensuite, je dispose ses gamelles de croquettes et d'eau. J'allume la télévision et baisse le volume, avant de m'écrouler dans une montagne de coussins empilés sur le lit. Puis, je m'attaque au chow mein au poulet de Wendy, qui m'a laissé une fourchette dans le sac. J'adore sa petite attention. Pendant que je mange, je me décide à appeler Jodie. Je dois m'assurer que mon coven va bien.

— Mardi.

Je plaque une main sur mon visage en entendant ma mère décrocher le téléphone de ma sœur.

Génial.

— Salut, maman, dis-je entre mes dents.

Elle ne répond pas. *Ouh, ça sent le roussi...* Je me voûte et enfourne une plâtrée de nouilles dans ma bouche. Comme elle s'entête dans son mutisme, je m'applique à adopter un ton apaisant, car son silence ne me dit rien qui vaille.

— Des mercenaires sont venus à mon appartement. J'ignore pourquoi ils m'ont ciblée. N'envoie personne ; ils ont un bulldozer magique puissant. Je suis sûre qu'ils partiront quand ils se rendront compte que je ne suis plus là-bas. Je suis hum... dans un hôtel du quartier en train de m'empiffrer de nouilles...

Rien.

— ... Ça va tout le monde ?

— Mardi Ann Larson.

Je manque m'étouffer en l'entendant décortiquer mon nom de naissance. Oula. C'est du sérieux.

— Ton manque de planification pour ta fuite est le cadet de mes soucis.

Sympa, merci, maman. Au temps pour moi. Quelle négligence de ma part de n'avoir pas prévu une descente de mercenaires à mon domicile avec quelqu'un d'assez puissant pour dégommer la barrière de Jodie. J'étudierai ça plus attentivement la prochaine fois et programmerai mon évasion d'urgence de A à Z. Bordel, je bosse dans la vente. Ce n'est pas comme si j'étais une sorcière expérimentée ou que sais-je encore ! Je trouvais que je m'en étais pas mal sortie. J'avais un plan... Bon, c'était celui de papa... mais c'est moi qui l'ai exécuté.

— Tu aurais dû rentrer immédiatement à la maison.

À la maison. Leur maison n'est pas *ma* maison.

— Pourquoi n'es-tu pas rentrée ? J'ai convoqué le coven au complet pour une réunion d'urgence. Tu dois rentrer sur-le-champ pour que nous puissions te protéger... Matthew, elle est à l'hôtel.

Le téléphone grésille alors qu'elle souffle dans le combiné, puis sa voix se réduit à un murmure exhumant de colère :

— Je ne laisserai pas notre fille sans pouvoirs se faire attaquer par des racailles.

Je lève les yeux au ciel. Est-ce qu'elle s'entend parler ? *Sans pouvoirs*. Non, je n'ai pas de pouvoirs, mais malheur à ceux qui me cherchent des poux dans la tête. Ce serait tellement merveilleux si elle ne profitait pas de cette occasion pour tenter de prendre le contrôle de ma vie... Elle ne réalise pas que de tous, c'est elle qui m'offense le plus ; elle est la raison pour laquelle je ne retourne pas auprès de mon coven.

— Maman, je vais bien. N'embête pas les autres. Je

n'avais pas envie de ramener mes problèmes à la maison. C'est qu'une broutille.

— Il n'est pas uniquement question de toi, cingle-t-elle. Pourquoi te montres-tu si autocentrée ? Ils sont venus ici aussi, mais nos barrières les ont repoussés. Crois-tu qu'après une attaque contre notre coven, j'aie le temps de te courir après ? Petite égoïste. Je sais que tu n'aimes pas entendre ça, Mardi, mais comme tu n'as pas de pouvoirs, cela fait de toi une cible facile. Je savais que je n'aurais jamais dû t'autoriser à vivre seule, marmonne-t-elle.

Ah, ça veut dire que mes sœurs aînées capables de concocter des potions sont des proies faciles aussi ? Parce qu'elles ne vivent pas à la maison. Pour ma mère, mélanger une potion fait de nous un super héros. L'entendre dire qu'elle n'aurait pas dû m'*autoriser* à vivre seule me fait doucement rire. J'avais dix-huit ans quand je suis partie. Elle n'a pas eu son mot à dire. J'en ai maintenant vingt-quatre, pour l'amour du diable ! Je ne lui ai jamais rien demandé.

Pourtant, c'est encore de ma faute... et je suis l'égoïste dans l'histoire.

Ne réponds pas, Mardi.

— Je n'aurais pas dû te laisser travailler dans ce magasin non plus, continue-t-elle.

Je suis manager général d'un grand magasin, soit dit en passant.

— Tu peux très bien travailler avec Jodie.

Je me demande quand elle va réaliser qu'elle s'égosille pour rien. Sérieusement, on dirait un disque rayé. Si je n'ai pas suivi son précieux conseil les dix premières fois, il n'y a aucun risque pour que je retourne en arrière et dise « Ô mère, quelle idée fabuleuse ! » la centième fois.

— Dieu sait que cette enfant a besoin de vacances. Elle travaille d'arrache-pied. Honnêtement, je ne comprends pas pourquoi tu insistes pour travailler avec les humains quand ta sœur a besoin de ton aide.

Peut-être parce que les humains sont trop occupés à rester en vie et à protéger leurs familles pour s'occuper de mes affaires ? Qu'est-ce qu'elle est frustrante. Je sais que Jodie croule sous le boulot, entre la boutique de magie et son métier d'infirmière. Mais moi aussi, je me tue à la tâche. Visiblement, ce n'est pas assez.

Je réprime un soupir agacé au fond de ma gorge et remplis ma bouche de poulet pour éviter de lui balancer un truc que je regretterai. Normal que j'évite ma mère comme la peste. C'est plus fort qu'elle.

Elle ne supporte pas que je sois dépourvue de magie. Elle le prend personnellement ; c'est un affront. Je secoue la tête, dépitée, en mâchant mon dîner. Mieux vaut ne pas discutailler. À quoi bon ? Elle n'écoute jamais. Le plus triste dans tout ça, c'est que je me moque de ce qu'elle pense. Les temps ont changé.

Je blinde mon cœur, fais appel à la manager qui est en moi, et puise dans mon arsenal de compétences service-client. Un grand sourire étire mon visage. Je croise les doigts pour que la forme de ma bouche modifie la cadence de ma voix.

— Je suis désolée, maman. J'ignorais que le coven avait été attaqué. Je suis sûre qu'on règlera ce malentendu, et que je retournerai dans mon appartement d'ici quelques jours. Ne t'inquiète pas.

— Un malentendu ? grince-t-elle.

Oups, mauvais choix de mot.

— Venir à bout de la barrière de ta sœur est loin d'être un malentendu, jeune fille. Si tu répondais à ton satané téléphone de temps en temps, tu aurais su qu'il y avait une brèche dans le système de sécurité. Ce que tu n'arrives manifestement pas à intégrer est que nous sommes des sorcières, et notre coven se doit de protéger les éléments les plus faibles. Maintenant, tu rentres à la maison afin que nous puissions assurer ta protection, pendant que les chasseurs de la guilde se chargent du problème.

Mon sourire forcé s'évanouit et mes yeux plongent vers mes pieds. Je resterai à jamais le maillon faible du coven. Je pique mes nouilles avec ma fourchette en soupirant, avant d'abandonner mon plat sur la commode. J'ai perdu l'appétit. Je ramène mes jambes contre ma poitrine et enveloppe mes genoux.

— Tu dois absolument rentrer au bercail, poursuit-elle. Tu dois rentrer à la maison.

Plutôt me coincer la tête dans la machine à laver.

— Nous te trouverons un bon emploi, un emploi normal...

Par *normal*, elle entend un emploi qui convient à une sorcière.

— ... et nous te trouverons de l'aide.

Ses paroles se perdent ensuite dans le fond de mon esprit, englouties par mes émotions.

Par la douleur.

Je m'en fous. Je me fous de ce qu'elle pense.

Bon, je suis la première à ne pas gober mon indifférence. La douleur me serre la gorge, comme un étau, m'empêchant de déglutir.

Dans ce genre de moment, j'aimerais tellement... Bon

sang, je rêverais d'être une sorcière puissante, dotée d'une magie redoutable qui se manifesterait par un chant de cloches et de sirènes. Au lieu d'être nulle, inexistante, magiquement parlant.

Je me racle la gorge.

— J'apprécie que tu veuilles me protéger, maman, mais tu m'étouffes. J'ai un poste très bien rémunéré...

— Dans un magasin de vêtements, complète-t-elle avec dédain.

— Ce magasin de vêtements m'a permis de payer mes factures ces huit dernières années.

Je l'entends baragouiner, mais je l'ignore et continue :

— Je ne vous ai jamais rien demandé à toi ou à papa. Je suis en sécurité. Je vous aime, je vous rappelle la semaine prochaine.

L'année prochaine, oui.

— Mardi, tu n'as pas intérêt à raccro...

Je coupe la communication. Mon ventre se tord et le plat chinois me retombe dans l'estomac. Je serre davantage mes genoux contre moi.

Cette journée a été un véritable cauchemar.

Chapitre Cinq

Les griffes de Daisy labourent la moquette tandis qu'elle gratte frénétiquement autour du lit. Comment une dragonne si petite peut-elle faire autant de boucan ? Arrivée à ma hauteur, elle se dresse sur ses pattes arrière et pose ses griffes avant contre le cadre du lit. Elle remue le museau. Je souris, me penche et la soulève délicatement. Elle se love contre ma jambe, au centre de la couette d'un blanc immaculé. La douceur de ses écailles m'apaise aussitôt.

Je ferme les yeux une seconde et m'oblige à respirer. J'ai survécu à un énième appel téléphonique redoutable — ça doit bien me rapporter des points. Au moins, je ne lui ai pas dit d'aller se faire foutre. De toute façon, je n'aurais pas pu avec l'étouffe-jurons qui contrôle mes paroles.

— Je t'aime, ma petite dragonne, murmuré-je.

Ma voix se brise et je me frotte le visage.

Merde, je n'aurais pas dû lui raccrocher au nez. Chaque fois qu'on se parle, je fais tout foirer. J'aime ma mère. Mon estomac est rongé par la culpabilité comme une boue noirâtre. Je sais qu'elle a raison de s'inquiéter. Argh. Je m'enfonce dans les oreillers. J'aurais pu gérer la situation mieux que ça. Peut-être que j'aurais dû aller directement voir le coven ? Mon regard balaie la chambre d'hôtel et je hausse les épaules. Le fait que ma première réaction ait été de venir ici — et pas chez une amie ou mes sœurs — en dit long. *OK, Mardi, laisse tomber le drama du coven. Il faut que tu vérifies ce qui se passe chez toi.* J'attrape la housse de mon ordi au pied du lit et me connecte aux caméras de sécurité de mon immeuble.

Je remonte l'enregistrement au moment précédant l'intrusion des mercenaires dans le hall d'entrée. La barrière magique de l'immeuble grésille dans les petits haut-parleurs de l'ordi, puis la porte principale s'ouvre avec fracas. Un nuage de plâtre explose dans l'air quand elle vient heurter le mur. Comme dans les films d'action, le groupe d'hommes — harnachés de la tête aux pieds dans leur combinaison cheloue pour éviter d'être identifiés — s'engouffre dans le bâtiment en suivant une formation militaire.

Mes yeux s'arrondissent en voyant un type qui ne prend même pas la peine de se dissimuler. Il suit les autres d'un pas tranquille, les mains enfoncées dans les poches de son pantalon. Comme s'il se baladait en regardant les vitrines en hiver.

— Quel gros con prétentieux.

Il sort d'où, celui-là ? Je n'arrive pas à croire qu'il soit passé sous mon radar quand je surveillais chez moi.

Sérieux, comment j'ai pu le rater ? On ne remarque que

lui, et apparemment, c'est le boss de la bande de bras cassés. Je mets la vidéo sur pause, prends quelques captures d'écran et les envoie à mon père par mail.

Pourquoi ce type montre son visage alors que ses acolytes veulent rester anonymes ?

— Appartement huit. Troisième étage. Harris, tu t'en charges, lance le Power Ranger rouge sur un ton bourru.

Deux hommes restent au rez-de-chaussée, tandis que les autres montent. Ils ratissent méthodiquement le bâtiment, étage par étage, à la manière des militaires.

Leurs mouvements sont fluides, comme des métamorphes... ou des vampires ? Je me frotte la nuque. En comparant leur taille aux cadres de porte du couloir, ils sont massifs. Alors ouais, mon intuition était sans doute juste : des métamorphes.

Le type — leur chef ? — ne se presse pas. Non. Il avance lentement, sans la moindre inquiétude, toujours en mode lèche-vitrines.

Je serre les dents et le suis du regard à travers les caméras.

Mais qui es-tu ?

J'accélère la vidéo jusqu'à ce que le groupe de mercenaires atteigne mon appart'. Je les vois dégager le passage pour laisser le boss entrer. Tiens donc... Ils s'écartent et le laissent s'occuper de la barrière. Mes yeux s'écarquillent. C'est lui qui a fait tomber les protections magiques ?

Alors ça, je ne m'y attendais pas. C'est un sorcier ? Je m'avance jusqu'à ce que mon nez se colle à l'écran. Il ne ressemble à aucun sorcier que je connais. Je penche la tête sur le côté. La communauté de la sorcellerie est petite, et les hommes sont rarissimes. Je me serais souvenue de lui.

La bouche entrouverte, je l'observe désintégrer la

barrière magique de ma sœur. Par la barbe de Merlin, ce type a des pouvoirs de malade ! Cette barrière est complexe, et il la déchire comme si c'était du papier de soie. Il aurait au moins pu faire semblant d'en chier. Ce qui aurait dû lui prendre des heures lui a pris, quoi… vingt — je vérifie l'horodatage — non, quinze minutes ?

Un frisson d'inquiétude me noue le bide. Putain, j'ai eu du bol de me tirer avant leur arrivée. Je copie l'intégralité de la vidéo et l'envoie à mon père. La guilde des chasseurs voudra voir ça.

C'est quoi, ce mec ? D'où il sort ? Je me ronge un ongle.

Il faut que je découvre qui il est. Qui ils sont, tous. D'où sortent-ils ? Je remonte la vidéo jusqu'aux images de la caméra de rue, avant qu'ils n'entrent dans l'immeuble, mais… Non, c'est pas vrai ! Quelque chose brouille le signal des caméras. Je pianote frénétiquement sur le clavier, mais rien n'y fait. Je lâche un grondement frustré et fusille du regard l'homme mystérieux. Je transfère tout le fichier à Ava. C'est une geek. Papa, Ava et les chasseurs vont prendre le relais. Je touche ma bille en informatique, mais je ne suis pas une experte en vidéosurveillance.

Je bascule sur la caméra en direct de mon appart : la Daisy Cam. Je l'ai installée uniquement pour surveiller Daisy quand elle refuse de venir bosser avec moi.

Waouh, ils ont réussi à forcer la chambre forte. C'est dingue. Et un peu vexant, aussi. Ce qui aurait dû leur prendre toute la nuit, ne les a occupés que quarante minutes, grâce à ce type. Un frisson me parcourt l'échine. Dans l'audio de la caméra, j'entends les mercenaires retourner mon appart'. Mon ordi rebondit sur mes cuisses alors que j'agite les mains en l'air et me tortille sur le lit. *Les enfoirés.* Ils défoncent tout.

— Sympa de voir que la guilde des chasseurs s'est précipitée à mon secours, grogné-je.

Tout est remplaçable. C'est que du matériel. Je me concentre sur le sorcier. Il tourne la tête vers la Daisy Cam et sourit.

Il me sourit.

Je bondis en arrière en poussant un cri et referme brutalement l'ordi. Par l'enfer, c'est quoi ce délire ?! J'ai juste eu le temps de le voir disparaître. Le sorcier a *steppé.*

Le stepping, c'est un pouvoir très ancien des faës. Un truc de téléportation. Mais les sorciers ne steppent pas.

— C'est pas un sorcier ordinaire, glapis-je. Même pas un sorcier du tout.

Le cœur tambourinant, je fourre mon ordi dans mon sac, le passe sur mon épaule, et attrape Daisy. Je la serre contre moi et saute du lit.

— Faut qu'on dégage d'ici. On n'est pas en sécurité.

Mon instinct me hurle « danger ». J'ignore pourquoi, mais j'en suis certaine : il sait où je me trouve. Ce mec va venir s'en prendre à moi. A-t-il tracé l'enregistrement vidéo ? Mon téléphone ? Normalement, c'est impossible ; les deux sont cryptés.

Ouais, il n'est pas non plus censé déchirer des barrières de protection comme des toiles d'araignée. Ou stepper.

Oh non, non... Le pouls affolé, j'attrape ma veste jaune et mon pantalon et les coince sous mon bras. Je ramasse mes boots, les lacets collent à mes doigts moites. J'enfilerai tout ça une fois que je me serai barrée de cet hôtel. J'ouvre la porte d'un coup sec et manque de percuter un torse musclé.

— Où crois-tu aller ?

Sa voix est grave, avec un accent prononcé.

Un couinement m'échappe et tout ce que je tiens, sauf Daisy, s'écrase au sol.

Je recule d'un bond. Mon cul heurte la porte de la salle de bains, qui heurte le carrelage mural dans un bruit fracassant.

Oh putain, il est là.

Il referme la porte d'un coup de talon et avance tranquillement dans la pièce sans me lâcher de ses yeux bleu acier. Je déglutis. Sans ralentir, il marche sur mes fringues éparpillées au sol. Mon cœur cogne dans mes tempes, saisi par l'angoisse.

Comment c'est possible ?

Daisy crache et claque des dents. Une bouffée de fumée s'échappe de sa narine gauche et une flamme orange jaillit de la droite. Je sens sa peur à travers les battements précipités de son petit cœur contre ma paume. Je l'aime ma Daisy, si courageuse, qui veut me protéger. Mais je refuse de la mettre en danger et de risquer qu'elle soit blessée.

Sans quitter l'inconnu des yeux, je m'accroupis lentement, pose Daisy sur le carrelage de la salle de bains et referme la porte derrière elle. Je grimace en l'entendant pousser un grognement rageur, gratter le bois et cogner de toutes ses forces.

— Salut, petite sorcière perdue.

Sa bouche généreuse se retrousse en un sourire amusé.

— On m'a dit que t'étais une tocarde, mais tu vaux mieux que ça, pas vrai ? Ton coven t'a bien cachée.

Quoi ? De quoi il parle, ce taré ? Je pige que dalle. Comme je le fixe sans rien dire, abasourdie, le muscle dans sa mâchoire tressaute, comme s'il grinçait des molaires. Il s'attend à quoi ? Un aveu spontané ? Mon regard glisse de sa mâchoire crispée, et c'est là que je remarque ses oreilles pointues.

Aes sídhe, c'est un faë, un elfe.

Ses cheveux courts m'ont trompée. D'habitude, ils les portent longs, avec des tresses traditionnelles hyper sophistiquées.

S'il peut *stepper*, c'est un faë puissant, un ancien.

— Ça fait plus d'un siècle que je n'ai pas croisé quelqu'un de ton espèce dans le monde réel. C'est stupide de ta part, vraiment.

Mon regard quitte ses oreilles pour capter l'éclat prédateur dans ses yeux. Je sens l'arnaque. Il essaie de m'embobiner. *Quelqu'un de mon espèce ?* Je plisse le nez.

Pas besoin d'être un génie pour comprendre que je déteste être une sorcière nulle en magie. *Bravo, Mardi, t'as capté ta place dans l'histoire.* Ouais, même dans ma propre vie, je suis reléguée au second rôle. Une boule étrange me serre la gorge. Mais je suis une *badass* silencieuse, une guerrière invisible. Je n'ai pas besoin d'être plus.

Alors pourquoi suis-je si déçue ? Ma lèvre inférieure tremblote. Je l'aspire et la mords. Pas de larmes.

Si cet elfe pense que je vais gober ses conneries du genre « tu es une élue », il peut aller se faire voir. Il se plante. Et pas qu'un peu.

Une vague de colère ardente balaie ma peur et me fait voir rouge. Au fond de moi, je suis complètement terrorisée, mais je suis bien trop tête brûlée pour m'en soucier. J'ai basculé dans une rage aveugle. Je ne suis pas du genre à m'écraser comme une fille normale. Moi, quand j'ai peur, je

verse dans la folie. Encore un de ces trucs bizarres, probablement héréditaires. Merci, maman.

Ma colère gronde, bouillonne, et finit par exploser sous
forme d'un vomito verbal.

— Pardon ? pouffé-je en plissant les yeux et en redressant le menton. T'es complètement timbré ou ta magie t'a
grillé le cerveau ?

Je lève la main et agite mon index.

— Un : toi et ta bande de mercenaires avez saccagé mon
appart. Deux — je lève le majeur — tu m'as traquée à travers
toute la ville et t'as forcé l'entrée de ma chambre d'hôtel.

Je pose mes mains sur les hanches et le fusille du regard.
Ferme-la, Mardi, supplie une petite voix au fond de mon
crâne. Je l'ignore, car je suis lancée. Mes narines frémissent.
Au moins, mon coup de gueule me donne l'illusion de
garder le contrôle.

— Comme si j'allais croire un mot de ce que tu
racontes, face de saucisse.

Ou pas.

Face de gland. Je voulais dire face de gland. Je soupire de
frustration.

Il esquisse un sourire en coin et avance d'un pas menaçant. Ses yeux d'un bleu éclatant pétillent d'amusement.

— Ouais, c'est à peu près ça, lâche-t-il d'un ton traînant.

— T'es en plein délire.

Je serre les poings. Je n'ai jamais frappé personne, mais
là, ça me démange de lui coller mon poing dans la tronche.

Pouce vers l'extérieur, frapper avec les deux premières
phalanges, pivoter les hanches... Je bigle sur mes petits
poings crispés, puis regarde son visage moqueur. Je grimace.
Ça a l'air compliqué ce truc.

— Tu viens avec moi.

— Oh, sûrement pas.

Je recule d'un pas, le regard affolé, cherchant désespérément un truc à lui éclater sur la tête. Je ne suis pas une victime. J'aperçois mes boots derrière lui. Elles auraient fait une arme parfaite. Le casque moto aussi. Mais j'ai zéro chance d'arriver à le contourner pour les récupérer. Je penche la tête. Il est sacrément baraqué pour un elfe. Il mesure plus d'un mètre quatre-vingts, et moi, du haut de mon mètre soixante-deux, j'ai l'air d'une crevette à côté.

Une lampe ? Mais que je suis bête ! De la magie, sacrebleu, Mardi ! J'ai une boule assommante dans la poche secrète de mon pantalon thermique. C'est un sort à contact direct, et vu la proximité, c'est pile ce qu'il faut. Je tends la main vers ma poche quand il me plaque sur le lit. Aouch ! Il m'écrase de tout son poids sur la couette blanche, me bloquant presque la respiration.

Par la barbe de Merlin, ce gars est taillé comme un métamorphe. Merde, j'aurais dû écouter mon père et suivre ces foutus cours d'autodéfense. Il ronflerait à l'heure qu'il est si j'avais utilisé la potion plus tôt.

D'une main, il agrippe mes deux poignets et les cloue au-dessus de ma tête. Puis il glisse sa main entre nous... Je panique. *Est-ce qu'il est en train d'ouvrir sa braguette ?* Un couinement effrayé m'échappe alors que je me tortille pour échapper à sa prise. Avant que je puisse crier au meurtre, il ressort sa main. Dans sa paume, il tient un bracelet inhibiteur. Ce truc est conçu pour annuler toute magie, supprimer les pouvoirs surnaturels. Il fonctionne sur toutes les créatures, mais on l'utilise surtout pour les criminels.

Pourquoi veut-il m'enfiler ça ? À quoi ça sert ? Je n'ai

pas de pouvoir magique. Je recommence à me débattre, désespérée, mais il écrase mes poignets contre le lit avec encore plus de force. La grosse bague à son doigt s'enfonce dans ma peau. Cette saloperie est incandescente et me brûle. Je grimace de douleur.

D'un mouvement sec, il claque le bracelet inhibiteur autour de mon poignet. Quelque chose en moi s'effondre. Disparaît. Aïe. *Qu'est-ce que c'est ?* Je n'ai pas de pouvoir magique, alors pourquoi l'électrochoc du bracelet me vrille jusqu'aux os.

— Je me sens pas bien..., marmonné-je.

— Tu t'y habitueras.

Ses doigts écartent mes cheveux violet foncé et emmêlés. Il joue avec une mèche, intrigué.

— Hum. Pas de magie. Je ne m'y attendais pas.

Le bracelet me brouille l'esprit. À quoi s'attendait-il, au juste ? Que je me transforme en crapaud ? Je déteste la magie. Pourquoi aurais-je utilisé une potion pour me teindre les cheveux ? Tout en moi est naturel.

— J'arrive pas à respirer, soufflé-je.

L'elfe sourit et m'enfonce son coude dans les côtes. Je grogne. Ouais, ça m'aide vachement à respirer. Quel connard. Convaincu que je suis suffisamment docile, il lâche mes poignets.

Je grimace et baisse lentement ma main libre, celle sans le bracelet, pour masser mes côtes douloureuses. Centimètre par centimètre, je la glisse discrètement sous ma chemise, jusqu'à ma ceinture. Du bout des doigts, je tire la boule assommante de la poche secrète. Puis lentement, très lentement, je remonte la main et vise la peau nue de son cou.

Soudain, un fracas retentit derrière nous. La porte vole en éclats sous un coup de pied brutal.

— Salut, bienvenue à la fête, je marmonne d'une voix pâteuse. Voilà la cavalerie.

Enfin, j'espère.

L'elfe grogne au moment où son poids est arraché de mon corps. Le bruit d'un poing qui s'abat sur de la chair — j'espère que c'est sa gueule — et le lit bascule. Le mouvement brutal me projette sur le côté, et la boule de potion m'échappe des doigts et roule par terre.

Argh, bordel de merde.

J'essaie de bouger pour voir où elle a atterri, mais je n'y arrive pas. Qu'est-ce qui m'arrive ? J'ai le tournis. Sans son poids sur moi, je devrais pouvoir respirer, non ? Alors pourquoi chaque inspiration est-elle plus difficile ? Comme si je respirais à travers une paille pincée. C'est trop... C'est beaucoup trop. Pourquoi je ne peux pas respirer ? Ce foutu elfe m'a cassé quelque chose ?

Un corps s'effondre au sol. J'espère que c'est le sien. Mon esprit s'embrouille, mes paupières s'alourdissent.

Allez, Mardi, lève-toi... Noir complet.

Chapitre Six

Je me réveille, pressée par ma vessie. J'entrouvre difficilement un œil tandis que l'autre refuse de coopérer. Puis, je déambule comme un zombie en direction de la salle de bains.

C'est simple : si je n'ai pas les yeux ouverts, ça veut dire que je dors encore.

Pour m'épargner quelques secondes précieuses dans la salle de bains, je m'extrais de mon legging thermique en marchant. La joie de vivre seule. Quand j'arrive aux toilettes, je pose mes fesses sur la lunette et pousse un soupir de satisfaction pendant que je me soulage la vessie tel un cheval de course.

Une fois que j'ai fini, les paupières résolument closes, je me cogne contre le lavabo et me lave rapidement les mains. À l'aveuglette, je trouve du premier coup la serviette moelleuse. Avec ces serviettes, on a toujours l'impression de vivre la vie de luxe des grands hôtels.

Soulagée et revêtue de mon legging, je retourne vers mon lit d'un pas de somnambule.

— Bonjour, m'accueille une voix rauque, teintée d'amusement.

— AAAH !

Je bondis en me saisissant la poitrine, un pied en l'air. Tremblante, mon cœur bat à tout rompre tandis que mes yeux désormais grand ouverts fixent l'inconnu à l'autre bout de la pièce.

Je cligne des yeux.

Oh non.

Un type est assis sur une chaise dans ma chambre comme un méchant tout droit sorti d'un James Bond. Ses longues jambes sont écartées, et Daisy grignote sur son abdomen une poignée de croquettes draconiques.

— Ne t'en fais pas, elle va bien.

Bizarrement, son regard franc me rassure. Sa pupille claire contraste avec le teint de sa peau et ses cheveux noirs. Il m'inspire une gentillesse qui me pousse à le croire. Oui, Daisy n'a rien.

Et moi ? On ne peut pas en dire autant.

Réveillées par l'adrénaline, mes méninges mettent bout à bout mes souvenirs de la veille. L'elfe. Je touche mon poignet. Le bracelet inhibiteur a disparu. Puis, mon cerveau se demande tout à coup : *Il a vu mon cul ?*

Un petit son étranglé s'échappe de mes lèvres. Mon corps continue de trembler, mais mon esprit est étrangement vide. Je cligne rapidement des yeux et repasse mentalement en revue mon rituel de toilettes, étape par étape. Puis je considère l'angle de la chaise.

Je m'autorise à fermer les yeux une seconde. Mortifiée, je sens mon visage s'empourprer. J'ai envie de disparaître. Putain, il a vu mon cul...

Mon cul nu !

Ô Seigneur, pourquoi moi ? pleurniché-je intérieurement. En me frottant la nuque, je touche mes cheveux. Ouf, ils sont détachés. Leur longueur aura suffi à couvrir — au moins en partie — mon cul blanc comme neige, pas vrai ? Mais oui.

Je soulève les paupières et grimace en prenant conscience de la situation. Je ne peux rien y changer. Avec un peu de chance, il se conduira en gentleman et fera comme si de rien n'était. Comme moi. Feindre qu'il ne s'est rien passé. Absolument rien. Je tousse pour m'éclaircir la voix et je l'examine. La vache, si je trouvais l'elfe imposant, lui boxe dans une tout autre catégorie. Ce doit être un métamorphe.

Ses grandes mains caressent Daisy pendant qu'elle grignote tranquillement sur son abdomen. Cette petite traîtresse est heureuse là où elle est.

— Je n'ai jamais compris l'intérêt d'avoir un dragon comme animal de compagnie, mais j'admets avoir changé d'avis. Elle est adorable.

Sa voix grave roule comme du velours.

— C'est vrai. Mais c'est plus ma meilleure amie qu'un animal de compagnie.

Mais bon, on s'en fout. Je me balance d'un pied à l'autre. Qui c'est, ce type ?

— Et l'elfe ? lâché-je.

Autant aller droit au but. Je dois découvrir ce qu'il veut et me débarrasser de lui illico presto.

— Désolé, il est parti avant que je lui mette la main dessus, répond-il d'un ton dur, le regard désolé.

— Ça fait rien, dis-je en haussant les épaules, tant que je le revois plus jamais.

J'espère que l'elfe s'est volatilisé pour de bon. Ses remarques bizarres sur ma sorcellerie m'ont déstabilisée. Quand on te raconte toute ta vie que ta magie est l'équivalent d'un petit pois, et qu'un con surgi de nulle part débite des mensonges, te faisant croire que t'es une espèce de trésor caché, cela éveille des questions. Je ne suis pas fière d'avouer que pendant une seconde, j'ai eu envie de le croire.

— Il était flippant, merci.

J'indique Daisy.

— Euh, ça te gêne si... ?

Mon instinct m'assure que c'est un brave mec, mais l'envie de secourir ma dragonnette est plus forte.

— Bien sûr, consent-il.

Je coince une mèche de cheveux derrière mon oreille et avance avec l'intention de récupérer Daisy sur son ventre. Je retiens mon souffle en me penchant, m'efforçant de ne pas me retrouver entre ses jambes ou de le frôler.

Ce n'est que lorsque je me rapproche et que mon œil se met à l'étudier que je le vois véritablement. De prime abord, on ne remarque que sa corpulence. Encore un autre métamorphe qu'on oubliera dans la foulée, dirait-on. Un soldat aux cheveux noirs coupés à ras. Mais quand ma pupille suit le contour de son visage parfaitement symétrique, les mots *archi viril* explosent dans ma tête. Des traits durs et réguliers, un front haut et large, un nez droit, de belles pommettes, une fine barbe recouvrant une mâchoire carrée, une bouche pulpeuse...

Sculptée par une main sûre.

Le métamorphe dégage une aura d'alpha, tout en testostérone et en pelage métaphysique.

Sa peau sombre luit tandis que ses yeux d'un gris sublime m'évaluent. C'est la première fois que je vois un homme avec des cils aussi épais. Il est à tomber.

Cela devrait être interdit d'être aussi beau.

Je hume son parfum. Il a l'odeur de la magie, du citron et de la vanille. Mon front se plisse lorsque je me rends compte que je viens de le renifler comme une chienne. Encore une première, tiens. Plus gênant tu meurs.

J'ai récupéré Daisy. J'ai l'air d'une godiche à rassembler les croquettes sur son ventre, égarée dans ses beaux yeux gris. Il a le genre de regard qui brille d'intelligence et d'assurance. Et ce même regard scrute actuellement le moindre de mes mouvements. Mon cœur s'arrête quand mes doigts effleurent les vallons formés par ses abdos.

Et voilà que je fais dans l'attouchement maintenant.

— Désolée, bredouillé-je.

Je tourne les talons et bats en retraite. Rouge pivoine, je me hisse sur le bord du lit et fais descendre Daisy à côté de moi. C'est moi ou il fait chaud ici ? Je tire sur le col de mon haut. Les radiateurs dans une chambre d'hôtel, ce n'est pas l'idéal.

— Ton père m'a envoyé.

— Ah.

J'aurais dû m'en douter. Le choc de l'incident sans-culotte m'aura empêché de faire tourner mes neurones.

— Merci de m'avoir sauvée. Tu es un chasseur ?

— Un chien de l'enfer, révèle-t-il sans détour.

Son pouvoir savamment dissimulé monte, puis me percute de plein fouet.

Aussitôt, mes joues pâlissent, j'en ai le souffle coupé. Une peur viscérale me saisit. Cette fois, Mardi la foldingue, qui a vaillamment coupé le sifflet à l'elfe, court se planquer dans un coin de ma tête pour ne plus en sortir. Oh, j'ai le tournis tout à coup. Je tangue sur les draps et me raccroche à la couverture blanche.

Déjà que les métamorphes fichent la trouille... Ce n'est pas vraiment leur forme animale qui me tétanise. Mais plutôt le fait qu'être mordu par un métamorphe sous sa forme animale signifie la mort assurée pour les humains, les sorcières et même les faës les plus faibles.

Un homme a plus d'une chance sur deux de devenir un mordu. Il ne peut pas se transformer, cependant il gagne en force et en longévité, avec des abdos en béton en bonus.

Mais les femmes, elles, n'y survivent pas.

Quelque chose ne tourne vraiment pas rond dans la magie qui oblitère le chromosome X. Aucun sortilège, aucun médicament, absolument rien ne peut sauver une femme mordue par un métamorphe. Alors si on combine un métamorphe ancien au pouvoir des chiens de l'enfer, on est dans la mouise.

Les chiens de l'enfer me filent une peur bleue, comme le monstre qui se cache sous le lit. Ils ne viennent pas de l'enfer. Non, rien à voir. Ce sont d'anciens métamorphes dotés de la magie du feu. Oui, Mère Nature enflamme littéralement les plus redoutables créatures à la morsure venimeuse et décuple leur force. Haut les cœurs !

Naturellement, les métamorphes prennent ce phénomène surnaturel en main en choisissant d'entraîner ces monstres pour qu'ils deviennent des machines à tuer. Il faut bien ajouter un peu de piment à tout leur arsenal funeste. On peut les définir comme la version *Terminator* des métamorphes. Comme ils sont rares, je n'en ai jamais rencontré avant. Ce sont les combattants de la guilde des chasseurs. Des guerriers d'élite. On les envoie en dernier recours.

Or on en a envoyé un dans ma chambre. Les pupilles nacrées de ce loup de feu sont braquées sur moi.

Alerte, prédateur, chien de l'enfer.

Dieu merci, je suis assise et j'ai déjà été aux toilettes. Pourquoi les méchants sont-ils des canons ? J'ai du mal à voir la justice là-dedans.

— Hé, tout va bien.

Il me prend la main et me donne la potion que j'ai laissé tomber par terre tout à l'heure. En refermant délicatement mes doigts, il m'enveloppe la main jusqu'à ce que ma prise se raffermisse sur la boule de potion.

Une longue lame apparaît de nulle part dont il place le manche dans mon autre main. La lame est lourde ; une technique permet d'alourdir l'argent pour le durcir comme de l'acier. En quelques secondes, je le retrouve agenouillé devant moi, inoffensif, orientant la lame dans ma main de manière à la placer contre sa poitrine.

Mon cœur manque un battement.

Il vient de me donner le moyen de me protéger de lui. À présent, je suis en mesure de ranger mes pensées emmêlées par la peur et d'écouter ce qu'il a à dire. Je l'observe à travers mes cils.

Ses yeux gris me fixent, sérieux.

— Mardi, tout va bien, me rassure-t-il. Tu es en sécurité, je ne vais pas te faire de mal. Respire. Je te promets qu'il ne t'arrivera rien avec moi.

Ses mains longues et chaudes prennent mon visage en coupe.

— Je m'appelle Owen. Je suis un ami de ta sœur, Jodie. Ton père m'a envoyé t'aider. Je suis désolé que ma nature t'ait effrayée.

Une réaction stupide de ma part, mais normale.

Pourquoi papa m'a envoyé un chien de l'enfer ?

Je prends une grande inspiration et murmure :

— Mon coven ?

— Ils sont en sécurité.

Je ferme les yeux et laisse tomber la lame. Ma main tremble violemment, je ne veux pas risquer de le blesser en lui entaillant le nez sans faire exprès.

Clairement, planter quelqu'un par accident ne figure pas sur ma liste.

— Tout le monde va bien. Toi aussi. Je ne fais plus partie de la guilde. Je travaille pour le faë en Irlande. Cela fait trois mois que je traque ton elfe.

— Ce n'est pas *mon* elfe, le contredis-je.

— Non, en effet. C'est un sale type. Quand ton père a reçu tes mails, il m'a contacté. Il m'a briefé et au lieu d'aller à ton appartement, je t'ai suivie ici. J'avais le pressentiment que ce monstre viendrait aussi. Je suis désolé qu'il t'ait fait du mal, je suis arrivé trop tard.

Les pouces d'Owen caressent doucement mes pommettes, puis il soupire avec autodérision.

— Je croyais que ma présence te rassurerait. Je me suis trompé, excuse-moi. Je ne voulais pas te faire peur.

Je le regarde, hébétée. De près, je m'aperçois que ses iris

sont cerclés d'un bleu nuit. C'est magnifique. Je tressaille quand on toque à la porte.

— C'est pour moi, se renfrogne-t-il.

Il lâche mon visage et tapote le lit, le sourire contrit, avant de se lever pour ouvrir.

Le mur de la salle de bains me bloque la vue. Je me penche en avant pour jeter un coup d'œil vers la porte. *Fais chier.* Cette fois, c'est *lui* qui me bloque la vue. Ses épaules larges, ses hanches étroites, son torse sculpté et ses abdos bombés ne rendent pas justice aux chiens de l'enfer. Il est impressionnant. Il doit faire au moins deux mètres, facile.

— J'ai chopé les plongeurs, l'informe une voix grave féminine.

J'étouffe un rire en plaquant une main sur ma bouche. Je ne suis pas la seule à trouver leur accoutrement ridicule.

— Les métamorphes rats. Où est l'elfe ?

— Il a *steppé.*

— Et merde. Ton ardoise est montée à combien d'échecs à côté de mon sans-faute, chien nounou ? Dix ? Tu t'égares.

Visiblement, quelqu'un d'autre a remarqué que le chien de l'enfer joue les baby-sitters. *Chien nounou.* Ça me plaît.

— Faut que tu te reprennes, vieux talus. La prochaine fois, je m'occupe de la demoiselle en détresse, et toi, des méchants. Quoi, c'était une mauvaise journée au bureau ? Tu perds la main ?

Owen grogne, et la métamorphe ricane.

Son rire rauque résonne dans la chambre, hérissant le duvet de mes bras. Un sentiment irrépressible remonte le long de ma colonne vertébrale. La peur. Son pouvoir ruisselle dans son rire grave. Elle est vraiment puissante... Mes lèvres s'engourdissent.

— Comment va la fille ?

Et puis, merde. Je soulève Daisy et me niche en haut du lit, le plus loin possible de la louve, en faisant attention de ne pas passer par la fenêtre. Je gratouille les cornes de Daisy pour m'occuper les mains.

— Bien.

— Nickel. J'ai acheté ce que tu m'as demandé. M'en veux pas si je me suis trompée, tu sais que je suis pas douée pour ces trucs de filles. Elle devrait pouvoir se brosser les dents et il y a quelques fringues pour qu'elle puisse se changer. Par contre, j'ai oublié les culottes...

— Merci, Forrest.

— Alors... je la rencontre quand ?

Non merci, sans façon. Il y a comme un bruit de vêtements qui se froissent et le sol grince comme si elle sautillait sur la pointe des pieds.

— Pas aujourd'hui.

— Oh, allez, Owen ! Jodie a dit que j'adorerais sa petite sœur. J'ai rencontré tout le coven, sauf elle. S'il te plaaaaaît, geint-elle.

— J'ai dit non.

Forrest. Je suis persuadée d'avoir déjà entendu ce nom quelque part. Mais pas de la bouche de ma sœur. Il y a un choc et un bruit de raclement contre la porte. Je tends l'oreille en captant un bruit de... roulettes ? Il a dû tirer une valise à l'intérieur de la chambre.

— Je te retrouve dans une heure.

— Ravie de te rencontrer, Mar...

Owen lui claque la porte au visage.

Ça, c'était sauvage.

Et je m'en réjouis. Un frisson me parcourt. Je comprends pourquoi il ne voulait pas que je la rencontre. Owen est en mission de protection et il prend son rôle de baby-sitter au sérieux. Son odorat de métamorphe a certainement détecté ma peur. La façon dont mon corps a réagi quand elle a ri. Mon Dieu, cette louve dégage une puissance phénoménale. Je n'ai jamais rien ressenti de pareil. Mon instinct me dictait de sauter par la fenêtre. Elle est dangereuse. Je me frictionne les bras tandis qu'un autre frisson m'ébranle tout entière.

Si c'est l'énergie qu'elle émet depuis le couloir, je n'ose imaginer ce que cela donne en étant à côté d'elle. J'ignore quel genre de créature mystique elle est, et je n'ai aucune envie de le découvrir.

Le fait qu'elle ait réussi à étaler les rats Power Rangers toute seule en dit long. Flippante est un euphémisme.

Je lève les yeux. Owen se tient devant moi en silence. Pendant que j'étais perdue dans mes pensées, il m'a apporté une valise.

— Merci pour tout, coassé-je.

— Ça va ?

Je hoche la tête.

— Tu as entendu la conversation ?

Nouveau hochement de tête.

— Bien, trouve quelque chose à te mettre sur le dos. Tu pars en voyage. Pendant que tu dormais, ton père t'a préparé un refuge. Au fait, la guilde a contacté ton travail et a expliqué la situation. Tu es en congé d'urgence, le temps que tout soit réglé.

Je gonfle les joues. Génial. J'imagine que les chefs de

rayon peuvent gérer pendant quelques jours. Être chassée par un elfe psychopathe est sûrement prioritaire.

— OK, merci.

— Malheureusement, il n'y a pas de portail dans le coin. Donc si ça te va, Flash, on va prendre la route.

Mon cerveau effectue une embardée. Flash ? Owen affiche une expression neutre, mais l'horreur grandit sur mon visage. Est-ce une lueur amusée dans son regard ? L'embarras m'irradie la poitrine et la gorge. Oh merde, il parle de mes fesses.

Flash. Je suis une putain d'exhibitionniste. Ha !

À nouveau, me voilà mortifiée. Les écailles de Daisy frottent contre ma main, et je la soulève de mes genoux pour la serrer délicatement contre moi.

— Je peux conduire toute seule jusqu'au refuge, c'est bon, glapis-je.

Chapitre Sept

— Je peux conduire moi-même jusqu'au refuge, c'est bon, je grommèle en serrant le volant en cuir si fort que mes doigts ont des crampes.

Bravo, Mardi. Super idée de faire sept heures de route et près de six cents bornes en solo plutôt que de laisser le chien de l'enfer sexy aux biceps gros comme ta tête t'accompagner.

Avec mon entêtement légendaire à refuser toute aide, j'ai insisté pour m'y rendre seule. « Qu'est-ce qui pourrait arriver, franchement ? Je gère. »

Je renifle, exaspérée de moi-même.

Cela fait des heures que je roule sur le qui-vive, les mains à dix heures dix crispées à mort sur le volant, une sueur froide perlant sur mon front.

J'autorise ma main gauche — désormais une pince rigide — à lâcher le volant pour frotter mes yeux fatigués.

Rendez-moi ma vie ennuyeuse. Je préférerais encore ranger un rayon cauchemardesque de chaussures, où un gamin aurait mélangé non seulement les pieds gauche et droit, mais aussi les pointures. Ou encore trier des centaines de souliers aux nuances indistinguables.

Quelle conne. La dernière fois que j'ai conduit une voiture, c'était le jour où j'ai passé mon permis, et je ne suis jamais sortie de ma ville natale. Papa m'a appris à conduire quand j'avais dix-sept ans. Une fois le précieux sésame en poche, comme rite de passage, j'ai fait mon premier et dernier trajet en solo au volant de la voiture de mon père... jusqu'à un drive McDonald's. C'était il y a sept ans. Je caresse le volant du pouce et déglutis. J'avais adoré apprendre à conduire avec mon père, mais l'histoire de la voiture a tout gâché. Mes trois grandes sœurs ont toutes reçu une voiture en cadeau. Avec une injustice flagrante, j'ai seulement eu droit à une déclaration cinglante de maman : si je ne me comportais pas comme une vraie sorcière — puisque je refusais de faire de la magie — alors je marcherais.

Je hausse une épaule raide. Au fond, c'était leur argent, leurs règles. J'aimais bien marcher et le lycée n'était pas si loin.

C'était probablement une tentative ratée de psychologie inversée de la part de ma mère, mais au lieu de m'énerver, je me suis encore plus éloignée d'eux. De toute façon, je ne voulais rien venant d'eux. Dans ma tête d'ado, ça n'a fait que renforcer l'idée que mes parents et la sorcellerie n'étaient qu'une source de désillusion. J'étais encore plus déterminée à réussir à ma façon. *Sans la magie.*

Je n'ai pas retouché un volant jusqu'à aujourd'hui.

Je repousse ces souvenirs désagréables dans un coin de mon esprit. C'est du passé, je ne suis plus une ado. Je suis une adulte, et je gère parfaitement ma vie.

Je jette un rapide coup d'œil à mon téléphone. D'après le GPS, ma destination ne se trouve plus qu'à trente minutes. *Il ne peut plus rien m'arriver.* Comme si le destin avait entendu mes pensées, la voiture de location ultramoderne se met à tousser, et les phares faiblissent. *Oh non.* Une bouffée d'air chaud jaillit des aérateurs, puis le tableau de bord s'illumine soudainement, m'aveuglant. Je lève aussitôt le pied de l'accélérateur, et là, pouf, tout s'éteint. La voiture roule encore quelques mètres, puis s'immobilise.

— Bordée de merles !

Le moteur émet un dernier bruit lugubre, et mon cœur s'emballe alors que je vois se dessiner dans l'obscurité la petite route perdue au fin fond de la campagne écossaise. Je déglutis péniblement, au bord de la nausée. Je rentre la tête dans les épaules. J'étais déjà morte de trouille en conduisant, mais là, c'est carrément un autre niveau. La voiture est tombée en panne en plein virage. Sans éclairage. Coincée entre deux haies épaisses.

Oh non.

J'enclenche le point mort d'une main tremblante et desserre enfin la pince qui me sert de main du volant. *Ressaisis-toi, Mardi, et réfléchis à ce que tu dois faire. Interdit de paniquer,* je me sermonne. Purée, j'ai la voix de ma mère dans la tête.

Si je suis capable de gérer soixante-deux employés et notre formidable clientèle, je peux gérer ça aussi. Je suis la reine de la résolution de problèmes. Mes employés, qui se croient discrets, m'appellent Scary Poppins dans mon dos. Je fais rouler mes épaules tendues et me dégourdis les doigts. Je suis sucre et miel tant que tout roule, mais dès que ça déconne, je deviens un chouïa autoritaire. *Je suis la badass du management.*

Je détache ma ceinture et, invoquant mon Homer Simpson intérieur, j'appuie frénétiquement sur tous les boutons du tableau de bord, mais rien ne fonctionne. Le téléphone qu'Owen m'a donné est mort, lui aussi. Il a dû s'éteindre en même temps que la voiture.

Euh... C'est pas du tout flippant.

Habituellement, la magie me hérisse le duvet des bras ou me chatouille la nuque. Là, rien. Mais ça ne veut pas dire grand-chose. Pourquoi la voiture et le téléphone auraient-ils lâché simultanément ? Je frissonne et tourne la tête pour vérifier le siège passager. Ma fifille, bien calée dans sa luxueuse bulle de protection extralarge, dort paisiblement. Enfin, je crois. Je tends le cou et plisse les yeux. Bordel, je la vois pas. Il fait trop sombre. Pourquoi faut-il qu'il fasse si noir cette nuit ?

— Tout va bien, Daisy. Je vais nous sortir de cette galère, dis-je au cas où elle serait réveillée et me regarderait.

J'essaie d'avoir une voix ferme et assurée, mais elle vacille à la fin.

Agacée par mon propre ridicule, j'entrouvre la portière. Le bruit de la nuit s'engouffre aussitôt dans l'habitacle. Je cligne des yeux dans l'obscurité. J'ai tellement l'habitude du brouhaha constant de la ville et de ses lumières artificielles. Je n'ai jamais vu un ciel aussi noir, un monde aussi vaste. C'est déroutant. Je retiens mon souffle et tends l'oreille.

Il y a des bruits étranges, des stridulations venant d'insectes. Je fronce les sourcils. Je ne savais même pas que des bestioles émettaient des clics en Angleterre. Aucune idée de ce que c'est. Je tends davantage l'oreille, cherchant un autre signe de vie. Le vent agite les arbres, et c'est tout. Silence absolu.

Au moins, j'entendrai une voiture arriver, euh... sauf si c'est une bagnole électrique. Génial. Je mordille ma lèvre et grimace. Cela fait des heures que je la mâchouille. J'ai un besoin vital de baume à lèvres. Ma bouche doit ressembler à un champ de crevasses.

— Je me demande s'il y a un triangle de signalisation là-dedans, dis-je tout haut, surprise par l'écho de ma voix.

Je prends les clés, pivote tant bien que mal, et pousse la portière d'un coup sec. Je m'agrippe au cadre pour m'extirper de la voiture. Mes genoux s'entrechoquent et je pousse un gémissement pathétique en me redressant. J'ai roulé tellement longtemps que mon pauvre corps a épousé la forme du siège. J'étais bien trop stressée à l'idée de devoir faire un créneau, un demi-tour, ou pire... une marche arrière. Rien que d'y penser, j'ai des palpitations et la lèvre supérieure en sueur.

Mes pieds crissent sur le sol alors que je me dirige vers l'arrière de la voiture. J'y suis presque quand je trébuche sur une irrégularité de la route et manque de me vautrer lamentablement. Dans un réflexe désespéré, mes doigts s'agrippent au rebord du toit. Je reste suspendue un instant, le temps de me stabiliser, puis je baisse les yeux en plissant les paupières. C'est quoi, ce truc ?

— Oh non, me dites pas que j'ai écrasé un pauvre animal !

J'effleure du bout du pied une masse molle et pousse un cri strident.

— Oh non, oh non, je suis une meurtrière ?! Mais je roulais hyper doucement !

J'ai la nausée.

Non, ce n'est pas un cadavre. De l'herbe ? Je suis à deux doigts de m'accroupir pour toucher le sol quand une vision me revient. La route, juste avant que la voiture me lâche. Je me laisse aller contre la voiture, soulagée. Je revois la bande d'herbe au milieu de la route de campagne. J'avais pris soin de garder mes pneus de chaque côté en priant pour qu'aucune voiture n'arrive en face.

Bon, est-ce que le coffre s'ouvre avec la clé ? Ces voitures modernes dépendent tellement de la technologie… Je glisse mes doigts sur la surface métallique de la carrosserie, froide et râpeuse de la poussière de la route. Je vise le centre et… bingo ! Je trouve la serrure. Je la palpe du bout des doigts et insère la clé à l'aveugle.

Le coffre s'ouvre d'un coup, et je soupire de soulagement en explorant l'intérieur. Rien. Vide de chez vide. Pas un triangle de sécurité, même pas une loupiote, que dalle. Je n'ai absolument rien pour signaler la voiture. Je baisse la tête, abattue.

Je suis foutue.

Je claque le coffre et traîne les pieds jusqu'à l'avant de la voiture. Les mains sur les hanches, je scrute la route. Pourquoi fait-il aussi sombre ? Comme en réponse, la lune émerge d'un épais voile brumeux.

Les nuages se déchirent, et la pleine lune inonde la route, m'offrant un éclairage providentiel. Je lève la tête en signe de gratitude et lui adresse un sourire reconnaissant. Entre deux bancs de nuages, un fragment du ciel nocturne et une poignée d'étoiles scintillantes se libèrent. Waouh, c'est magnifique. Jetant un coup d'œil autour de moi avant que la lumière ne disparaisse, je repère une brèche dans la haie. Je penche la tête. Juste après le virage. On dirait... l'entrée d'une propriété ?

Je m'avance prudemment sur la route défoncée, et découvre une allée et un panneau : Hôtel du Sanctuaire.

Tiens, quelle coïncidence ! Une alarme intérieure hurle dans ma tête « Flippant ! »

Mais ai-je vraiment le choix ? Je regarde la voiture en panne, immobilisée au milieu de la route, et grimace. Hôtel flippant ou nuit blanche dehors ? Vu la façon dont la bagnole est plantée sur le virage, je pourrais facilement causer un accident mortel si quelqu'un arrive.

Ma décision prise, j'ignore mon instinct de survie qui m'intime de me barrer et je me tourne vers la voiture. Je devrais pouvoir la pousser, non ?

En remontant la route herbeuse, je remarque une légère pente qui m'avait échappé. Pratique. Je vais pouvoir la faire descendre en roue libre dans l'allée. Si la direction fonctionne sans le moteur. Sinon, je vais rater l'entrée et m'encastrer dans une haie.

Je m'amuse comme une folle, pensé-je avec un sourire mauvais en frappant dans mes mains.

— Foutu pour foutu, marmonné-je.

On peut dire ce qu'on veut sur ma mère, mais elle nous a élevées, mes sœurs et moi, avec une bonne dose de ténacité. Les femmes Larson sont têtues comme des mules.

Merci, maman : grâce à toi, je ne suis pas une damoiselle en détresse.

Je balance les clés dans le porte-gobelet pour avoir les mains libres et je jette un coup d'œil à Daisy. Son souffle chaud embue l'intérieur de la bulle de transport. Elle est roulée en boule, profondément endormie. Ouf.

OK. Maintenant, place au grand moment de cinéma.

Je me cale contre l'encadrement de la portière, exactement comme j'ai vu faire dans tous les films. *Courage, Mardi.* Mes boots s'ancrent dans le goudron défoncé et je pousse de toutes mes forces.

Il ne se passe rien. Je saute dans la voiture en pestant, enclenche la première. Ça aidera peut-être. Puis je me remets en position. *Ça a l'air tellement fastoche dans les films.* Franchement agacée, je grogne en poussant la voiture comme une malade. Au moment où ma pauvre épaule va lâcher, les roues bougent enfin, centimètre par centimètre, puis la voiture roule toute seule.

Hourra !

Elle prend rapidement de la vitesse. Merde, elle roule trop vite ! Je couine et me jette dans le siège conducteur. Je suis presque installée quand la portière se referme brutalement, s'écrasant contre mon tibia droit, qui pend encore hors du véhicule. Aïe ! Saleté de bagnole. Je ramène ma jambe à l'intérieur et résiste à l'envie de la frotter.

Je serre les dents et tire comme une folle sur le volant. Les pneus crissent sur le bitume et la voiture dérive lentement vers la gauche. *Allez, allez !* Sans le faire exprès, car je suis concentrée sur la haie menaçante devant moi, je frôle le trottoir. Le choc fait rebondir la voiture et la propulse pile au milieu de l'allée de l'hôtel.

Nous roulons jusqu'au parking désert. Les roues avant butent contre une autre bordure, freinant notre élan, et la voiture s'immobilise sur une place de stationnement, parfaitement alignée entre les marques au sol.

Magnifique.

Chapitre Huit

Mon cœur tambourine encore sous l'effet de l'adrénaline. Une poussée de voiture en solo, suivie d'une descente en roue libre... Franchement, j'assure. Je lève le bras et embrasse mon biceps. She-Ra en personne. J'ai une envie furieuse de hurler « J'ai le pouvoir ! » en moulinant des bras. Ah non, je crois que ça, c'était plutôt Musclor. Mon front se plisse. Bref, on s'en fout. Je parie que peu de gens peuvent se vanter d'avoir poussé une voiture tout seuls.

Le parking est faiblement éclairé par des spots au ras du sol, qui signalent le chemin défoncé menant à l'hôtel. Pourquoi n'ai-je pas repéré ces lumières depuis la route ? Les haies ne sont pas si épaisses. Même si la luminosité est faible, j'aurais dû voir quelque chose.

Je me frotte énergiquement le front. Tout ça me dépasse. C'est à n'y rien comprendre. Je sens qu'un truc cloche, mais quoi ? Je n'ai pas l'énergie de décrypter ce bordel. Je suis à bout. J'ai passé des heures à conduire, la trouille chevillée au corps à l'idée de crasher la voiture, et maintenant, j'ai les muscles en compote. J'ai besoin d'une chambre qui ferme à clé, d'un bain chaud et d'une nuit complète de sommeil.

À la lumière du jour, j'y verrai plus clair.

Le chien de l'enfer ultra-canon m'a dit que mon coven m'attendrait au refuge, donc ma mère est au bout de cette virée fantastique. Youpi. Je souffle bruyamment. Je n'ai pas du tout envie de subir ses piques passives-agressives ce soir. Alors si je pouvais repousser la confrontation à demain, ça m'arrangerait franchement. Je suis prête à tenter l'hôtel hanté, rien que pour éviter ma mère.

Peut-être que papa pourrait venir me chercher demain matin ? Un pincement me tord l'estomac. Je me frotte la cuisse et arrache une peluche imaginaire de mon jogging noir. Non. Je ne le ferai pas venir. Je passerai un coup de fil à l'agence de location qui viendra réparer la voiture. Je me penche en avant, attrape mon blouson jaune suspendu au siège passager, en extirpe une poignée de potions et les fourre dans mes poches. Il faut être prête à tout.

Une musique de western spaghetti résonne dans ma tête — *bow-wow-bow-wow-wow*. Je dégaine un pistolet en plastique bleu et orange et souffle sur le canon.

Adieu She-Ra. Bonjour Clint Eastwood.

Au lieu de jolis sous-vêtements, Forrest a garni ma valise d'un arsenal entier. Avec un mot griffonné me conseillant d'ajouter une potion de sommeil aux balles en mousse.

Waouh.

Cette femme est un génie du mal. Flippante, mais brillante.

Heureusement que j'ai chargé mon pistolet de boules de potion avant de partir. La plupart des créatures se baladent avec des armes, mais pas des flingues. Ils sont trop réglementés, trop contrôlés. Et puis, il y a ce fichu code d'honneur entre créatures, où tout se règle à coups de griffes et de lames. Sans oublier les sortilèges vicieux et autres potions capables de faire fondre ton visage ou de te retourner comme une chaussette. Vive les sorcières.

Malgré tous nos progrès technologiques, on n'a jamais vraiment quitté le Moyen Âge. Les pistolets restent un tabou absolu. Bon, techniquement, ce n'est pas une vraie arme. Je resserre ma prise sur le plastique. J'ignore si un pistolet-jouet chargé d'une potion de sommeil est illégal. Si on me chope avec ce joujou, je risque probablement gros. Comme si j'en avais quelque chose à foutre. De toute façon, je ne sais même pas si je serais capable de viser correctement, mais si la situation dégénère, je tenterai le coup. Je ne suis pas une guerrière et je suis une sorcière nulle en magie. Mais après ma rencontre avec l'elfe flippant, tous les moyens sont bons.

Je descends de voiture et, dès que mon poids repose sur ma jambe droite, mon mollet proteste. Je fusille la portière du regard avant de la claquer un poil trop fort. *Saleté de portière.* Satisfaite d'avoir remis cette bagnole à sa place, je clopine jusqu'au côté passager pour récupérer Daisy.

Comme je l'ai vu dans les films, je coince le pistolet jouet dans la ceinture de mon jogging, dans mon dos. À peine ai-je fait un pas que l'élastique claque et le flingue glisse droit dans mon froc et me cogne la cheville. Je lève les yeux au ciel. J'équilibre mon poids sur une jambe, gigote comme une idiote jusqu'à ce que l'arme ressorte par le bas et tombe dans un bruit sec. Je resserre le cordon de mon jogging et fourre le pistolet dans ma poche.

— J'ai le pouvoir, je marmonne en tirant ma petite valise du plancher.

Je l'extirpe de la voiture en grognant, puis je tapote la bulle de transport de Daisy. La magie tourbillonne et la bulle s'élève du siège pour me suivre sagement alors que je m'éloigne de la voiture.

Si seulement j'avais le même sortilège pour ma valise, pensé-je en boitillant sur le sentier cabossé. Poum. Tchick. Poum. Tchick. Chaque fois que je fais un pas, cette maudite valise saute sur les nids-de-poule du chemin et heurte ma jambe déjà blessée. Je serre les dents, lève les yeux et contemple l'hôtel. Le Sanctuaire ressemble au pavillon de garde d'un vieux manoir. Un mini-château fort avec ce type de toiture plate ornée de créneaux — il faudra que je cherche le nom sur le web — comme une forteresse médiévale. Je parie qu'il y avait une tourelle à l'origine.

Même dans l'obscurité, on devine l'état délabré de l'édifice. C'est triste. Avec quelques millions pour le restaurer et le moderniser tout en conservant son charme historique, il pourrait être magnifique. À mon avis, quelqu'un l'a transformé en hôtel dans l'espoir qu'il s'autofinance. Mais ça sent le gouffre financier à plein nez.

À une douzaine de pas de la porte, le ciel écossais décide de m'achever. Une averse glaciale s'abat sur moi. En une seconde, je suis trempée. Je ne sens plus mon visage. L'eau ruisselle dans mon cou et je regrette amèrement mon manteau chaud et imperméable resté bien au sec dans la bagnole. Je fonce vers la porte, frissonnante. Avec soulagement, elle s'ouvre et je me rue à l'intérieur.

Je fronce immédiatement le nez, accueillie par une odeur de pieds. Charmant.

L'intérieur est aussi déprimant que l'extérieur. Ils ont dépouillé ce pauvre édifice de son âme. J'aperçois ici et là des vestiges de la grandeur perdue, suppliant qu'on la restaure. Je secoue la tête et boitille jusqu'au comptoir en bois de la réception, où je fais tinter la sonnette.

En attendant que quelqu'un arrive, mon regard vagabonde dans le hall. Quel gâchis. Si je savais dessiner ou si j'étais douée en maths, j'aurais adoré être architecte ou décoratrice d'intérieur. Mais bon, la vie a tendance à laminer les passions.

Je souris, mi-amusée, mi-résignée. Dès qu'un nouveau lotissement sort de terre, je ne peux pas m'empêcher de consulter les plans par pure curiosité.

Je pourrais passer des heures sur Internet à analyser la forme des pièces, à repenser les agencements, ou juste à admirer des designs ingénieux. Je sais, c'est un hobby bizarre de regarder des plans d'architecte, mais j'aime ça. Une fois, j'ai passé un mois entier à étudier la transformation d'un manoir en appartements de luxe. Ils avaient réalisé un boulot incroyable.

Construire ma propre maison, c'est un rêve. Parfois, quand mon cerveau est trop agité à cause du boulot, je bâtis des maisons dans ma tête pour m'endormir. C'est mon truc. Chacun a ses petites manies, non ? Je n'ai pas les compétences pour construire une vraie maison, mais cela ne m'empêche pas de la concevoir dans mon imagination. Et bizarrement, ça m'aide à m'endormir. Je tapote nerveusement le comptoir et tente de jeter un œil derrière la porte réservée au personnel. Je leur laisse deux minutes avant de sonner à nouveau.

Il y a une maison en particulier que je redessine sans cesse dans mon esprit. Un lieu idéal, niché dans un paysage idyllique, avec une baie vitrée donnant sur un lac et des montagnes. Je me retourne et m'appuie contre le comptoir. Tiens, c'est marrant... Ça pourrait coller à l'hôtel. Je me frotte le visage en soupirant. Qu'est-ce que je fous dans une réception qui pue les pieds, à rêvasser comme une cruche ?

Quelqu'un se racle la gorge derrière moi. Je sursaute et me retourne d'un bond.

— Salut, dis-je en agitant la main. Je ne vous ai pas entendu arriver.

De l'eau de pluie goutte de ma manche trempée et s'écrase sur le sol. Oups.

— Ça arrive tout le temps.

Le réceptionniste — ou le veilleur de nuit, peu importe son titre — me sourit.

Il pourrait avoir trente comme soixante ans. Son visage n'a pas d'âge. Rien d'étonnant dans ce monde. Moi, en tant que sorcière, je vais vieillir comme une humaine, c'est-à-dire vite. Une vie éclair comparée aux créatures qui nous entourent. Les métamorphes et les vampires de naissance sont pratiquement immortels. Alors, croiser quelqu'un au visage figé dans le temps et aux yeux vieux comme le monde, c'est monnaie courante. Mais mon instinct magique détraqué me hurle que ce type n'est pas net.

C'est perturbant.

Discrètement, je mate ses oreilles. Pas de pointe elfique.

Ce n'est pas un métamorphe, et il ne dégage pas l'odeur de charogne des vampires transformés.

Et pourtant, quelque chose ne va pas.

Un faë ? Ses cheveux roux foncé luisent sous la lumière et, plus je le fixe comme une psychopathe, plus ses yeux verts s'illuminent. Ils scintillent d'excitation. Ce n'est pas juste une politesse de façade pour la clientèle. Non, c'est une émotion sincère.

De la joie.

C'est peut-être cela mon problème. Je suis tellement habituée à ne pas impressionner les gens que son sourire éclatant me déstabilise complètement.

La petite voix négative dans ma tête — celle qui sonne comme ma mère — me conseille de dormir dans la voiture. Mais mon instinct, celui que je suis toujours avec obstination, ronronne de satisfaction. Comme si j'étais arrivée chez moi.

C'est quoi ce délire ?

— Salut.

Ma main s'agite à nouveau dans un petit salut maladroit. Comme si mon bras avait sa propre volonté. Je la plaque contre mon flanc et affiche un sourire penaud.

Le type frappe dans ses mains, sautille sur place, jubilant littéralement.

— Enfin, vous êtes là ! Je n'arrive pas à y croire...

— Oh non, vous devez me confondre avec quelqu'un d'autre ! je le coupe net, super mal à l'aise.

Je ne veux pas être celle qui efface son sourire Colgate.

— Ma voiture est tombée en panne, expliqué-je en désignant vaguement le parking derrière moi. Toute l'énergie s'est volatilisée d'un coup. Même mon téléphone s'est éteint.

Je plisse les yeux.

— Oh… d'accord. Ça explique pas mal de choses, marmonne-t-il.

Il se gratte le pif, puis retrouve son sourire jusqu'aux oreilles et frappe dans ses mains.

— Bon, nous allons vous trouver une chambre ! Vous restez dormir ici, j'imagine. Vous ne voulez pas juste passer un coup de fil ?

— Oui, une chambre pour la nuit, s'il vous plaît.

— Parfait, c'est parfait.

Il se retourne et décroche une clé des vieux crochets alignés sur le mur. Douze chambres. La clé du numéro un manque — je ne suis peut-être pas seule ici. Il dépose celle de la chambre douze sur le comptoir, puis s'accroupit d'un coup.

Instantanément, ma main glisse dans la poche du flingue à potion.

Qu'est-ce qui lui prend ?

Je me hisse sur la pointe des pieds pour voir ce qu'il fabrique, et là, il se redresse brusquement avec un énorme livre. Il l'abat si violemment que le bois du comptoir vibre.

Sans déconner ? Ce type ne connaît pas les ordinateurs ? Pas étonnant que l'hôtel soit désert. Les yeux ronds, je fixe le registre préhistorique.

La reliure hors d'âge grince quand il l'ouvre à une page vierge. Il le tourne vers moi et un nuage de poussière et de Dieu sait quoi s'envole dans l'air. Je fronce le nez.

— Il suffit d'écrire votre nom ici et de signer.

Il me tend un stylo et pointe du doigt un emplacement précis.

Je m'avance prudemment et louche sur l'endroit indiqué.

— Là ? je demande, perplexe.

Je lis des romans, moi. Pas des grimoires antiques chelous. *Faut vraiment que j'écrive mon nom dans ce vieux bouquin qui sent la malédiction à plein nez ?*

Tout bien réfléchi, non.

Merde. Une vague de déception m'envahit. Je sens que je vais passer la nuit dans ma caisse… Si seulement j'avais une version taille humaine de la bulle de transport de Daisy. J'ouvre la bouche pour trouver une excuse, et puis…

Je signe son registre à la noix.

C'est quoi ce bordel ? Qu'est-ce qui vient de se passer ?

Je cligne des yeux. Une fois. Deux fois. Je récupère la clé, je cligne encore. Et puis, sans comprendre comment, je suis dans une chambre. Propre, mais défraîchie. Au moins, elle ne sent pas les pieds.

Je n'ai rien compris. C'était de la magie ?

La même magie qui a flingué la voiture et mon téléphone ? Je m'effondre sur le lit et enfouis mon visage dans mes mains. J'ai fait une connerie. Une énorme connerie. En signant, j'ai vendu mon âme. À des démons. Je frissonne. Mes parents vont me tuer. Ha, c'est marrant… Ce qui me vient en premier, ce n'est pas « je vais mourir dans d'atroces souffrances », mais plutôt « maman va me sortir un : *je te l'avais bien dit* ». Je suis dans une merde noire.

Et pourtant, je ressens un étrange sentiment de sécurité, l'impression d'être chez moi.

Je n'ai jamais ressenti ça avant.

Waouh, c'est triste, en réalité. J'ai eu beau réussir professionnellement, je ne me suis jamais sentie en sécurité ou à ma place. J'ai toujours eu cette sensation qu'il me manquait un truc, que je me trouvais au mauvais endroit. Mais ici, tout me crie que je suis exactement là où je dois être.

Je m'affale sur le lit. Je connais bien la magie. Même si je suis une tocarde, je reste une sorcière. J'ai expérimenté le pire des sortilèges, celui qui se plante dans ton cerveau et contrôle tes paroles. Je serre les poings. Oui, grâce à ma mère, j'ai passé des années sous l'emprise d'une potion mentale, alors je sais reconnaître quand on me contrôle artificiellement. Je le sens. Mais là, ce n'est pas ça. La magie, aussi puissante soit-elle, ne peut pas altérer ce qu'on ressent. Notre voix intérieure.

Je tripote nerveusement les couvertures et fixe une tâche sombre au plafond. Franchement, ce n'est pas la magie qui m'a fait signer ce registre, du moins pas une force extérieure. C'était quelque chose en moi. Je fronce le nez, perplexe. C'était comme si une partie de moi avait pris les commandes et embarqué tout mon être en virée pendant quelques minutes. Je secoue la tête et souffle un grand coup.

C'est pas méga flippant, ça ?

Pourtant, ma confiance en cet endroit est sincère. Ça ne veut pas dire que je vais me balader naïvement dans l'hôtel en mode touriste. Non, ça veut juste dire que je vais découvrir ce qui se passe ici. Demain.

Dans un grognement fatigué, je me redresse. Je sors le pistolet en plastoc de ma poche et le pose à portée de main sur la table de nuit.

Malgré la fatigue et l'esprit embrouillé, je me sens poisseuse après ces heures de route et me fais couler un bain. Je n'ai pas de baignoire dans mon appart', alors je vais en profiter ; je mérite ce petit plaisir.

Avant de me déshabiller, je fouille mon sac, sors une barrière temporaire et l'active pour protéger toute la chambre. Elle est puissante, imprégnée de la magie combinée de Diane et Jodie. Si quelque chose d'anormal se produit, elle me réveillera.

Je vérifie l'état du sol par sécurité, m'assurant que rien ne pourrait blesser Daisy, puis je touche sa bulle de transport. Le hayon s'ouvre. À l'intérieur, ma dragonnette ronfle adorablement.

Quand elle se réveillera, Daisy pourra aller et venir comme bon lui semble. Mais la connaissant, elle attendra la dernière seconde pour aller faire pipi. Je place donc la bulle près de la salle de bains et improvise une litière avec un plateau et les dernières poignées de copeaux dont je dispose. J'installe aussi sa gamelle d'eau et ses croquettes.

Puis, je bidouille mon téléphone. Miracle, il s'allume.

Salut Owen, c'est Mardi. Je vais bien, mais la voiture est morte. Je pense que c'est un problème électrique. Je ne l'ai pas bousillée ! Je passe la nuit à l'Hôtel du Sanctuaire. C'est à trente minutes du refuge. Tu veux bien prévenir mon coven ? Le téléphone que tu m'as donné déconne aussi, il n'arrête pas de s'éteindre. Je vais utiliser le téléphone de l'hôtel pour appeler mon père demain matin. Merci, bisou.

J'envoie rapidement avant que le téléphone tombe en rade. Voilà.

Oh merde. Je grimace en relisant le texto. Le *bisou* à la fin. Je geins en me frottant la nuque. Pourquoi j'ai écrit ça ? C'est sorti spontanément. Je me ronge un ongle. Trop tard, c'est parti. L'écran clignote, devient gris, puis s'éteint. Il est mort.

Argh ! Je tape le téléphone contre ma cuisse en me frottant le visage. Au moins, il sait où je suis, non ? Dans mon esprit, Miss Piggy souffle un baiser théâtral à un Kermit blasé, ponctué d'un « bisou, bisou ». Envoyer un bisou par texto, c'est amical, non ? Je grimace à nouveau, hausse les épaules dans un geste impuissant, et range le téléphone.

Un gros splash résonne depuis la salle de bains remplie de vapeur, suivi d'un battement d'ailes trempées.

— Oh, on dirait que c'est l'heure du bain de dragonnette. J'espère qu'ils ont laissé une tonne de serviettes. On va en avoir besoin.

Avant d'entrer dans ce champ de bataille aquatique, je m'agenouille et ouvre la valise. Les couteaux emballés par Forrest occupent la moitié de l'espace. Franchement, qui a besoin de six lames en argent, deux en fer, mais zéro sous-vêtement ? Cette fille a un sérieux problème.

Je dépose un couteau sur la table de nuit, vide mes poches et aligne les boules de potions pour faciliter le tir, au cas où.

Je laisse échapper un petit rire incrédule en sortant un pyjama en pilou rose avec des *licornes*. Il est adorable, mais je ne l'aurais jamais acheté moi-même.

Des couteaux et des licornes. Forrest a vraiment un pète au casque.

Chapitre Neuf

J'ai rêvé d'un monde, bâti par ma vision de la perfection. Une reconstitution minutieuse. Des pièces élégantes jusqu'aux brins d'herbe. C'était épique.

Lorsque je me réveille dans un lit qui ressemble à un nuage, je me sens toute drôle, lourde. Comme si ma conscience regagnait mon corps. Je me sens si bien que j'ai envie de retomber dans le sommeil. J'entends un petit bruit près de mon oreille, comme si on avait déposé un plat sur la table de nuit se trouvant près de ma tête.

L'odeur de bacon m'envahit les narines.

Je pousse un grognement de satisfaction, puis tourne la tête pour voir d'où ça vient. Je me tortille comme un ver pour m'extraire de sous les draps. Jetant un œil, je renifle, et la délicieuse odeur de bacon grillé fait frémir mes narines.

Sur la table de nuit, entre les potions et le pistolet en

plastique, se trouve un sandwich grillé au bacon, avec une tasse de thé chaud.

Je cligne des yeux avec étonnement.

Une goutte de ketchup roule le long de la croûte de pain et s'écrase dans l'assiette. Magnifique.

Putain, d'où ça sort ?

Pendant un instant, je retiens mon souffle et m'attends à intercepter un mouvement. Rien. Il n'y a personne.

— Quelqu'un est entré dans ma chambre ? Je savais que cet endroit était louche.

Quand on signe un vieux registre dans des conditions bizarres pour séjourner dans un hôtel mystérieux et que, plus tard, on frôle la crise d'hystérie parce qu'on a potentiellement vendu son âme au diable, jamais je ne me serais attendu à ça. Du bacon croustillant et une tasse de thé. On est loin du scénario cauchemardesque que je m'étais imaginé.

Mon estomac gargouille l'air de dire « Bacon. Manger. » Je papillonne encore des paupières et sèche ma bave avant qu'elle me dégouline du menton. Je découvre ensuite la pièce où je me trouve. Ma main humide retombe sur le lit tandis que ma mâchoire se décroche. Je ne suis pas dans un cachot. On est plutôt sur un hôtel six étoiles ou un appartement qui coûte une blinde. Mon visage se plisse, dubitatif. Ça alors, c'est surprenant.

Waouh. J'écarte la couverture et bondis sur mes pieds. Mais oubliant comment utiliser mes jambes, je finis par rouler du lit et glisser gauchement par terre, pour être réceptionnée par un tapis moelleux. Ébahie et le cœur à mille à l'heure, j'en oublie mon estomac, plongée dans la contemplation de cette chambre...

... qui m'appartient.

Et pas qu'un peu ! C'est la copie conforme de mon imagination, ce dont j'ai rêvé pendant toutes ces années. Par la baie vitrée, j'entrevois des collines familières, une forêt au loin et... un lac.

— C'est du délire.

Dans mon sommeil, j'ai refaçonné un monde.

L'air se dérobe.

Ma respiration se met à siffler.

Je n'arrive plus à inspirer assez d'air dans mes poumons. Je me frotte et me frappe la poitrine. *Respire, Mardi, c'est pas le moment de partir en crise de panique.* Des points noirs piquent mon champ de vision et dansent devant mes yeux. Ça y est, je fais une crise d'angoisse. *Calme-toi et réfléchis.* Je grimace lorsque je me pince la main. Ouille. Ouais, je suis bien réveillée. Ce n'est pas un rêve... c'est de la magie.

Tout mon corps se met à convulser.

— T'es pas en train de te faire attaquer par les rats Power Rangers, me raisonné-je.

Je ne suis exposée à aucun danger imminent. Personne ne défonce ma porte. Au lieu de sauter et courir partout comme un poulet décapité, j'inspire à fond, retiens mon souffle et expire lentement. Je me concentre sur ma respiration jusqu'à ce que mon cœur retrouve un rythme cardiaque régulier et que mon corps cesse d'être animé par l'envie de s'enfuir à toutes jambes. *La panique ne fait que nuire*, me rappelé-je.

J'attrape l'assiette sur ma commode et mords une grosse bouchée de mon sandwich. Et pourquoi pas ? Le bacon croustille, et je jubile en sentant le goût dans ma bouche. Ce sandwich est parfait.

Tandis que je mange, je m'efforce de repousser le choc qui m'a assaillie. Maintenant que mes pensées sont moins embrumées, je ressens la magie. J'ignore comment, mais c'est moi qui ai fait ça ; je le sais au fond de moi. C'est l'œuvre de *ma magie*.

Bordel.

Je suis passée du néant à un tour magique complet. Je n'arrive pas à décider s'il s'agit d'un rêve devenu réalité ou de mon pire cauchemar. La magie dont je n'ai jamais été pourvue cogne dans ma poitrine, palpite dans mes bras, court dans mes jambes. D'une main, je tripote mon visage. De l'autre, je tâtonne mon crâne, vérifiant que mes cheveux ne sont pas dressés sur ma tête. J'ai l'impression d'avoir mis le doigt dans une prise et d'avoir été électrocutée. C'est comme si je venais d'intégrer un circuit de courant électrique.

Je m'empare de la tasse et avale une longue gorgée de thé. Je repense aux paroles du faë. L'elfe. *Salut, petite sorcière perdue. On m'a dit que t'étais une tocarde, mais tu vaux mieux que ça, pas vrai ? Ton coven t'a bien cachée.* J'enfourne la dernière bouchée du sandwich au bacon dans ma bouche. *Ça fait plus d'un siècle que je n'ai pas croisé quelqu'un de ton espèce dans le monde réel. C'est stupide de ta part, vraiment.*

— Ton coven t'a bien cachée...

Il s'est planté. Mon coven et mes parents ne m'ont pas caché mes pouvoirs. Pour ma mère, cela équivaut à gagner au loto.

— Le monde réel ?

Je sirote mon thé et m'adosse contre la tête de lit. Alors que les mots tournent dans ma tête — *monde réel* —, je gratte la tasse de l'ongle et plonge le regard dans le thé. Au fond de la tasse, le liquide ondule au rythme de mes doigts. Peut-être qu'il ne racontait pas des cracks. Peut-être qu'il avait vu juste.

Les griffes de Daisy s'enfoncent dans le tapis moelleux alors qu'elle avance vers moi, un morceau de concombre coincé entre les crocs. C'est son repas préféré, apparu lui aussi par magie, à l'instar de mon petit-déjeuner. Elle monte sur mes genoux, se joignant à mon pique-nique improvisé par terre, et mange bruyamment.

Un monde que j'ai créé. Comme... un *royaume miniature*.

Non.

Ma poitrine se serre dans un soubresaut étrange, désagréable. Impossible... La personne qui a créé les dimensions miniatures n'aurait pas pu en concevoir une aussi grande. Je souffle, abasourdie. Je me penche en avant pour observer la forêt, les collines et ce satané lac. Des hectares à perte de vue. Ce n'est pas possible, ce n'est pas ça...

Pourtant, je connais chaque centimètre de cet endroit. Cela fait des années que je construis ce lieu idéal dans mon esprit. Inutile de nier que je suis à l'origine de sa réalisation.

Je me frotte le visage et secoue la tête, incrédule.

Marcheurs terrestres et façonneurs terrestres.

Le pouvoir des dieux.

Soudain, j'ai des papillons dans le ventre. Malgré moi, je suis parcourue d'un frisson qui me hérisse tout le duvet du corps d'un coup.

Tout concorde.

Nous — les sorcières — pouvons créer des portails, des entrées reliées les unes aux autres par les lignes telluriques. Mais quelqu'un d'autre avant nous a créé les portails menant aux autres mondes. On dit que ce savoir a été perdu, qu'il a été englouti dans l'extinction d'une espèce magique. D'autres — surtout les sorcières — disent qu'il s'agit d'une branche de la magie qui s'est éteinte.

Il existe une trace de l'existence sur Terre de ces êtres : les dimensions miniatures. Convoitées et vendues pour des sommes faramineuses. Je reporte mon regard dehors. Quand je pense que dès que ma voiture s'est engagée dans l'allée, j'avais déjà quitté l'Écosse... Mes bras ont la chair de poule. Portails, dimensions miniatures et mondes artificiels créés par la magie sont étranges. Si une créature assez forte y est reliée par la magie, la dimension peut se modifier et changer. Mais pas à ce point. Là, on a dépassé le petit hôtel lugubre et miteux de la veille.

À nouveau, mon ventre se tord. Je me frotte le bras, hérissant le pyjama en pilou rose orné de licornes, la respiration lourde et...

— C'est quoi ça ? m'étranglé-je.

Je fixe mes bras. Ma peau est couverte de tatouages magiques.

Des tatouages phosphorescents.

Je dépose doucement ma dragonnette, qui continue de grignoter son concombre sur le tapis, et je me lève. Je me précipite dans la salle de bains, retire le haut de pyjama et jette un œil dans le grand miroir. Des lignes argentées s'illuminent sur tout mon corps dans un enchevêtrement complexe. Je me penche prudemment vers le miroir et trace les délicates volutes qui dansent sur *mon visage.*

Pendant plusieurs minutes, j'observe mon reflet, en proie au choc.

Au lieu d'enlaidir mes traits, elles rehaussent mes

pommettes et font ressortir mes yeux comme un maquillage de pro. Ça ne me déplaît pas. *C'est comme si elles avaient toujours été là.* Non, c'est de la folie. Je recule du miroir et mon dos heurte le carrelage froid.

J'ai beau être épouvantée, rien ne sert de nier les faits. Cet hôtel, cet endroit, ce monde… m'ont rendue magique.

Oh là là.

Ma mère va en chier une pendule.

Chapitre Dix

Je décide de partir explorer l'hôtel pour obtenir des réponses. Et puis, j'ai mon fidèle pistolet en plastoc. Pistolet probablement inutile aux mains de quelqu'un capable de façonner un monde et de se préparer un sandwich bacon-ketchup grâce à la magie.

C'est de toi dont on parle, Mardi. J'ignore un instant cette voix intérieure agaçante, car je ne dispose pas encore de toutes les réponses. Bien que j'apprécie le luxe de cette chambre d'hôtel, je ne peux pas rester cachée là éternellement. Non, je dois m'habiller et trouver des réponses.

L'armoire classique s'est transformée en un vaste dressing bourré de fringues.

À l'instar du sandwich, j'ignore comment elles se sont retrouvées là. Je lance un regard à la tasse et à l'assiette que j'ai laissées par terre. Elles se sont volatilisées. L'hôtel se range tout seul. Mais oui, c'est carrément normal.

Interloquée, je reporte mon attention sur la garde-robe, les épaules légèrement voûtées. Veillant à ne pas pénétrer dans le dressing, je tâte prudemment les vêtements qui se balancent, pendus aux cintres en bois, qui s'entrechoquent à leur tour en grinçant sur la tringle.

Quelqu'un aurait-il perdu ses vêtements ce matin ? Auraient-ils abandonné leurs propriétaires tels des êtres vivants ? Est-ce là que se rassemblent les chaussettes orphelines ? À moins qu'un malheureux chef de rayon ait constaté une erreur de stock...

C'est l'œuvre de la magie.

Il n'y a pas d'autre explication. Vient ensuite la question logique : si je mets des sapes magiques, vais-je me retrouver toute nue dans le monde « normal » ? Que se passera-t-il si quelqu'un me passe un bracelet inhibiteur ? Les vêtements vont-ils disparaître comme la coloration de cheveux magique ? Trop de questions se bousculent dans ma tête, je vais choper la migraine !

Agacée, je repousse une mèche de cheveux en soupirant, puis range le défilé de points d'interrogation dans un coin de ma tête. Je m'aventure dans le dressing et passe la garde-robe en revue.

Je travaille dans un grand magasin qui regorge de créations de stylistes. Niveau qualité, j'ai l'œil. Malgré moi, un frisson d'excitation glisse le long de mon échine lorsque je repère mes marques préférées. Mon style, incarné dans des vêtements que je ne pourrai jamais me payer, ou que je me suis interdit d'acheter.

J'ouvre un tiroir rempli de lingerie hors de prix.

En quelques secondes, je me débarrasse de mon pyjama à licorne. J'enfile un pantalon fluide noir, qui va parfaitement avec le joli tee-shirt à manches longues imprimé d'un papillon en couleur que j'ai choisi. Féminin, mais pro. Pas besoin de verser dans l'élégance ; je pourrais tout aussi bien remettre le jogging avec le sweat à capuche d'hier. Mais ma tenue me va bien. Est-ce qu'on peut appeler ça le pouvoir de la mode ? Peut-être bien.

Je complète le tout avec une paire de baskets noires à paillettes. Pratique s'il faut partir en courant. Il me semble avoir déjà dit que je ne me lancerai pas dans un combat de kung-fu. Alors des chaussures pour filer à la vitesse de l'éclair sont un must. Dès que je les mets, je remarque le logo. Des baskets Gucci.

Bordel de merde.

Je laisse Daisy dormir. Il vaut mieux qu'elle reste en sécurité dans la chambre. Tandis que je ferme la porte, je vérifie que la barrière est en place. D'ailleurs, j'ignore comment elle a tenu alors que la chambre fait au moins six fois sa taille. En tout cas, elle fait encore effet et empêchera toute créature de s'introduire.

Comme d'habitude, cela m'inquiète de laisser Daisy toute seule. Bientôt, je lui trouverai un copain.

Je tire la lourde porte et m'engage dans un hall très différent. Mon cœur bondit de surprise dans ma poitrine. L'entrée de l'hôtel est mise en valeur par un harmonieux mélange entre ancien et moderne. Si je suis à l'origine de la redéco', je me suis vraaaaiment dépassée. Constater de mes yeux éveillés le fruit longtemps cultivé dans mes rêves me laisse sans voix.

— Où est le type de la réception ? marmonné-je en fouillant du regard le comptoir vide.

— Larry ? Il est parti, me répond une voix raffinée.

Je manque sauter au plafond et me recroqueville comme une tortue, tentant de disparaître dans ma carapace invisible. Puis je me tourne.

— Ah, lâché-je, à court de mots.

Derrière moi, un homme est assis dans un fauteuil. D'où il sort, celui-là ? Je suppose qu'il s'agit de l'occupant de la chambre numéro un. C'est bizarre... il m'a l'air familier. Petit, les cheveux d'un noir identique à celui de ses pupilles, une peau de marbre sans imperfections.

Un sang-pur, me hurle ma voix intérieure avec effroi.

Un vampire de naissance.

Je verrouille mes genoux pour ne pas flancher. *Ne montre aucun signe de peur, Mardi. Pour lui, t'es un sandwich sur pattes.* Je déglutis, m'efforçant de garder le contrôle de ma respiration. Mentalement, je me visualise dans un bain de ketchup, saucissonnée entre deux tranches de pain. Avec un frisson, je chasse cette affreuse image.

Ces derniers jours m'ont ouvert les yeux sur les créatures qui peuplent le monde. Un elfe, un chien de l'enfer, et maintenant un sang-pur.

Franchement, je n'avais pas besoin d'ajouter un vampire à ma liste.

En revanche, je suis convaincue de l'avoir déjà vu quelque part... Mais où ? À la télé ? Les sangs-purs sont rares et la plupart d'entre eux sont célèbres. Ils incarnent l'élite, souvent les stars de notre grand écran. Atticus. Mes yeux s'ouvrent en grand quand son nom me revient en mémoire. Que fait le chef du conseil des vampires ici ? Il est extrêmement ancien et puissant. Il dépasse, et de loin, l'expérience que j'ai en matière de créatures magiques.

Je suis un peu flippée par ses globes noirs dénués d'expression, qui dissèquent chaque millimètre de mon visage. Je me balance d'un pied à l'autre, refoulant l'envie de me cacher derrière mes cheveux. Heureusement que je n'ai pas mis mon jogging.

Une fois son examen achevé, il me tend poliment la main, et je la serre machinalement, entrant en contact avec sa peau chaude et douce.

— Atticus, se présente-t-il en inclinant légèrement la tête.

Je me retiens de jeter un œil à ses pieds pour voir s'il ne s'est pas mis au garde-à-vous. Ses manières sont trop guindées.

— Mardi. Mardi Larson.

Je toussote pour m'éclaircir la voix qui est partie dans des octaves impossibles.

— Vous êtes à la tête du conseil des vampires, continué-je bêtement.

Mais la machine est lancée, impossible de m'arrêter.

— Que faites-vous ici ? improvisé-je fidèle à moi-même.

A-t-il été entraîné dans cet hôtel, lui aussi ? À moins que ce soit lui qui m'ait attirée là ? Oula, j'ai peut-être mis le doigt sur quelque chose...

— Je suis ton invité, ronronne-t-il. Le Sanctuaire est mon domicile, depuis plus d'un millénaire. Maintenant que tu es là, ton royaume devrait pouvoir réintégrer le cercle des dimensions.

Le sang me monte à la tête, me faisant tituber. Hein ? Mon royaume ? Le cercle des dimensions ? Oh, purée de pomme de terre, c'est pas vrai... Commençons par le début, sinon mon cerveau risque d'exploser sous la tonne de questions.

Déjà, je ne suis même pas sûre de pouvoir lui faire confiance.

— On est dans une dimension miniature ?

— Un royaume miniature, me corrige-t-il.

Ah, j'y étais presque.

— Ce monde est le tien. Cette dimension t'a appartenu dès ton arrivée, dès que tu en as pris le contrôle. L'air que nous respirons, les saisons, les sons, tout ce que tu vois... c'est toi qui contrôles tout ça. Rien ne t'est impossible.

Atticus se rapproche. Je le regarde, bouche bée, alors que sa main effleure lentement ma colonne vertébrale. Secouée d'un frisson, je me retiens difficilement de virer sa main.

— Il y a une source de pouvoir inexploité qui dort en toi tel un océan immense. Quelques heures ici ont suffi pour le faire remonter à la surface. Une seule goutte de pouvoir dans ton sommeil et regarde tout ce qui s'est produit...

Il désigne l'hôtel avec élégance.

— ... tout ce que tu as accompli naturellement. Tu es épatante.

Non. C'est impossible. C'est un rêve, pas vrai ?

Un rire incrédule monte dans ma gorge et s'échappe de mes lèvres. Je m'éloigne de lui en secouant la tête, gagnée par l'envie de me décaper la peau pour éliminer la sensation de ses doigts sur ma peau. Ce vampire reste un inconnu, et ça ne me plaît pas qu'il pose ses pattes sur moi. Il penche brusquement la tête de côté, et mon rire s'éteint. Putain, il fout les jetons.

Tout à coup, je me surprends à espérer que ce soit le chien de l'enfer devant moi, et non cette créature. Son regard opaque me rappelle celui d'un requin.

— Comment ce royaume peut-il m'appartenir ? Au fait, vous connaissez quelqu'un avec qui je pourrais en parler ?

Je sais que je ne peux pas interroger un vampire de naissance comme si c'était un vulgaire passant. Mais les mots fusent dans un élan désespéré.

— Le cercle des dimensions ? couiné-je en grimaçant.

La ferme, Mardi. Tu deviens malpolie là.

Les yeux d'Atticus se rétrécissent.

— Je dois avouer que ton ignorance a quelque chose d'attachant.

Il indique l'énorme registre, qui trône sur le comptoir de la réception désormais reluisante et moins bancale.

— De la lecture t'attend. Lorsque le dernier hôte est mort...

— Hôte, articulé-je.

Intéressant.

— ... la magie m'a permis de continuer d'habiter Le Sanctuaire. Il existe d'autres hôtes, d'autres mondes et une guilde.

— Une guilde ?

— Tout est écrit dans le grimoire.

Je fusille le livre du regard. Dois-je vraiment lire ce pavé ? Ça va me prendre des mois. Je me frotte la tempe. Le grimoire tressaute, et je plisse les yeux. C'était quoi ça ? Les pages bruissent et le vieux grimoire se met à trembler sur le bois, comme impatient. Il tressaille avant de disparaître dans une lumière aveuglante, remplacé par une tablette moderne.

Je cligne des yeux, ébahie.

— Intéressant, grommèle le vampire.

Je le regarde en haussant les épaules, sans comprendre. Notre conversation étant arrivée à son terme, il me salue avec la même formalité initiale puis s'éloigne.

Je l'observe s'en aller, gagnée par la panique.

— Euh... monsieur... ? Monsieur Atticus ! hélé-je. Faut-il que je fasse quelque chose pour vous ? Je n'ai jamais géré d'hôtel... Vous avez peut-être besoin de serviettes ?

Il tourne la tête vers moi, et sa bouche semble entamer l'ébauche d'un sourire.

— Ta magie pourvoira à mes besoins.

Mes bras retombent le long de mon corps. Je tourne les talons avec hésitation pour retrouver la tablette à l'air inoffensif.

— Très bien, bougonné-je, résignée.

Je me rapproche du comptoir et m'empare du datapad dernier cri. Je l'allume et patiente en pianotant sur le comptoir.

— Merci pour le brief, Larry, fulminé-je à voix basse, le sourire amer.

L'endroit est-il horrible au point de ne pas avoir pris le temps de m'expliquer ? Même les grandes lignes. Il a dû filer après m'avoir donné la clé de ma chambre. Je comprends mieux son air rayonnant.

L'écran n'affiche toujours rien. Je l'ai cassé ? À plusieurs reprises, j'appuie sur le bouton de démarrage.

— Je l'ai pété, grogné-je, dépitée.

Et maintenant ? Mon cœur semble vouloir bondir hors de ma poitrine. Je suis paumée.

Je suis en train de jouer avec une magie inconnue, puissante. Et je n'ai pas la moindre idée de ce que je fais.

La magie n'en fait qu'à sa tête.

Je suis désemparée, je...

— Oh, il s'allume !

Un curseur clignote sur l'écran, et ma bouche s'ouvre de stupeur lorsque je vois les lettres se dessiner.

C'est écrit : Bonjour, Mardi. Que veux-tu savoir ?

Le curseur clignote et ma main plane au-dessus de l'écran, figée.

Sérieux, c'est le truc le plus flippant que j'aie jamais vu.

CHAPITRE ONZE

JE FIXE l'écran du datapad en me mordillant la lèvre. Tiens, c'est bizarre. Du bout de la langue, j'effleure ma lèvre inférieure. Elle n'est plus douloureuse. Hier soir encore, c'était un champ de crevasses. Je fronce les sourcils. J'ai dû guérir dans mon sommeil. Je me masse la poitrine, gonfle les joues et décide de laisser tomber pour l'instant. Franchement, à côté de tout ce foin magique, c'est du pipi de chat.

Revenons plutôt à cette tablette qui connaît mon prénom. Qu'est-ce que je suis censée taper là-dessus ? Je souffle bruyamment en pianotant sur le bureau.

— Je veux tout savoir, marmonné-je.

— *Il va falloir être plus précise.*

Je manque lâcher le datapad. Les yeux écarquillés, je le repose doucement. Un petit rire hystérique m'échappe. Je pince ma lèvre guérie entre mon pouce et mon index, et tire dessus. Pas besoin d'écrire ; en plus d'avoir de l'humour, ce grimoire-tablette écoute aux portes. *Bon à savoir.* Agrippée au comptoir de la réception, je me décale pour m'éloigner de la tablette hantée. Sur l'écran, le curseur s'emballe.

Je m'éclaircis la voix.

— Euh... Est-ce que quelqu'un ici me veut du mal ?

— *Non.*

Réponse nette, sans détour.

Je me racle à nouveau la gorge. Ma bouche est hyper sèche, le bacon salé du petit-déj m'a donné soif. J'ai la langue pâteuse. Le tintement reconnaissable d'une tasse posée sur le bois et la chaleur soudaine près de ma main me font baisser les yeux. Une tasse de thé fumante est apparue.

Bon sang, les trucs surgissent vraiment de nulle part !

— Merci, lâché-je avec un couinement nerveux.

Je hausse les épaules, attrape la tasse et avale une gorgée brûlante. Petite confession : j'ai l'habitude de remercier les objets inanimés. Les distributeurs de billets. Les portes automatiques. J'ai même déjà tenu des conversations entières avec un mannequin récalcitrant au boulot. Ceux qui ont déjà essayé d'habiller ces machins savent à quel point leurs membres sont galères à manipuler. Alors, dire merci à une magie qui pour une fois dans ma vie me rend service, c'est la moindre des politesses.

Oh ! Est-ce que je suis un génie ? Ce monde miniature fonctionnerait-il comme une lampe magique ? Si je peux faire apparaître des objets, est-ce que ça veut dire que les clients de cet hôtel ont droit à trois vœux ? Je laisse échapper un rire étranglé. Les génies n'existent pas dans ce monde, même si je frotte mon front comme une lampe. Je gamberge trop. Si ça continue, je vais finir recroquevillée dans un coin, en larmes.

Je serre la tasse à deux mains et reprends une gorgée. Ce thé est délicieux.

Merde, une autre pensée m'assaille. J'espère vraiment que je parle à la magie, ou à ce qui était autrefois le registre. Je ne supporterais pas que Larry, le type chelou de la réception, soit planqué dans une pièce secrète en train de m'observer et de se fendre la poire.

Je pose les coudes sur le comptoir. En soi, rester ici ne serait pas une tragédie. Je suis une solitaire introvertie. Une casanière. J'aime avoir mon espace, faire mes trucs dans mon coin. Mais ce n'est pas ça qui fait disparaître le poids dans ma poitrine. J'ai des obligations. Le boulot, par exemple. Depuis mes seize ans, je suis la superstar de ma boîte. Je peux même me vanter d'être devenue la plus jeune manager générale de l'histoire de l'entreprise.

Huit ans, merde. Tout ce temps et ces efforts gaspillés si je m'en vais. Je souffle. Je n'ai jamais pris un seul jour de congé maladie. Qu'est-ce qu'ils vont penser si je disparais sans prévenir ? Ça va être un gros bordel. Peut-être que je pourrais emmener la magie avec moi ? Je prends une autre gorgée de thé.

J'aime bien me sentir ici comme chez moi. Mais il y a une sacrée différence entre choisir d'y rester et y être contraint.

— Est-ce que je suis prisonnière ?

— *Non, tu n'es pas prisonnière.*

Bon. Personne ne m'empêche de partir, et je ne suis pas enfermée dans une pièce sans issue. Ce royaume est magnifique. Il y a tout un monde au-delà de l'hôtel, des kilomètres et des kilomètres à explorer. C'est quand même dingue.

Du coin de l'œil, je vois le curseur du datapad clignoter avec impatience.

Mais... je déteste le changement. Je déteste l'inconnu. Je déteste cette foutue magie. Je déteste toute cette situation.

— Si je pars, qu'est-ce qui se passe ?

— *Le royaume entrera en stase en attendant un nouvel hôte. Avec le temps, il tombera en ruines jusqu'à disparaître complètement. Tu reprendras ta vie de simple sorcière mortelle d'avant. La magie qui est en toi deviendra inaccessible. Si tu restes, tu détiendras un pouvoir au-delà de tout ce que tu peux imaginer, une magie toute-puissante et l'immortalité.*

Oh. Je cligne des yeux en rythme avec le curseur. C'est comme ça qu'on fabrique les super-méchants, non ? *Génial.* Ou les superhéros...

— *Si tu pars, ta nouvelle magie disparaît avec toi.*

Si je pars, je redeviens une sorcière tocarde. Ce destin ne me tente pas. Est-ce que ça fait de moi une méchante ? Je ne veux pas non plus être coincée dans une dimension miniature pour toujours. Et l'immortalité ? C'est une putain de boîte de Pandore.

Et si tout ça n'était qu'un rêve ? Une hallucination tordue ? Je gratouille le comptoir du bout du doigt et termine mon thé. C'est bien réel.

Ça sonne juste.

Tout abandonner est impensable. Je penche la tête en arrière et contemple le hall majestueux. Pas besoin de regarder dehors pour savoir que cet endroit est parfait. J'ai mis mon âme dans ce royaume, même si je ne savais pas ce que je faisais à l'époque.

C'est ici que je suis censée être. Je peux fuir, retourner à mon appartement, à ma vie imparfaite, ou bien être courageuse, explorer cette magie inconnue et découvrir qui je suis vraiment.

Saisir mon destin à bras le corps.

Je frissonne. Ouah, alors fini de jouer les simples figurantes ?

— Comment ça marche ? Comment se fait-il qu'on ait des clients ?

— *Tu aides ceux qui cherchent un refuge.*

— C'est aussi simple que ça ? je râle. Et les méchants ? Si ma magie laisse entrer n'importe qui, ça peut vite devenir un joyeux bordel.

Ça pourrait être des milliers de personnes ! J'ai vingt-quatre ans. Gérer une boutique, je connais. Mais un monde entier ? Une goutte de sueur glacée glisse entre mes omoplates.

— *Ta dimension, tes règles,* tape le curseur.

Les mots se brouillent dans mon esprit. Le souffle court, le cœur en vrac, je me sens mal. Comment je vais faire ça ? Un putain de monde entier. Une magie de ce type n'est pas censée exister. Je ne peux pas. Je déteste la magie.

La réalité me percute avec la force d'un Eurostar. Je boude la tablette magique et m'éloigne de la réception.

— Fais chier !

Le juron claque dans l'air, résonne dans le hall. Ma main tremblante se plaque sur ma bouche. J'y crois pas. J'ai vraiment juré à voix haute. Merde, le sortilège anti-blasphématoire de ma mère vient de voler en éclats.

Mon cerveau a dû guérir en même temps que ma lèvre.

Un hoquet douloureux me secoue. Le sort est *brisé*.

— Le sort qui m'a pourri la vie a disparu.

Je claque des doigts.

— Pouf, comme ça.

Ce n'est pas la seule chose qui est brisée.

Un bruit étranglé, entre rire et sanglot, m'échappe et se transforme en un hoquet rageur qui me secoue la poitrine.

— C'est de la merde, soufflé-je.

Le gros mot me semble bizarre sur la langue.

— Nulle à chier.

Ma voix monte à mesure que je roule les gros mots comme des « r » dans ma bouche avant de hurler définitivement :

— MERDE !

Je plaque mes mains sur ma bouche pour contenir la folie. Putain, je perds la boule.

Mes jambes tremblent trop pour que je bouge. Impossible de fuir. Alors, pour la deuxième fois aujourd'hui, je m'écroule comme un sac de patates. Mon dos heurte le comptoir. Je remonte mes genoux contre ma poitrine.

Pourquoi moi ?

J'avais appris à vivre sans magie, accepté ma médiocrité. Je m'étais construit une vie où j'étais en paix avec moi-même. Je n'ai jamais eu de talent, et alors ? Je ne suis peut-être douée en rien, mais au moins, je suis une excellente manager. Une fille sympa.

Et là, tout a basculé dans une autre dimension et les règles du jeu ont complètement changé.

Pourquoi ? Tout allait bien. Pourquoi a-t-il fallu que je me traîne des foutus pouvoirs magiques cachés qui tombent du ciel et foutent en l'air ma vie bien rangée ? Pourquoi ces conneries bizarroïdes sont toujours pour ma pomme ? *Je serai toujours à part dans ce monde surnaturel. Toujours une paria.*

Je secoue la tête et mes cheveux frottent contre le bois derrière moi. *La magie.* Elle a toujours été ma plus grande frustration. Toujours en train de déconner. Il n'y a pas d'échappatoire. Il n'y en a jamais eu. Je suis foutue.

La plupart des gens pensent que je suis humaine. Mais il y a toujours quelqu'un pour lâcher : « Oh, t'es une sorcière ! C'est quoi ton pouvoir ? » Et je dois répondre quoi, moi ? « Ouais, je suis la fameuse Larson, la sorcière sans magie, donc zéro pouvoir. » Dans le meilleur des cas, ils sont gênés. Dans le pire, ils s'en servent pour me rabaisser.

Dans le monde réel, la magie est partout. Elle sert pour la technologie, la médecine, des futilités, comme changer la couleur des cheveux ou la coupe des fringues. Même sans la pratiquer, ma vie tourne autour d'elle. Impossible d'y échapper. Elle est intégrée au tissu de notre société, aussi indispensable que l'électricité.

J'ai appris à la supporter avec le sourire. Mais chaque fois que j'utilise une fiole de magie toute prête, une sensation désagréable me noue l'estomac.

Le dégoût.

Chaque fois, je me déteste un peu plus, parce que la vérité hurle en moi : *je ne suis pas assez bien. Je n'ai jamais été à la hauteur.*

Et ça me tue de savoir que, si j'étais née un peu différemment, je pourrais créer mes propres sorts au lieu de les acheter — au lieu de les faire exploser.

Je me balance doucement d'avant en arrière, le front collé contre mes genoux. J'ai cru que j'y échapperais, que je pourrais l'ignorer. J'avais accepté mon rôle d'exclue, il me plaisait. J'avais peaufiné mon sourire faux. « Les gens ne peuvent te blesser que si tu les laisses faire » était devenu mon mantra. J'ai coupé les ponts avec la communauté des sorciers, mes parents, mes sœurs super talentueuses. Je me suis construit une bulle pour protéger mes émotions.

— Tout allait bien, je gémis dans mes genoux. J'avais enfin la paix.

Enfin, jusqu'à ce que ces foutus mercenaires version Power Rangers défoncent ma porte.

Et maintenant, je suis là, *chargée à bloc de pouvoir.*

Et pas qu'un peu. J'ai assez de pouvoir pour façonner un royaume entier d'une seule pensée. Pour faire apparaître de la bouffe et des boissons sorties de nulle part. Pour réaliser des exploits que la plus puissante des sorcières tuerait pour réussir. Ça fait beaucoup à encaisser.

Au lieu d'être « réparée », je suis encore différente.

— C'est trop demander d'être une sorcière normale ?

Je me frappe la caboche contre le bureau, une fois, deux fois, pour me punir. Pour faire entrer un peu de bon sens dans cette cervelle bousillée.

Pourquoi moi ? Je ravale ma frustration et la douleur qui me rongent de l'intérieur. Je suis passée de la sorcière tocarde à... ça.

Une hôte. Une faiseuse de mondes.

Comment vais-je gérer tout ça ? Je ne peux pas. C'est impossible. Le destin a fait une erreur de casting. Je ne suis pas assez forte. Pas assez courageuse. J'ai passé toute ma vie à fuir la magie. À tout fuir. Et maintenant, il faudrait que j'accepte tout ce que je déteste, la magie que je hais ? Et comment ? Pour l'instant, je suis une pauvre loque effondrée par terre et incapable de me relever.

Putain, Mardi, reprends-toi.

J'aimerais bien, mais je suis terrorisée.

J'essuie les larmes stupides qui ruissellent sur mon visage. J'ai tellement peur.

Et puis, le portable qu'Owen m'a donné sonne et me fiche une peur bleue. J'ai presque envie de l'ignorer et de continuer de m'apitoyer sur mon sort. Presque. Je renifle et, d'un geste mécanique, je détends mes genoux et décolle mon cul du sol pour l'extirper de ma poche trop serrée. Je décroche et, d'une main tremblante, le colle à mon oreille.

— Allô ? croassé-je.

— T'es où, Flash ?

Il a l'air inquiet. Entendre sa voix rauque et ce surnom con comme la lune traverse le voile noir de panique et de peur qui m'étouffe. Sans le vouloir, il me donne un peu de force.

— Dans une dimension miniature, soufflé-je.

— Une dimension miniature ?

Il souffle dans le combiné et j'entends qu'il se passe une main sur le visage.

— La vache, t'as pas chômé.

— Non.

Un sanglot me secoue.

— OK, je peux t'aider ? Tu veux que je vienne te chercher ? Dis-moi ce qu'il te faut.

Je peux t'aider ? Personne ne m'a jamais posé cette question sans être payé. *Ouah, calmos, t'emballe pas. N'oublie pas que c'est papa qui l'a envoyé.* Je renifle. Cela fait si longtemps que je n'ai pas demandé d'aide.

— S'il te plaît, bafouillé-je, la gorge serrée.

— Merde, Mardi, tu me tues. T'es en sécurité ?

— Oui.

Enfin, je crois.

— Tu peux sortir de là ?

— Je sais pas... O-oui, peut-être ?

Un silence. Il capte ce que je ne dis pas.

— Tu veux partir ?

— C'est... compliqué.

— On règlera les problèmes ensemble. L'entrée de cette dimension miniature se trouve en Écosse ?

— Je crois.

J'aimerais pouvoir le faire apparaître d'un coup de baguette magique.

Mes mains et mes pieds se mettent à me picoter. Les motifs gravés sur ma peau commencent à bouger au rythme des battements affolés de mon cœur. *Quoi ?* J'ai une folle envie de me gratter les bras et d'arracher les marques sur ma peau. *Je n'aime pas ça.* J'aspire de grandes bouffées d'oxygène, mais l'air dans la pièce s'épaissit. Je n'arrive plus à respirer. Ma poitrine me brûle. Ma gorge se serre. *Il se passe un truc.*

— Mardi ? Mardi ? Flash, parle-moi !

Le téléphone glisse de ma main et s'écrase sur le sol. Mes oreilles bourdonnent et assourdissent les sons comme si j'étais sous l'eau.

Une douleur fulgurante me traverse la poitrine, et la magie — ma magie — jaillit hors de moi. Mon dos se cambre violemment, ma tête cogne le bois. Un hurlement terrifié m'arrache la gorge. Les larmes de terreur inondent mon visage tandis que je regarde, impuissante, la magie s'abattre au centre de la pièce et se propager comme une onde de choc.

La pièce s'assombrit, ondule. Puis, comme si je venais de fracasser une vitre à coups de marteau, la réalité se fissure.

Le tissu même du monde se déchire. La brèche s'élargit et un trou noir apparaît. Un cercle d'obscurité pure, si dense qu'on dirait que j'ai arraché un morceau de l'univers lui-même. Un vide béant et infini prêt à m'aspirer tout entière.

Mes pieds raclent le sol, je plaque mon dos contre le comptoir. Mes omoplates et ma colonne vertébrale s'enfoncent dans le bois sculpté. *C'est quoi ce bordel ?* Je n'ai jamais ressenti une terreur pareille. Une peur viscérale hurle dans mes os. Rien à voir avec l'attaque des mercenaires ou l'elfe. Ça, c'était de la rigolade en comparaison.

Je sais — je ne sais pas comment, mais je le sais — que le royaume miniature se joint au chaos. Sa magie se mêle à la mienne, se tisse autour du vide béant, le façonne, le stabilise. Le trou noir vire au vert sombre, et se solidifie. Quelque chose bouge. Une ombre massive se profile au centre du trou et quelqu'un en sort.

— Oh non, c'est pas vrai. J'y crois pas, je marmonne en fermant les yeux.

C'est bon. Stop. Je rends les armes. Je n'ai pas les tripes pour regarder la mort en face. J'entends un bruissement et au lieu de me bouffer la tronche, une grande silhouette chaude se pose en douceur à côté de moi.

— Salut Flash, tout va bien. Je suis là.

Un bras énorme, solide, chaleureux, m'enveloppe dans un putain de câlin d'enfer.

Owen.

C'est lui.

Je laisse échapper un sanglot de soulagement et me blottis entre ses bras.

— Quoi ? Comment ? Je comprends pas, balbutié-je, la joue collée contre son torse solide et rassurant.

— Tu as ouvert un portail.

— Non... c'est impossible.

Je me détache de lui, et le regarde d'un air abasourdi.

— J'ai ouvert un portail ?

— Ben, j'ai supposé que c'était toi.

— Mais c'est impossible ! Personne ne peut créer des portails à partir de rien ! *Et personne n'est censé faire apparaître du thé non plus.* La magie est toute-puissante.

— Donc, j'ai ouvert un portail. J'imagine que c'est normal, vu que j'ai déjà conduit sur une route magique. Alors, bien sûr, je peux créer des passages vers d'autres mondes, juste comme ça, sans même y penser. Pourquoi pas ?

Puis une autre pensée me frappe.

— Attends... T'as sauté dans un portail au hasard ?

Il me fixe, ses beaux yeux gris brûlant d'intensité.

— Tu avais besoin de moi. Je t'ai entendue pleurer, puis crier. Évidemment que j'ai sauté.

Je secoue la tête, incrédule, et le serre un peu plus fort.

— Merci. Mais ne refais plus jamais ça pour moi. C'était hyper dangereux. Mais merci d'être venu.

— J'aurais jamais dû te laisser partir seule. J'aurais dû te conduire moi-même, putain. Je suis un abruti. Tu ne quittes plus mon champ de vision tant que je ne suis pas sûr que tu es en sécurité, grogne-t-il dans mes cheveux.

— C'est pas ta faute. C'est la mienne.

C'est moi qui ai insisté pour conduire seule. Après l'incident gênant du Culgate, l'idée de passer des heures dans la même bagnole qu'Owen m'a bien motivée à partir seule. Je suis une introvertie. Une marginale. C'est dans mon ADN.

— Et l'elfe ? je murmure contre son tee-shirt.

— Forrest est en train de le traquer. Moi, je suis là pour toi.

Je devrais trouver bizarre que ce type, un *chien de l'enfer* que je connais à peine, me prenne dans ses bras pour me réconforter. Mais j'ignore la voix de ma mère qui crie au scandale et je me love un peu plus contre sa chaleur.

— T'es pas au courant ?

Il ne finit pas sa phrase, et je lève la tête, intriguée.

— On est comme cul et chemise.

Un éclat malicieux danse dans ses yeux.

Je laisse échapper un petit rire horrifié. *Comme cul et chemise.* Oh merde. Il a réussi à me faire rire.

Comment ne pas tomber instantanément amoureuse de ce type ?

Chapitre Douze

AMOUREUSE. C'est n'importe quoi. Comment le chien de l'enfer pourrait vouloir de moi ? Je ne le connais pas. Néanmoins, je me blottis en silence contre lui qui ne cille pas. Son corps ne trahit aucune douceur. Tout en nerfs et en muscles, il est enveloppé dans une force brute de prédateur. Je ne me suis jamais autant sentie en sécurité.

Mardi, ce rêve n'est qu'un mirage.

Comment pourrais-je espérer qu'on m'aime si ceux qui sont censés m'aimer inconditionnellement ne m'aiment pas ? Ils n'apprécient même pas ma personne. Je suis un boulet. Une amie nase. Tout ce que je veux, c'est zoner chez moi, geeker sur l'ordi, mater la télé et bouquiner. On s'ennuie avec moi. Mon ventre se tord et je me détache de la chaleur d'Owen.

Je suis un Kleenex.

On m'a choisie et délaissée tant de fois que je m'attends désormais à ce qu'on me jette. Alors quand mes yeux se posent sur cet homme beau et fort, l'expérience me révèle d'emblée qu'on ne joue pas dans la même cour, que cela ne sert à rien d'essayer.

Pourtant, chaque fois que je suis avec lui, il couve mes peurs dans ses grandes mains et me berce avec une gentillesse sincère. Je n'ai jamais rencontré quelqu'un comme lui. Il est spécial. Et pour cette raison, je sais que s'il voit réellement qui je suis... il prendra peur et s'en ira, comme tous les autres ; c'est couru d'avance.

Pourquoi resterait-il ?

J'en ai fait du chemin, je ne suis plus la petite fille qui chapardait des sortilèges.

Évidemment, il y a des jours où je flanche, où la douleur dans mon cœur est si forte qu'il m'est presque impossible de quitter mon lit. Ce sont les jours où je crève du manque d'affection. Même lorsque je suis entourée, je me sens seule. Cela a toujours été plus facile pour moi d'être dans la retenue, de sceller une partie de moi-même, de me dissimuler... Comme ça, le jour où il faudra recoller les pots cassés, il y aura toujours une part de moi prête à le faire.

La seule personne avec qui je resterai jusqu'au bout, c'est moi-même. Alors, je vais puiser dans la force d'Owen, temporairement. Et quand il partira — parce qu'il partira —, je tiendrai le coup.

Je continuerai d'avancer.

Bon sang, j'ai envie de me baffer, je m'auto-saoule. Ouin ouin, personne ne m'aime. Des gens vivent pire que ça. J'ose un regard vers lui à travers mes cheveux détachés. Le silence est devenu gênant. Je dois dire quelque chose.

— Le datapad, lâché-je.

J'indique la tablette restée sur le comptoir au-dessus de nous.

— Il a dit que si je restais ici, je deviendrais immortelle.

— Ah. Tu ne devrais pas croire tout ce que tu lis.

— Je sais. Ça m'a juste chamboulée. Tout ça, c'est flippant. Quand je suis arrivée, c'était un hôtel miteux, expliqué-je avec de grands gestes. T'appelles ça miteux, toi ?

— Non.

— C'est moi qui ai fait ça, Owen. J'ai modifié la dimension miniature d'une certaine manière et je ne sais pas quoi faire maintenant. Je suis un monstre, un monstre puissant, et potentiellement immortel. Est-ce que je vais regarder tout le monde mourir ?

Je me mords la langue pour empêcher d'autres mots paniqués de jaillir de ma bouche.

— Mardi, l'immortalité n'existe pas. Tout le monde meurt.

Je grimace, et mes paupières papillonnent ; mes yeux rougis me démangent. Venant de la bouche d'un métamorphe, ce n'est pas rien.

Tout le monde meurt. Je suppose qu'il en connaît un rayon sur le sujet. Les métamorphes font partie des espèces qu'on considère immortelles. Mais tout le monde sait qu'ils sont surtout violents.

— T'es vieux, hein ?

Le chien de l'enfer me lance un sourire et hausse les épaules.

— Non... Je n'ai pas encore mille ans, mais pas loin.

— Waouh.

Difficile à concevoir. Je patauge dans la semoule avec ce

mec, et ça n'a rien de drôle. Les jeunes métamorphes ont du mal à survivre à l'adolescence. Avoir vécu un millénaire est un exploit... Attends, mais ça veut dire qu'Owen est hyper dangereux !

Je me lève. Soudain, je me sens mal à l'aise et ridicule assise à même le sol. J'attrape mon téléphone et, sans parler, nous nous éloignons de la réception pour nous poser au coin salon. Je m'affale dans un des poufs.

Je l'observe rôder, vérifier par la fenêtre, derrière les portes, à l'affût de la moindre menace. En détendant ma rétine, ma vision périphérique se brouille, me permettant de distinguer à l'œil nu le pouvoir du chien de l'enfer qui flotte dans la pièce. Un frisson me traverse. C'est la première fois que j'arrive à faire ça.

Enfin, Owen décide de s'asseoir dans le fauteuil vide, précédemment occupé par le vampire. Je présume que cela lui donne une vue imprenable sur la pièce et toutes les portes.

— Si tu as besoin d'aide et que je ne suis pas dans le coin...

Il s'empare du téléphone dans ma main et tape un numéro.

— ... appelle Forrest. C'est la seule en qui j'ai assez confiance pour te protéger. Même si elle a l'air...

Il pousse un soupir en se frottant les sourcils.

— C'est une jeune femme fantastique, achève-t-il. Elle mourrait pour te sauver.

Mes yeux dérivent vers le plafond en visualisant mentalement l'arsenal de lames disposé à côté de mon lit. Ceux dont elle a rempli ma valise, sans oublier le flingue en plastique. Je n'appellerai Forrest qu'en dernier recours ; j'espère ne jamais atteindre un tel niveau de désespoir.

— Merci. Je suis sûre que ça ira. Je me sens déjà mieux. Désolée que tu m'aies vue dans cet état. D'habitude, je ne...

Je force un sourire, puis hausse les épaules.

— Ça fait beaucoup pour moi, finis-je.

Owen hoche la tête avec empathie. Il se penche en avant et son regard gris suit les tatouages phosphorescents sur mon visage.

— T'as l'intention de m'expliquer ça ?

J'acquiesce et me réajuste dans le pouf. Ma bouche est aussi sèche que du sable ; je ne vais pas accuser le bacon, c'est sûrement le stress. J'ignore par où commencer.

Me croira-t-il ?

Clac. Une tasse de thé et une autre remplie à ras bord de crème fouettée et de guimauves apparaissent sur la table entre nous. Je fronce les sourcils devant ce choix douteux.

Owen saisit la tasse de chocolat chaud. Une guimauve dévale la montagne de crème et tombe de la boisson. Il récupère la confiserie avant de la lancer en l'air pour la réceptionner avec sa langue. Il me décoche un sourire ravageur et je fonds. La réaction viscérale de mon corps est toute nouvelle pour moi et me terrifie. Owen se renfonce dans son fauteuil. Tandis qu'il se délecte de mon incrédulité, un sourire espiègle étire ses lèvres.

— Merci. C'est pratique ce truc, dit-il. Le chocolat chaud, c'est ma boisson préférée.

Je le fixe, étonnée.

— C'est de la faute de Forrest, se justifie-t-il en maugréant.

La chaleur de mon thé me réchauffe le visage. J'entame

alors le récit des évènements, et laisse retomber mes bras lorsque je finis. Il n'est même pas dix heures du matin et je suis épuisée.

— Le grimoire que tu as signé est celui qui s'est changé en datapad ? demande-t-il en passant une main dans ses cheveux coupés à ras.

— Exact.

Il opine.

— Je n'aime pas ça. Mais comme tu le sais, il arrive que la magie ne soit pas rationnelle, dit-il en se penchant vers moi. Inutile de te conseiller d'être prudente.

Son souffle chaud me caresse le visage et son odeur de cannelle-vanille chocolatée m'enivre.

Il sent la kanelbulle — la meilleure au monde. Mon ventre émet un gargouillis étrange et… *clac*. Je fixe d'un air mortifié l'assiette qui s'est matérialisée. Une brioche à la cannelle géante dégoulinante de glaçage, saupoudrée de pépites de chocolat, trône désormais sur la table. Je sais que mes joues se sont empourprées.

J'enfourne la viennoiserie dans ma bouche en remerciant la magie, la bouche pleine. Oh oui, mille mercis.

Le chien de l'enfer me regarde faire, amusé.

— T'en veux ? proposé-je après avoir avalé une bouchée.

Il décline l'offre, hilare, et se penche en avant pour récolter un morceau qui s'est écrasé sur mon haut.

Mon Dieu, il a pas fait ça ?

J'étouffe un rire, au comble de la gêne. J'hallucine, j'ai raté ma bouche. En une seconde, mon visage devient une fournaise, couleur rouge de la honte. Je me tortille et vérifie en douce si je n'ai pas semé d'autres surprises sur mon haut.

— T'es trop mignonne.

Tandis que je finis de gober ma viennoiserie en vitesse, le chien de l'enfer aux réflexes de félin se laisse aller contre le dossier de son fauteuil, faussement détendu. Il se caresse la lèvre du pouce, pensif. Je détourne le regard alors que mon estomac fait un grand huit. Putain, il est sexy.

Et voilà que je vire à nouveau à l'écrevisse. J'ai le visage en feu. Owen n'est là que pour assurer ma sécurité et gérer mon cauchemar. Ce n'est pas le moment de baver sur lui. Il faut que je me sorte l'esprit de ce marasme rose, que je me la joue pro. J'inspire à fond, ignorant que l'air gonflant mes poumons est chargé de son parfum.

Je commence à en avoir ras le bol de moi.

Je plante mon coude sur l'accoudoir et repose ma joue enflammée sur ma paume, tandis que je me démène avec le problème magique.

Pour commencer, c'est le premier jour de la *foire au monstre*. Je dois cesser d'être aussi dure envers moi-même. J'ai toujours été ambitieuse. J'ignore la vilaine voix qui veut me faire remarquer que ma soi-disant ambition ne m'a jamais aidée avec la magie. Mentalement, je lui adresse un doigt d'honneur. Cette voix, qui sonne vraiment comme ma mère, peut aller se faire foutre. Désormais, je sais que je n'ai jamais été une sorcière normale. En dépit de mes efforts, je n'ai jamais réussi à accomplir quoi que ce soit dans le monde réel.

Toute cette situation revient à commencer un nouveau boulot. Je ne sais rien, je ne peux pas me la raconter. Je me vautre dans mon pouf, imitant l'attitude décontractée d'Owen. Au lieu de regarder vers l'inconnu, je dois changer ma façon de penser et me tourner vers ce que je sais.

Je me mordille la lèvre. Je ne me sens pas piégée dans ce

royaume miniature ; j'ai l'impression d'être chez moi. Mon regard glisse vers le téléphone sur mes genoux.

— Cowboy time, murmuré-je.

Je plisse les yeux, alarmée par une pensée qui accélère mon rythme cardiaque.

— À quelle heure as-tu quitté le monde réel ?

— Dix heures dix. Cowboy time, répète-t-il en explosant de rire.

Ses yeux gris brillent alors qu'il dépose sa tasse vide sur la table.

— Ça fait des années que je n'ai pas entendu cette expression, ajoute-t-il avec un sourire qui ferait basculer une nonne en enfer.

À nouveau, mes joues sont gagnées par une bouffée de chaleur.

— Mais le temps s'écoule de la même façon que dehors.

Je hoche la tête pour le remercier. Ouf.

— Donc le temps ne change pas ici, je conclus.

C'est une bonne chose. J'ai entendu parler de dimensions miniatures où le temps s'écoulait plus ou moins vite, et personne ne veut ça.

Quoi d'autre ? Je sais que ma magie est aussi naturelle que de respirer. Je peux pratiquement faire tout ce que je veux. Après tout, j'ai fait apparaître un portail pour qu'Owen débarque ici. Bon, ce n'était pas facile, j'ai bien cru que j'allais y passer. Les portails sont censés être reliés aux lignes telluriques, mais j'en ai produit un à partir de rien pour l'ancrer grâce à ma magie. C'est du délire. Pour le coup, on cocherait presque la case « toute-puissance ». Maintenant que j'ai ouvert un portail, quelque chose me dit qu'il sera plus simple d'en ouvrir un la prochaine fois. Je me frappe la cuisse. Je vais sûrement devoir m'exercer à ces nouveaux pouvoirs démentiels.

Génial. J'ai hâte.

Sans prévenir, les narines d'Owen frémissent et il tend brusquement la main vers mon visage. La tasse vide m'échappe des mains, mais disparaît avant de toucher le sol. Je laisse échapper un petit cri, les yeux écarquillés, et m'éloigne de sa silhouette imposante.

— Putain, quoi ?

J'ai dit quelque chose de mal ?

Chapitre Treize

Derrière moi éclate un cri paniqué. Je me dévisse la tête, découvrant un homme qui gesticule dans tous les sens, saisi à la gorge par Owen.

— Larry ?

Le type de la réception. Le déserteur en chef.

Les muscles d'Owen se contractent lorsqu'il écarte Larry de mon pouf par la peau du cou. Ses mains semblent minuscules sur la poigne d'enfer du métamorphe contre laquelle il se débat désespérément. Tentant de fuir, ses chaussures crissent sur le sol. Il a l'air d'un lapin effrayé, les yeux ainsi exorbités.

Mes mains tremblent de manière incontrôlable sous le coup de l'adrénaline. Je me lève en chancelant. Rester assise me rend vulnérable. Pendant un instant, j'ai cru que mon nouvel ami allait me faire du mal.

Putain, j'ai des palpitations. Il m'a foutu la trouille de ma vie.

— Mardi, pardon, pleurniche Larry lorsque nos yeux se croisent. J'ai cru que vous seriez en colère, alors j'ai utilisé la tablette pour communiquer avec vous. C'était moi.

Je le savais ! Est-ce qu'il se foutait de ma gueule aussi ?

— Mon travail est de vous aider. Mais je ne vous connais pas et je ne voulais pas que vous me tuiez. Pitié, Mardi, ne me tuez pas.

— Te tuer ? Mardi ? C'est moi qui t'étrangle, Ducon.

Owen le secoue comme un prunier.

— Il n'est pas ce qu'il prétend, grogne-t-il. J'ignore ce qu'il est, mais il ne fait pas un bruit et n'a pas d'odeur. Il était invisible jusqu'à ce que je le chope.

Le visage de Larry devient de plus en plus rouge.

— Ne fais pas semblant d'avoir besoin de respirer. Elle ne va pas te sauver.

Le pouvoir du chien de l'enfer finit par jaillir à la surface et me percute de plein fouet. Je déglutis en voyant une flamme bleue s'allumer dans la paume d'Owen.

À part l'hôtel où les esprits se sont échauffés quand l'elfe m'avait passé le bracelet inhibiteur, je n'ai pas été témoin de la pleine puissance de ses pouvoirs. Pas vraiment. Owen n'avait pas laissé ressortir devant moi son côté rrrrr. Pas à ce point. Je suis choquée par la violence qu'il dégage, par la magie du feu... Il n'a fait preuve que de gentillesse envers moi. Alors le voir passer de la zénitude tranquille à une explosion d'agressivité en un claquement de doigts me met en panique, même si ce n'est pas contre moi. La magie extra-terrestre qui est en moi palpite et mon cœur bondit.

Oh non.

Ma magie n'aime pas ça. Ou plutôt, celle du royaume. Elle n'apprécie pas cette altercation. Le mot *sanctuaire* retentit en moi comme une alarme incendie. Il résonne dans mes veines et s'imprime en moi jusqu'à la moelle.

OK, j'ai compris. Je serre les dents, ferme les paupières. La magie est vivante. Lorsque je l'empoigne, je la sens échapper à mon contrôle ; elle se déverse comme une cascade, un tsunami. Endiguer le flux qui se décharge en moi est douloureux. Je sens son besoin de se déchaîner, de tout ravager sur son passage.

Pas question, grogné-je mentalement. *Tiens-toi tranquille, bordel.*

Une petite voix me chuchote que je ne vais pas y arriver, que c'est trop, que je ne suis pas de taille.

Un gémissement s'échappe de mes lèvres. Oh non, je ne vais pas réussir à la contenir.

Une main chaude dégage mes cheveux sur le côté et enveloppe ma nuque pour me masser délicatement.

— Ça va aller, Flash. Désolé de t'avoir effrayée. Respire.

Sa voix me fait vibrer de l'intérieur. À son contact, j'ai la chair de poule partout. Le frisson qui m'ébranle est impossible à réprimer.

Le chien de l'enfer me donne de la force.

J'avale ma salive et prends une grande inspiration en frémissant. Puis une autre. Sa main chaude et lourde sur mon cou m'aide à m'ancrer. Je repousse férocement la magie du royaume qui se dissipe... non, qui bat en retraite, permettant à ma magie de se nicher à nouveau au fond de ma poitrine.

J'ouvre prudemment les yeux et donne un coup de coude à Owen.

— Tu lui fais mal. Le royaume n'aime pas ça, ni la violence.

Aussitôt, le grand chien de l'enfer relâche Larry et recule.

Larry reste figé, les yeux écarquillés, en se massant la gorge.

— La vérité, crache Owen.

La pomme d'Adam de Larry bondit. Le front plissé, il cherche une réponse qui puisse apaiser le courroux du chien de l'enfer.

— J'ai été créé par le premier hôte, révèle-t-il.

M'implorant du regard, il joint les mains en signe de prière.

— Pitié, ne me tuez pas, Mardi. Je ne voulais pas déserter, j'étais terrifié. Je pensais que vous seriez en colère contre moi comme je vous avais attirée ici. Et puis vous vous êtes mise à pleurer...

Il lève les mains au ciel et sa lèvre inférieure se met à trembloter.

— Je me suis senti minable. Puis, ce monstre a essayé de m'étrangler !

Il se triture les doigts, ses pupilles vertes encore arrondies par la peur.

— Seul l'hôte du royaume peut me détruire. Je ne suis que temporaire, mais j'existe depuis un millénaire et veille sur l'hôtel. Je ressens aussi la douleur, lance-t-il à Owen d'une voix accusatrice en se frottant le cou. Je suis aussi réel que n'importe qui, et je peux t'aider, Mardi.

— Vous êtes un artéfact magique ?

— Oui, c'est ça, affirme-t-il en me pointant du doigt comme une élève ayant trouvé la bonne réponse.

Les pouces levés, ses yeux brillent de soulagement. Il hoche la tête si vite que je crains qu'elle se décroche.

— Je dirige la magie où il faut. J'ai été créé pour assurer le bon fonctionnement de ce monde, jusqu'à ce qu'un autre hôte soit trouvé. Mais l'hôte ne s'est jamais présenté et je me suis inquiété en voyant le Sanctuaire s'écrouler. J'étais désespéré... J'ai retourné la terre entière à la recherche d'un nouvel hôte. Et je vous ai trouvée, sourit-il.

Soudain, mes neurones se connectent.

— Alors c'était vous ! C'est vous qui avez fait tomber ma voiture en panne, l'accusé-je, le regard plissé.

La joie de Larry fond comme neige au sol, laissant place à l'inquiétude.

— Et le téléphone, ajoute-t-il en se tripotant les doigts. Je voulais d'abord que vous entriez dans le Sanctuaire avant d'appeler à l'aide. Je savais qu'en mettant les pieds ici, vous vous sentiriez chez vous. Vous avez besoin de ce royaume miniature, tout comme il a besoin de vous. De toi.

Je le fixe. Je devrais être en colère. Furax. Mais non... J'imagine qu'il a raison. Dès que j'ai franchi le seuil de l'hôtel, ma magie, inexistante jusqu'alors, s'est activée ; elle a pris possession de mon être. Je lève le regard pour contempler le splendide hall d'entrée. Il s'agit de mon œuvre.

Si seulement je pouvais m'assurer qu'il dise la vérité.

— OK, le bonhomme magique, admettons qu'on te croie. Ce qui n'est pas mon cas. T'as quoi à dire pour justifier la signature dans le registre ?

Le danger couve dans la voix d'Owen.

— Qu'est-ce que tu as trafiqué ?

À nouveau, Larry recule en plaçant ses mains sur son

torse comme pour se protéger d'une éventuelle attaque du chien de l'enfer en rogne.

— Il ne m'aime pas du tout..., marmonne-t-il.

Owen avance d'un pas menaçant.

— Tout le monde doit le signer ! se défend-il en agitant les mains devant lui. C'est une procédure normale. Elle n'a pas vendu son âme. Tout ce que j'ai fait, c'est l'attirer ici. Je vous le jure, je ne ferais jamais de mal à Mardi.

Ma magie carillonne étrangement en moi, manifestant une sorte de confirmation assez déroutante. C'est quoi ça, un détecteur de mensonges magique ? Je secoue la tête et cligne des yeux rapidement, déboussolée. Mon cerveau a eu la sensation d'être chatouillé.

— Il dit la vérité, maugréé-je en me frottant la tempe.

Owen inspire d'un coup, sans doute pour flairer le mensonge. Est-ce dans les cordes d'un métamorphe ?

— OK ? soufflé-je.

— Ouais, acquiesce-t-il en grognant.

Le chien de l'enfer lance un œil mauvais à Larry qui sourit et applaudit. Le soleil semble percer sur son visage soudain radieux. Puis son sourire s'évanouit. Il incline la tête avant d'annoncer d'une voix monocorde :

— Ils savent que tu es là et exigent une audience.

— Qui ?

— Ça s'arrête où ce délire, putain ? fulmine Owen en se passant une main sur le visage. Qui ?

— Le cercle des dimensions.

Ah, voilà une autre partie de plaisir.

— Je dois les rencontrer en personne ? râlé-je en lissant les plis de mon pantalon.

— Non. Il n'y a aucune rencontre en chair et en os.

D'ordinaire, la règle établit que les hôtes ne quittent pas leur dimension miniature. Ici, tu es plus forte. Plus tu restes, moins tu voudras partir, déballe-t-il avec franchise. La conférence virtuelle débute dans dix minutes. Viens, je vais te montrer la salle de réunion.

Bonjour, l'organisation. Ne savent-ils pas planifier une réunion en bonne et due forme ? Ils le font exprès pour me déstabiliser. Eh bien, c'est ce qu'on verra. Ces imbéciles ne savent pas que je suis déjà en roue libre. À ce stade, un bourbier de plus ou de moins ne va rien changer à ma vie bordélique.

Chapitre Quatorze

Owen laisse échapper un sifflement admiratif. Ouais, le bureau est encore mieux que je l'imaginais. L'accueil de l'hôtel, je l'ai façonné en cinq minutes à peine, en rêvassant pendant qu'on enregistrait mon arrivée. Mais ce bureau, niché sur la gauche derrière la réception, m'a pris des années à peaufiner dans ma tête, avec dévotion.

Mon bureau au grand magasin est minuscule, coincé dans un coin de la réserve aux murs vert vomi. Il y a juste assez de place pour une table et deux chaises. Un mur entier est recouvert d'écrans de vidéosurveillance, les autres sont tapissés de plannings et de feuilles de service. J'évite au maximum ce placard exigu, préférant traîner mes guêtres dans le magasin.

Alors forcément, avec le temps, j'ai rêvé d'un truc plus classe. Et voilà le résultat : l'hybridation parfaite entre un bureau et une bibliothèque. Un espace ultramoderne avec des murs blancs et des étagères en verre. D'immenses baies coulissantes donnent sur une terrasse avec vue sur le lac. Ah bon ? Techniquement, voir le lac d'ici ne devrait pas être possible.

— Vu l'emplacement de cette pièce dans le bâtiment, ces fenêtres devraient donner sur le parking, fait remarquer Owen, lisant dans mes pensées.

Il fait coulisser une baie et sort d'un pas fluide. Je me penche contre la vitre et l'observe longer le mur du bâtiment. Il marche en touchant la pierre du bout des doigts, comme s'il cherchait une illusion d'optique ou une explication logique.

J'espère qu'il en trouvera une. En attendant, je respire à pleins poumons l'air doux et printanier. Ce qui est étrange, car en principe, c'est l'hiver.

— On est dans un monde miniature ; Mardi peut plier la réalité à ses désirs, intervient Larry. Alors évidemment, elle veut une jolie vue depuis son bureau. Bon, assez bavassé. Ma maîtresse doit aller s'installer dans la salle de conférence.

Je frémis.

— Oh non, pitié, ne m'appelle pas *maîtresse*.

Je le suis jusqu'à une porte qui n'existait pas dans mon plan d'origine. Larry l'ouvre et une odeur familière de pieds envahit l'air. Je plisse le nez, incommodée. Il tape plusieurs fois sur le mur jusqu'à ce qu'on entende un déclic. L'unique ampoule suspendue au plafond éclaire d'un halo blafard une pièce triste et grisâtre.

La table de réunion a mal vieilli. Il n'y a pas de fenêtres. La peinture crème du plafond s'effrite et des plaques de moisissure noire colonisent les angles. Des morceaux de plâtre et de peinture écaillée jonchent la table.

Owen me suit comme une ombre. Ses bottes grincent alors qu'il fait le tour de la table.

— Sympa, lâche-t-il.

— Je n'ai pas conçu cette pièce, marmonné-je.

— Je m'en serais douté, réplique-t-il en effleurant un bout de plâtre qui se détache aussitôt et tombe en miettes au sol.

— Cette pièce ne s'ouvre que lorsqu'une session du Conseil est convoquée, explique Larry en sautillant d'un pied sur l'autre, nerveux. Si tu essaies, tu devrais pouvoir la rénover avant la réunion.

Il se tord les mains, attendant visiblement que je m'y mette.

Je secoue la tête, refusant catégoriquement d'embellir la pièce. Tant que je n'ai pas identifié qui est ami ou ennemi, je ne leur donnerai rien. Pas question de rendre mes pouvoirs trop visibles. S'ils devinent ma force, ils chercheront à exploiter ma moindre faiblesse.

Enfin, si tant est que j'aie de la force. Je n'ai aucune idée de ce que je fais. Mais je vais suivre mon instinct. En jouant les tocardes, je verrai plus vite leur vrai visage. Ces types-là sont — si Larry dit vrai — immortels. Et l'éternité, ça change la perception du temps. Pour eux, cent ans, c'est probablement une journée pour une sorcière. Moi, ça me saoule de discutailler pendant des plombes. Ils vont soit m'aider, soit m'attaquer. Alors autant en finir au plus vite — tant que je peux me planquer derrière le chien de l'enfer.

On va se marrer.

— Est-ce qu'ils vont se rendre compte que ce monde a

changé du jour au lendemain ? je demande à Larry en tirant une chaise.

Il secoue la tête.

— Non. Et ils ne viendront pas ici. Ils ne peuvent pas. Les hôtes ne visitent pas les dimensions des autres. Ça déséquilibre les royaumes et brouille la magie.

Donc, s'ils veulent des infos, ils enverront des espions. Mon stratagème ne tiendra pas longtemps.

Je peux me gourer. Si ça se trouve, ils sont adorables et prêts à m'aider. Mais j'ai appris à m'attendre au pire. La plupart des créatures sont égoïstes et prévisibles.

Donc si je joue les tocardes, je dois en avoir l'allure. Je bigle sur mon haut papillon, avec ses teintes pastel et ses manches fluides. Pas vraiment la tenue idéale... Il faut que je leur montre ce qu'ils s'attendent à voir.

Une gamine paumée et terrifiée.

Un chouchou apparaît dans ma main. *Merci.* Je coiffe mes cheveux en une queue de cheval négligée. Depuis ce matin, ils sont lisses comme de la soie et plus longs ; ils m'arrivent à la taille. Ma peau aussi est différente, si je fais abstraction des tatouages qui y dansent ; je rayonne de santé. Même mes ongles sont soignés comme après une manucure hors de prix.

Le pistolet en plastique claque sur la table quand je le sors de ma poche. Owen arque un sourcil. Pfiou, ce qu'il est sexy...

— Forrest, murmuré-je pour toute explication.

Il grogne. Je n'ai pas le temps de monter me changer, alors je ferme les yeux et pense aux fringues que je portais en arrivant. La matière change contre ma peau. Le tissu léger et vaporeux se transforme en coton épais. Quand je rouvre les yeux, presque à contrecœur, je découvre un sweat noir over-size et un jogging. Je soupire de soulagement. Parfait. *Merci encore, magie.*

Les manches glissent sur mes mains. Je remonte la capuche, dissimulant les marques phosphorescentes sur mon visage, et je remets le pistolet dans ma poche.

Je me pose sur la chaise, qui couine sous mon poids et penche légèrement à droite. Oups. Je me décale, appuyant fort ma fesse gauche pour la stabiliser. J'espère que cette réunion ne va pas traîner en longueur.

De l'autre côté de la pièce, les beaux yeux gris du chien de l'enfer m'observent. Il me fait un signe de la tête. Il a compris mon intention sans que j'aie besoin de parler. *Malin, le loup.*

Je pose mon téléphone sur la table et arque un sourcil.

— Larry ?

Il me regarde d'un air benêt. C'est à se taper la tête contre la table d'exaspération.

— On fait quoi maintenant ? Une visio ? demandé-je en désignant la pièce d'un geste circulaire. Y a pas la moindre technologie. J'utilise le téléphone ?

Larry ouvre la bouche. La referme. Owen grogne. Cette fois, c'est un grondement grave, profond, qui vibre dans sa poitrine.

Merde, ses grognements et ses râles ne devraient pas me fasciner autant.

— Quoi ? Oh oui, pardon ! La magie va les amener. Ils vont être projetés dans la salle. Enfin, pas eux en vrai, mais une version magique. Pour que tu puisses leur parler.

Il me gratifie d'un sourire Colgate.

Je soupire et ferme les yeux. J'ai tout compris. Ou pas.

Ce monde dépasse l'entendement. Pour mon propre bien, je devrais détaler et rentrer chez moi.

Owen marmonne un truc dans sa barbe en arpentant la pièce. Puis il vient se poster derrière moi. Tous mes sens sont hyperconscients de sa proximité. Son énergie de métamorphe combinée à la chaleur de sa magie du feu me fait frissonner de la tête aux pieds. *Et loin d'être effrayante, cette puissance du molosse est...* Non. Je chasse cette pensée. *Les chiens de l'enfer ne sont pas censés nous mettre l'eau à la bouche.*

L'air vibre et le duvet de mes bras se hérisse d'un coup. La pression change brutalement dans la pièce et mes oreilles se bouchent. Mes invités apparaissent dans un miroitement d'énergie. Oh-oh. C'est parti.

Attention... lever de rideaux.

Chapitre Quinze

Quatre créatures siègent autour d'une table. Deux hommes et deux femmes. Me retrouver face à leurs hologrammes magiques est particulièrement bizarre. Je suis obligée de cligner plusieurs fois des yeux pour me concentrer. *Au secours, Obi-Wan Kenobi, vous êtes mon seul espoir.* J'étouffe un rire lorsque la voix de la princesse Leia de *Star Wars* fuse dans mon esprit.

Heureusement qu'ils ne voient pas ma tête. Me bidonner dès la première réunion, ça la fout mal. En apparence, j'ai l'air d'une ado renfrognée, le visage dissimulé sous la capuche de mon sweat. Et je me dis que j'ai bien fait en relevant quelque chose chez mes invités.

Les marques phosphorescentes.

Des volutes s'entrelacent ici et là sur leurs traits, tandis que mon visage déploie une mosaïque d'arabesques. Ces tatouages doivent indiquer la puissance, or j'en suis recouverte de la tête aux pieds. Mieux vaut ne pas exposer ce détail à un groupe d'inconnus.

Heureusement que j'ai caché mon visage.

Sous ma capuche, j'entreprends de scanner les hôtes les uns après les autres. Les cheveux blancs du premier hôte sont coupés à ras. Il est la pâleur incarnée et n'a que la peau sur les os, ça fait peine à voir. Ses lèvres semblent vidées de leur sang, tout comme sa peau ; ses iris semblent carrément dépigmentés.

À sa gauche se trouve une femme au teint verdâtre dont les cheveux imitent la couleur. Une unique spirale s'impose sur sa pommette saillante.

L'autre femme me paraît la plus humaine d'entre eux. Visage rond, cheveux marron, ses yeux noisette brillent d'intelligence.

Le dernier est la version masculine de la femme à côté de lui. Son beau visage affiche un sourire en coin qui m'est destiné.

Détail majeur : ils ont tous les oreilles pointues des *aes sídhe*.

Des elfes.

Je fronce les sourcils et me tortille sur ma chaise brinquebalante qui grince en protestation. J'ignore à quoi je m'attendais. Des aliens, peut-être ? En tout cas, pas des faës. Ma mémoire tire la sonnette d'alarme : l'elfe qui m'a attaquée. Lui aussi avait les cheveux courts. Peut-être qu'il n'était pas un elfe terrestre ?

Génial.

— Quel plaisir. Un chien de garde de l'enfer, roucoule

l'elfe verte en caressant la volute sur sa clavicule pour souligner sa poitrine imposante.

Le sourire qu'elle lance à Owen lui donne l'air d'un caïman.

La vache, c'est ce qu'on appelle avoir une bouche pleine de dents.

— Peut-être qu'après la réunion tu pourrais venir t'occuper de moi.

Elle passe sa langue sur ses lèvres. Je plisse le nez, à deux doigts de vomir.

Et c'est plus fort que moi, je me dévisse la tête vers Owen en prenant garde de ne pas démembrer ma chaise. Le chien de l'enfer s'est mis en position de défense derrière moi, jambes écartées et mains le long du corps.

Fidèle à sa mission, il ne réagit pas à la provocation de l'elfe, bien que son regard se soit durci en une seconde. *Le regard d'un assassin.* J'inspire en frissonnant. *Arrête ça, Mardi. Owen n'a fait que te protéger depuis le début. Se la jouer méchant fait partie de son rôle.* J'ai déjà de la chance qu'il m'aide. Ce n'est pas comme si j'étais capable d'étaler quatre extraterrestres ; je n'en rétamerais même pas un seul. Je remercie les astres de ne pas me retrouver nez à nez avec eux.

Pauvre Owen... Certes, il a juré de me protéger, mais contre quoi ? Nous avons tous les deux été catapultés dans un monde étrange, et maintenant dans cette visio improvisée. J'ai de la peine pour lui.

En mon âme et conscience, je ne peux pas continuer de lui infliger ça. Pour l'amour du diable, c'est un chien de l'enfer ! C'est le soldat d'élite, le meilleur. Au lieu de secourir des gens dans le monde réel, il est coincé à jouer les gardes du corps pour moi. Tout ceci est une vaste blague. Il faut que je le libère de son serment. Rester à mes côtés ne rentre pas dans ses fonctions. Il n'y a aucun combat. Ce doit être une sacrée dette envers mon père qu'il raye de son ardoise.

Je lui fais perdre son temps.

Je m'efforce de le rassurer avec un pauvre sourire, et sa main se contracte. Oui, c'est décidé : à la fin de cette réunion, je le renvoie dans le monde réel.

À contrecœur, je reporte mon attention sur les elfes autour de la table. Mais sont-ils véritablement des elfes ? Ce sont des hôtes, même si on a vu mieux niveau accueil qu'une proposition de plan cul. Décidément, cette réunion promet d'être sympa. Il va falloir que je prenne exemple sur Owen et joue un rôle, moi aussi.

— Pauvre petite hôte perdue... Tu as dû te sentir très seule dans un monde qui ne te comprend pas. Tu étais sur Terre, c'est ça ? Sous ta capuche, tu as l'air humaine, me sourit Lady Croco, m'arrachant un frisson.

Dans un élan instinctif, je compte mes dents une à une avec ma langue. La mâchoire énorme de Lady Croco doit en contenir au moins le double. Ça fout la trouille.

— Tu es une terrienne ? renâcle l'homme à droite. Cette Terre fait partie des bas-mondes, elle est infestée de parasites. Pendant des siècles, commercer avec la vermine errant sur cette planète ne nous a pas été bénéfique. De mémoire, on traite les humains comme des esclaves et les hôtes comme des sorcières. Des *sorcières*... Nous sommes des dieux ! assène-t-il en se frappant la poitrine.

Je l'observe beugler et gesticuler, interloquée. *Tu parles d'un dieu*, me moqué-je intérieurement. Si quelqu'un a choisi de mêler son ADN au bassin génétique terrestre, les sorcières ne doivent pas être si mauvaises.

Je dois avoir un gène récessif.

Est-ce que je lui dis que sa théorie de la divinité des hôtes tombe à l'eau du coup ? Nope. Je garde mon clapet soigneusement fermé et laisse ses remarques acerbes me passer au-dessus. Je m'en tamponne de son avis d'extraterrestre. Je ne suis pas l'ambassadrice de la Terre. Et grâce à ma mère, je suis rodée à ce jeu ; personne ne pique mieux qu'elle. Pour m'apaiser, je malaxe ma jambe. Gérer ma mère, mon coven, les clients de l'horreur et les collègues de l'enfer m'ont préparée pour cet instant précis.

— Petite hôte humaine, reprend Lady Croco avec un grand sourire, il y a un souci avec ton visage ?

Puis sa voix descend d'une octave :

— On n'a rien contre quelques cicatrices.

Je prends sur moi pour ne pas lever les yeux au ciel. Leur insistance ne me laisse plus le choix. Il faut que j'enlève ma capuche et dévoile mon visage.

— Pardon…, dis-je en feignant une timidité maladive.

La main tremblante, je m'apprête à retirer ma capuche.

— Je n'ai pas fait attention, on se les gèle dans cette salle de conférence.

Mon cœur s'arrête quand la matière glisse de mon crâne. Je baisse la tête, implorant silencieusement la magie de m'aider. Une onde de pouvoir répond à mon appel, provoquant un fourmillement sur mes joues. Des mèches de cheveux s'échappent de ma queue de cheval pour recouvrir mes pommettes alors que j'enlève ma capuche. Je sens les marques s'effacer pour n'en laisser qu'une sur mon visage, éclipsées sous une couche de magie.

Amen. Ça fera l'affaire. Je lève la tête.

Lady Croco scrute ma figure avec un rictus triomphant. Quatre paires d'yeux m'évaluent, constatant l'absence de marques.

— Vous êtes sûrs que c'est une hôte ? Regardez, elle n'a qu'une marque minuscule. Le sang humain s'est embourbé dans ses veines, déclare avec mépris le dieu brun de pacotille.

Sorcière. *Je suis une sorcière, pas une humaine*, ai-je envie de crier. Je relève le menton, mes lèvres se pincent. Ils commencent à me taper sur les nerfs.

— Regardez cette pièce. Elle n'est même pas capable d'exécuter un simple sort de réaménagement. Elle n'est pas l'une des nôtres. Bénies soient les rivières, je ne supporte pas cet endroit. C'est répugnant, tout comme elle, continue Lady Croco, narquoise.

OK.

Il me faut toute ma volonté pour ne pas balancer une réplique mordante. Céder à la rage maintenant serait une erreur monumentale. J'ai l'habitude d'encaisser ce genre de critique. Au moins, on ne peut pas lui reprocher d'être hypocrite, elle me dit les choses en face. Ses réflexions venimeuses ne vont pas titiller mes nerfs. J'ai entendu pire.

Un sourire étire mes lèvres.

— Voyez-vous ça... Elle n'a même pas conscience qu'on l'insulte. C'est dommage, elle est tellement mignonne avec ses grands yeux violets... elle ferait de beaux enfants. Tendris, c'est pas toi qui rêvais d'une compagne hôte ? glisse-t-elle à l'elfe cadavérique en lui donnant un coup de coude.

Tendris désapprouve en grommelant.

Un grondement bas et grave se fait entendre derrière

moi. Les bottes d'Owen crissent sur le parquet quand le poids de son corps se déplace. J'agite discrètement ma main sous la table, puis il cesse de grogner. Je ne crois pas qu'ils l'aient entendu, trop occupés à me dénigrer comme si je n'étais pas là. C'est bon, j'ai vu ce que je voulais. Ma paupière tressaute, puis je la masse doucement. C'est compliqué quand on a affaire à une bande de crétins.

Je n'ai même pas eu le temps d'explorer le royaume, comme ces créatures ont exigé un rendez-vous sur-le-champ. Pourquoi ma tête ne leur revient pas ? Ils tirent sur moi à balles réelles depuis tout à l'heure, pourtant je n'ai rien dit qui puisse leur fournir des cartouches. Du moins, pas encore.

Je me racle bruyamment la gorge.

— Excusez-moi, les coupé-je en tapotant la table pour attirer leur attention. Je croyais que vous pourriez m'aider et me conseiller, mais manifestement, ce n'est pas le cas. Si vous le permettez, j'ai d'autres chats à fouetter.

Je me lève de ma chaise et rabats une mèche de cheveux derrière mon oreille, laissant volontairement ma manche glisser pour qu'on entrevoie les spirales argentées sur mon bras.

— Par Jupiter, ses bras ! s'étrangle la brune. Attends, s'il te plaît, ne pars pas.

Quelque chose dans son intonation me pousse à rester. Je jubile en apercevant l'éclat de panique dans ses pupilles. Une minute de plus ou de moins... À nouveau, je tire la chaise, qui cède avant que j'aie eu le temps de m'asseoir. Je fixe les débris de bois et gonfle les joues. Sans réfléchir, je les laisse tomber et inonde la pièce de magie. Une vague de magie soulève la pièce qui se métamorphose en un instant.

Waouh. Voir la magie en action sous mes yeux, c'est le pied. Ça fait très Disney !

Désormais, la salle de réunion adopte le style de la pièce attenante : murs immaculés et baie vitrée, avec vue sur le lac. Une vitre sépare maintenant mon bureau de la réception, baignant dans la lumière.

C'est beaucoup mieux. Je hoche la tête et le masque qui dissimulait les tatouages sur mon visage s'évapore tandis que je tire le fauteuil majestueux qui a remplacé la misérable chaise en bois.

Tous les hôtes sont bouche bée.

— Je m'appelle Mardi Larson. Le charmant chien de l'enfer que vous voyez derrière moi s'appelle Owen, et Larry ici présent est l'artéfact magique du précédent hôte. Mon Dieu, regardez ça..., dis-je en plissant les yeux. Je sais me tenir. Pas mal pour de la vermine terrestre, non ?

Pendant quelques instants, je n'obtiens que le silence.

Très bizarre.

C'est ce qui s'appelle la boucler. Bien joué, Mardi...

— C'est une férale.

Lady Croco est la première à retrouver sa langue, montrant ses grandes dents. Elle prend une grande inspiration, se préparant pour un discours épique :

— Elle ignore les règles. Tu ne peux pas juste...

— Non. Elle est époustouflante. Je retire tout ce que j'ai dit sur la Terre et les humains. Elle ignore les règles, c'est ce qui l'en affranchit. Sa magie est libre, la contredit le brun avant de la pointer du doigt, accusateur. Et toi, tu n'as pas intérêt à gâcher ça.

Il est courageux. Je n'oserai pas approcher un doigt de sa mâchoire en dents de scie.

Et Lady Croco prouve la véracité de ma crainte en essayant de le croquer.

Aïe, ça doit faire mal.

Pendant une seconde, leurs images fusionnent, puis il esquisse un sourire narquois en se renfonçant dans son siège. Ah oui, c'est vrai, ils ne sont pas vraiment là.

Pour une fois, je suis heureuse que la magie de l'hôte soit un terrain inconnu pour moi. Cela fait du bien de ne pas être obligée de confirmer la vision parfaite que quelqu'un se fait de moi. Je peux écouter ma magie, me laisser porter par elle. Je mords ma lèvre pour ne pas afficher un sourire niais. J'aime l'idée d'être libre.

La brune se racle la gorge, visiblement gênée.

— Je crois que nous devons présenter nos excuses à mademoiselle Larson. Navrée que nous ne nous soyons pas présentés. Rencontrer un nouvel hôte est un gros changement. Je m'appelle Nyssa. Voici mon frère, Nestern. La charmante femme à côté de moi s'appelle Zaina. Et pour finir, le gentleman au bout de la table est Tendris.

Mouais. Un peu tard pour étaler ses bonnes manières, non ?

— Tu nous as volontairement induits en erreur, m'accuse Tendris, l'œil blanc.

— Tout à fait, répliqué-je en levant le menton.

Il reste stupéfait. Quoi ? Je ne vais pas mentir. Pas complètement. J'omets de leur dire que j'ai caché mes marques parce que je me chiais dessus.

— C'était un test, ajoute-t-il en se frottant le visage.

— Exactement.

— Et nous avons échoué, constate Nyssa à regret.

Je hausse les épaules. Il faut que j'en finisse avec cette réunion.

La façon dont Zaina, alias Lady Croco, me fixe me met mal à l'aise. Si on pouvait tuer du regard, j'aurais déjà mon nom gravé sur une stèle.

L'attention avec laquelle elle caresse la bague en or sur son annulaire gauche me fait froid dans le dos. Puis, elle jette un œil à mon doigt vide et sourit.

Je remarque que chaque hôte en porte une. Clairement, je suis exclue de la communauté de l'anneau. Ces bagues doivent être des artéfacts puissants ; j'ajoute ça à la liste de ce que je dois découvrir. Zaina me sourit. Une partie de moi souhaiterait qu'elle soit tout en bas de l'échelle hiérarchique. Je serre le pistolet en plastique dans ma poche. J'aimerais bien lui tirer une balle somnifère en mousse entre les deux yeux. Je baisse la tête, un sourire machiavélique aux lèvres. Dommage que la balle la traverse... *Non, mais regardez-moi, un flingue en plastoc dans la poche et je me prends pour une rebelle.*

Retournons à nos moutons.

— Vous êtes le conseil des hôtes ?

Comment Atticus les appelait-il ?

— Le cercle des dimensions ? rectifié-je en arquant un sourcil.

J'affiche une expression qui se veut encourageante.

— Le *conseil*...

Nyssa étouffe un rire pincé, puis se tourne vers son frère, braquant soudainement le regard sur la main de Nestern. J'ai dit une bêtise ?

Elle se lève de sa chaise, traverse la table pour se diriger vers la fenêtre. Son hologramme vacille tellement que j'en ai le vertige. Elle admire le panorama, les paumes contre la vitre.

— Une vue splendide, murmure-t-elle. Elle s'étend à des kilomètres.

Les autres hôtes cessent leur chamaillerie et joignent leur regard au sien.

— T'es puissante, et alors ? siffle Zaina, les dents serrées.

— Et tu apprends vite, remarque Tendris à voix basse, le regard pâle braqué sur le lac.

— Si tu veux, je peux t'aider avec la magie, propose Nyssa. Pour que tu puisses te protéger.

— Merci.

— Sans moi, se braque Zaina. Son pouvoir va réveiller les sealgairí. Je n'ai pas l'intention de mourir pour protéger une morveuse d'hôte. Elle va nous attirer des ennuis.

— Qui sont les sealgairí ? tenté-je de prononcer sans parvenir à reproduire le terme utilisé par Lady Croco.

— Reste en dehors de mon chemin, Mercredi.

Je lève les yeux au plafond. Comme si c'était la première fois que j'avais droit à cette pique.

— Je m'appelle Mardi, répliqué-je, dépitée. Mercredi est ma sœur.

— Hein ?

Son visage vert vire à la confusion.

— Il ne lui en faut pas beaucoup pour être déstabilisée à celle-là, marmonné-je pour moi-même.

— Ta sœur s'appelle Mercredi ? bredouille-t-elle, incrédule.

— Non, reniflé-je. Mais t'aurais dû voir ta tronche.

Je lui lance un sourire moqueur. Mes trois sœurs ont toutes reçu à la naissance un prénom charmant, normal. Je suis la seule à avoir été condamnée à un prénom loufoque. En parlant de naissance... Je crois que ma mère était si convaincue d'avoir un garçon qu'elle n'a pas songé à une alternative. Alors quand l'échographie a révélé une joyeuse petite fille, elle a laissé mon père choisir. Je suis née un mardi. *Ouais, paie l'originalité, papa.*

— Nous sommes les hôtes, déclare Nestern, le ton grave.

— Pardon ?

Je cligne des yeux, un peu paumée. Ah, il répond à ma question sur le conseil qui a contrarié Nyssa tout à l'heure. Mais je ne suis pas sûre de saisir. N'ont-ils pas envoyé le conseil ? La guilde ?

— Nous sommes quatre... cinq, à présent, reprend Nyssa en retournant à sa chaise.

Elle adresse un geste de la main aux hôtes et arbore un sourire chaleureux.

— C'est la raison pour laquelle nous avons organisé cette réunion au dernier moment.

Elle se penche en avant, feignant un enthousiasme qui n'atteint pas son regard triste noisette.

— Mardi Larson, tu es en danger. Les hôtes sont chassés jusqu'à l'extinction. Nous sommes les derniers.

Et on n'est plus que cinq ? C'est la merde.

Chapitre Seize

Après avoir calé un entraînement avec Nyssa pour le lendemain matin, je coupe la magie de la salle. C'est aussi simple que d'appuyer sur un interrupteur. *Bam*, plus personne.

— Extinction. Bordel de merde.

Argh, Mardi, pourquoi t'as dégainé ta magie aussi vite ? Pourquoi tant d'impatience ? Je laisse tomber ma tête sur la table dans un grognement. Ma petite vie tranquille de marginale valait mieux que celle de proie traquée.

— Je veux pas être une elfe alien, je geins.

— T'es pas une elfe alien, répond Owen, amusé. T'es toujours une sorcière, mais avec la magie d'une hôte.

Je lâche un grognement peu féminin. Je suis loin d'être une sorcière. Pour soulager mon mal de crâne, j'appuie mon front moite qui glisse sur la table.

— Était-ce une bonne idée de révéler tes marques et ta magie ? demande Larry, formulant poliment mes pensées bordéliques.

— À toi de me le dire, Larry. Probablement pas.

Je me redresse en me frottant le visage. Génial. Même cet artéfact magique me juge trop impulsive. *Nan, rien que pour voir leur tronche, ça valait le coup.*

Je me lève et quitte la salle de conférence sur des guiboles tremblantes. Les deux hommes me suivent en silence. Sans réfléchir, je traverse la réception. Merde, j'aurais dû garder cette conversation privée. Avant que j'aie le temps de retourner au bureau, une bulle sonore apparaît autour de nous. Un sort similaire à une potion d'insonorisation instantanée. Ouah, sympa. Un peu flippant, mais franchement, cette magie a de la gueule.

Larry tapote la bulle avec un hochement de tête approbateur. Je hausse les épaules. C'est pas comme si je l'avais fait exprès. Cette magie est ouf. Je balance des sorts à tout va sans prononcer un mot ni faire un geste.

— Il fallait que je réagisse, expliqué-je. Ils m'en mettaient plein les dents. T'as entendu ce qu'ils disaient ? Quelle bande de c... cons.

Peut-être parce que je suis fatiguée, stressée, je bute sur le gros mot, qui pèse étrangement sur ma langue. Mon cerveau bugue sur la sensation absurde de pouvoir enfin dire à voix haute tout ce qui me passe par la tête. Je me frotte la jambe. Je ne m'y ferai jamais.

Je repense à ma révélation. J'ai abattu toutes mes cartes. J'espère avoir paru plus forte que je ne le suis en vrai. C'est comme si le destin me poussait en avant à coups de pied au cul. J'ignore si ça va me péter à la gueule ou pas. Je déteste ne pas savoir si je fais le bon choix. Mais ces hôtes ont déjà assez de problèmes à gérer sans rajouter mon existence à la liste, et mon petit doigt me dit que mes prochains ennuis ne viendront pas d'eux.

— Non, je devais faire mon coming-out. Il fallait que je reprenne les rênes de cette réunion. Maintenant, ils pensent que je suis un génie du mal, ironisé-je.

Le détecteur de mensonges en moi bipe. Ce bidule marche même sur moi. Oh merde, j'espère qu'il y a un moyen de le désactiver. Je me mens souvent à moi-même. Au moins, pendant la réunion, il m'a servi. Je sais qu'ils n'ont pas menti.

— Quand tu es aussi faible que moi, tu apprends à bluffer. Dis-moi, tu as déjà entendu parler des sealgairí ?

Je pose la question à Owen en grimaçant, consciente de ma prononciation massacrante.

— Non. Mais ça veut dire « chasseurs » en irlandais. Je vais demander à mes contacts.

— Merci, c'est sympa. Des chasseurs d'hôtes..., ajouté-je pensivement.

Je suis soudain prise de vertige. Je m'appuie discrètement contre le comptoir, l'air de rien. Personne n'a besoin de savoir que c'est le seul truc qui m'empêche de m'effondrer. Si j'ignore le malaise, il finira bien par disparaître. Je soupire et me frotte les tempes.

Un autre tournis me trouble la vue, et je croise le regard inquiet d'Owen. Il n'est pas dupe de mon petit manège.

— Désolée qu'elle ait été aussi impolie avec toi. J'aurais dû intervenir.

— Non, grommèle le chien de l'enfer. T'as bien fait.

— Tu te trompes. Ce qu'elle a dit était déplacé. Désolée que tu aies eu à écouter ces conneries.

Honteuse, je tends la main et presse doucement la sienne, chaude et rassurante, avant de reporter mon attention sur Larry.

— Larry, une question : pourquoi as-tu reçu la convocation pour la réunion, et pas moi ? T'es une sorte d'assistant personnel magique ?

— Il suffit de signaler à la magie que tu veux être informée.

— Super. Et il y a d'autres trucs comme ça que je dois lui dire ?

— Oui.

Je penche la tête et l'incite à poursuivre d'un signe de la main.

— Allez, Larry...

— Oh, il y a tellement à dire, ça me prendrait des semaines.

Je plisse les yeux, l'air de dire « bien sûr ». Il se dandine d'un pied à l'autre.

— Tu sais, t'es pas obligé de me cacher des choses. Je vais pas te virer ni te zigouiller. Alors sois honnête, d'accord ? J'ai besoin de ton aide. J'ai besoin d'un ami.

— Un ami ? répète-t-il en clignant des yeux.

— Ben, oui...

Embarrassée, je sors mon téléphone et le tapote contre ma main. Je le rallume, il fonctionne parfaitement.

— On a jamais assez d'amis, murmuré-je.

— Je suis ton ami ! s'enthousiasme Larry en gloussant.

Je lève les yeux vers lui. Il rayonne de bonheur et sautille comme un gosse.

— Je n'ai jamais eu d'ami avant. C'est formidable !

— Amis pour la vie, dis-je en souriant.

Je tends la main et il se précipite pour me la serrer avec délicatesse.

— Il te suffit d'ouvrir tes sens et la magie te dira tout ce que tu dois savoir.

J'opine et essaie, fermant les yeux pour me concentrer. Il a raison. C'est une sensation étrange, comme si j'avais accès à une partie fantôme de ma conscience. Si j'étends mes perceptions, je ressens tout ce qui se passe dans ce royaume miniature.

Avec une simple impulsion mentale, une image se forme derrière mes paupières closes.

— Une carte du royaume ! soufflé-je, stupéfaite.

C'est *dingue*. Je chasse ma surprise, et me concentre, les yeux bien fermés.

— J'imagine que ce n'est pas *tout* ce qu'il faut que je sache, mais c'est un début.

Owen confirme d'un grognement. Sur la carte, des pastilles colorées signalent la présence de chaque personne dans le royaume. Si je touche le rond noir, je sais immédiatement que le vampire travaille en silence dans la bibliothèque. La pastille dorée : Daisy joue avec des amis. Tout mon visage se renfrogne et je m'arrête net. Hein, quoi ? Des amis ? C'est nouveau. Je ressens qu'elle est en sécurité et heureuse, alors je vais éviter de débouler en mode maman ourse.

En parlant de maman ourse, j'ouvre les yeux et serre le téléphone. Il est temps de rayer un truc de ma liste de tâches, longue comme le bras. J'inspire à fond, l'estomac noué par l'angoisse. Mon pouce plane au-dessus du clavier, prêt à composer le numéro de mon père, ce qui impliquera fatalement une conversation avec ma mère. Je déglutis.

Nan. Ce coup de fil sympatoche attendra un autre jour. Je devrais plutôt aller voir ce que Daisy fabrique avec ses *amis*. Oh merde. Mes yeux s'écarquillent. Je n'ai aucune idée de ce qu'une dragonnette pourrait matérialiser avec la magie du royaume qui écoute tous ses désirs.

— Je dois aller voir Daisy.

Je bouge et manque de basculer sur le côté. Une main ferme m'attrape sous le coude.

— Oh, merci, je marmonne. Qu'est-ce qui cloche chez moi ?

— Tu viens de balancer une tonne de magie. De la magie que tu n'avais jamais utilisée avant. C'est normal que tu vacilles comme Bambi. C'était quand, la dernière fois que t'as mangé ?

Le chien de l'enfer me dévisage en fronçant les sourcils.

— Le roulé à la cannelle ? Oh, et j'ai pris un sandwich au bacon ce matin.

— Donc... une pâtisserie et un sandwich magiques ? Ça nourrira peut-être tes futurs clients, mais t'es sûre que c'est vraiment nutritif pour toi ?

Je grogne et secoue la tête, résistant à l'envie de me frapper le front. *Oh, Mardi, pourquoi tu réfléchis jamais avant d'agir ? Ce mec va me prendre pour une cruche.*

— J'en sais rien.

— Bon, alors avant de faire quoi que ce soit, tu vas manger un vrai repas.

— Ouais, bonne idée... sauf que... euh... je sais pas si j'ai créé une cuisine. Et j'imagine qu'il n'y a pas de vraie nourriture ici.

On se tourne tous les deux vers Larry, qui fait non de la tête. Rien à manger, donc.

Owen grogne. Larry agite les mains devant lui comme pour repousser une attaque invisible. Je lève les yeux au ciel et Owen se passe la main sur le visage.

— Inutile de paniquer ! piaille Larry, dramatique. La nourriture d'ici peut nourrir Mardi. Elle ne vient pas de ta source magique, ajoute-t-il en tournant vers moi son regard vert. Le royaume miniature peut subvenir à tous tes besoins. Owen a raison, tu as utilisé beaucoup de magie. Tu dois juste manger plus.

Une barre protéinée aux noix apparaît dans la paume d'Owen.

— Je pourrais m'y habituer. Cette magie est géniale, dit-il en déchirant l'emballage dans un bruissement de papier. Quand tu iras mieux, on pourrait ouvrir un portail pour se faire livrer de la vraie bouffe.

Il fusille Larry du regard et me tend la barre. J'acquiesce et l'enfourne dans ma bouche.

— T'es déjà allé dans un monde miniature ? m'enquis-je après avoir avalé.

— Oui, plusieurs. Mais aucun d'aussi grand que celui-là. J'ai hâte de l'explorer.

— Moi aussi.

Deux barres protéinées plus tard, je me sens déjà mieux.

— Bon, il faut vraiment que je surveille Daisy. Elle mijote un truc.

Retrouvant un peu d'énergie, je file vers ma chambre. Owen me suit en silence. C'est étrange d'avoir un type aussi massif qui se déplace sans un bruit, collé aux basques. Et le métamorphe dégage une chaleur agréable. Pas étonnant que Daisy l'aime bien.

Son souffle tiède effleure mon oreille. Je ferme les yeux d'exaspération et inspire un coup avant d'accélérer le pas.

— Où tu vas ? grommelé-je.

— Avec toi.

Je pivote face à lui. Je dois pencher la tête en arrière pour croiser son regard. Purée, j'arrive toujours pas à me faire à sa taille. Je souffle et pose les mains sur mes hanches, prête à argumenter. Je ne veux pas l'avoir sur le dos toute la journée.

Il me met déjà assez mal à l'aise, et ce fichu crush doit disparaître avant que je ne me ridiculise encore plus.

— Je suis en sécurité. Tu n'as pas besoin de jouer les gardes du corps. Personne ne peut entrer ici sans que je le sache.

— Ah oui ?

Il arque un sourcil et croise ses avant-bras musclés sur son torse.

— Tu en es sûre et certaine ?

Je soupire d'exaspération et me frotte le visage.

— Non, marmonné-je dans ma main.

— Eh bien, tu me feras signe le jour où tu sauras tout sur ta magie et sur ce monde. Et après, je te laisserai tranquille.

Je cligne des yeux.

Owen grogne.

Argh, on est dans une impasse.

Quel clébard borné. Rien ne le fera changer d'avis.

— Très bien. Seulement je pense qu'un chien de l'enfer d'élite a mieux à faire que de me surveiller.

Il grogne encore. Je souffle et tourne les talons, avant de reprendre ma route en tapant des pieds. Il a forcément envie d'une pause. Moi oui, en tout cas.

J'ouvre la porte de ma chambre stylée et entre. L'endroit fait trois fois la taille de mon ancien appart. Et il y a trois chambres. Je me frotte le visage et laisse échapper un énième grognement d'exaspération. Encore une chose à faire : résilier mon bail. Chaque minute passée ici réduit mes chances de retourner un jour à ma vie d'avant. Mon proprio va être ravi de se débarrasser de moi, vu comment les Power Rangers ont détruit sa barrière magique hors de prix.

— Daisy ? appelé-je d'une voix enfantine.

Je fouille l'appartement une fois, puis une deuxième et là, une panique sourde monte en moi.

Elle n'est pas là. Pourquoi ?

— Speedy Daisy ?

Oh non. Est-ce que la magie m'a pris ma dragonnette ? Si ce foutu royaume miniature a fait du mal à ma Daisy...

Owen ouvre une porte. Je suis à ça de lui hurler que c'est ridicule. Daisy ne peut pas être derrière une porte fermée, car elle n'a pas de pouces.

Mais sa voix grave m'arrête net.

— Mardi, viens voir. Je crois qu'elle est là et qu'elle a... des amis ?

Les amis.

Je me précipite vers lui et découvre l'univers caché derrière la porte. Je pensais avoir tout vu. Mais là, c'est du délire.

— Le paradis des dragonnettes, soufflé-je abasourdie.

Ai-je souhaité que Daisy ait des amis ? Je crois bien que oui, ce matin, en partant. Oh merde. Mais je me souviens aussi qu'elle grignotait un bout de concombre, donc peut-être qu'elle a conçu ce monde utopique toute seule.

La pièce n'est pas une pièce, mais un champ de lave. Un paysage rocheux parsemé de bassins de magma et de sources volcaniques. L'odeur d'œuf pourri du soufre flotte dans l'air. Un arbre gigantesque d'au moins quinze mètres de haut occupe le centre. Entre ses racines, un trou profond suggère l'entrée d'une grotte. Quand Larry disait que la magie pouvait plier les lois de la physique, il ne plaisantait pas.

Mais ce qui me laisse bouche bée, ce sont toutes les dragonnettes.

On est carrément à Dragonville.

Une dragonnette bleu vif croque à pleines dents dans un morceau de roche volcanique.

— Oh non, qu'est-ce qu'elle a mangé ? Elle a dû s'empiffrer comme une idiote. Daisy va avoir mal au ventre.

Par réflexe, je frotte mon propre bidon.

— Normalement, je fais super attention à son alimentation.

Daisy est encore jeune, et on suit un régime spécial pour dragonneau, avec le nombre exact de pierres pour faciliter sa digestion.

On reste figés, à observer toutes ces créatures courir, voler, jouer. Mon cœur se serre en pensant à la trop longue solitude de Daisy. Sans m'en rendre compte, je l'ai gardée égoïstement pour moi.

Daisy surgit de derrière l'arbre et fonce vers moi. Je m'accroupis aussitôt, ignorant les pierres de lave qui me rentrent dans les genoux. Je souris quand elle se jette dans mes bras.

— Tu t'amuses bien ? J'espère qu'il n'y a pas de garçons.

Je caresse ses écailles dorées. Son cœur affolé bat sous mes doigts. Instinctivement, je laisse une infime partie de ma magie couler vers elle. Je n'ai aucune idée de ce que je fais, mais pour ma tranquillité d'esprit, j'ai besoin de vérifier qu'elle va bien. Après quelques secondes, ma magie se dissipe d'elle-même, apaisée. Je soupire de soulagement. Daisy est en pleine forme. Elle n'a pas mal au ventre, elle est juste épuisée d'avoir autant joué et elle a besoin d'une sieste.

— Elles n'ont pas l'odeur d'un être réel, murmure Owen. Elles sentent comme Larry.

Oh. Je hoche la tête. Ça se tient. Dragonnettes factices égalent dragonnettes sans danger.

Lassée de mes câlins, la petite dragonne dorée prend appui sur mon genou et bondit en avant. Ses petites ailes battent furieusement pour accélérer sa course alors qu'elle fonce vers une source d'eau chaude. Il lui faudra encore quelques années avant que ses ailes soient assez solides pour voler.

Je me redresse, essuyant la poussière et les cailloux accrochés à mon jogging.

Owen me donne un coup de coude.

— Hé, ça va ?

Je déglutis plusieurs fois et me pétris les mains. Je n'arrive pas à répondre, envahie par un trop-plein d'émotions, alors je hoche et secoue la tête en même temps.

Non, ça ne va pas.

Son bras massif se pose sur mes épaules, et il m'attire contre lui. Je me fonds dans sa chaleur. Pendant dix minutes, on reste là, silencieux, à regarder les dragonnettes jouer. Puis, doucement, sa grande main attrape mon menton, et ses yeux gris plongent dans les miens. Je m'attends à une phrase profonde.

— La meilleure dimension miniature de tous les temps.

Il sourit. Et ce sourire ne se limite pas aux lèvres. Il illumine tout son visage.

Oula. Mon cœur chavire.

— Tu veux aller marcher ? demandé-je d'une voix rauque.

Rester enfermée me rend claustrophobe. J'ai besoin de sortir de l'hôtel, de prendre l'air. Enfin, si l'air est respirable. Je ne sais rien de cet étrange royaume. C'est flippant.

Owen grogne son approbation, et je lui emboîte le pas, direction le rez-de-chaussée. Je suis triste. Comme quand votre meilleur ami se trouve une nouvelle bande de potes et que, soudain, vous vous sentez de trop.

Je sais que c'est couillon. La plupart des gens se diraient que Daisy n'est qu'une dragonnette. Mais en quelques mois, elle a pris une place énorme dans ma vie. Je l'aime.

Et maintenant, je trouve cruel et égoïste de l'avoir gardée pour moi toute seule. Je cligne des yeux rapidement pour ne pas pleurer. Je ne l'ai jamais vue aussi heureuse.

C'est super, je ne devrais pas être triste. Je devrais me réjouir pour ma petite copine.

Chapitre Dix-Sept

Nous sortons par la grande porte. Le même chemin, qui était cabossé hier soir, est lisse sous nos pieds. J'ai du mal à croire que seulement une nuit s'est écoulée... Il s'est passé tellement de trucs. Pas étonnant que mon crâne menace d'exploser.

Quand Owen fait un pas, j'en fais trois. J'essaie d'allonger ma foulée, mais je glisse et manque de me froisser un muscle. Du coin de l'œil, je surprends le chien de l'enfer réprimer un sourire. Heureusement, ce gros lourdaud ralentit.

En reprenant une marche normale, mes pas deviennent plus légers. L'air est vif, frais, loin de la pollution du monde réel. En regardant dans le vague, je distingue des filaments minuscules en suspension, étincelants de magie. Chargés d'énergie. Ce royaume miniature me paraît plus réel que le monde d'où je viens. Tout autour de nous bourdonne de magie. Le sentiment d'être chez moi vibre dans tout mon être, remonte dans mes jambes et me picote la poitrine.

Je suis à la maison.

— Est-ce que tu te sens le bienvenu, comme si tu rentrais chez toi ? demandé-je à Owen.

— Je me sens en paix. J'ai l'impression d'être en sécurité ici plus qu'ailleurs. Bienvenu, ouais, mais pas comme si j'étais chez moi. C'est ce que tu ressens ?

— Oui, c'est bizarre, dis-je en me frottant la poitrine. Ça m'est jamais arrivé.

— Mais...

Il s'interrompt et se gratte la nuque.

— Quoi ?

— Eh bien, tu viens d'un grand coven, non ? Tu ne ressens pas ça quand tu retournes chez ta mère ?

Je laisse échapper un rire amer et secoue la tête. Puis sans réfléchir, je m'ouvre trop :

— Je suis le vilain petit canard du coven. Mon niveau zéro en magie a toujours contrarié mes parents.

Merde, j'en ai trop dit. Je le connais à peine, et le pire, c'est qu'il bosse pour mon père.

Pour le coup, c'est moi qui me gratte la nuque d'un air gêné. Il doit me prendre pour une vraie débile.

— C'était ma faute. J'étais... euh... une gamine difficile.

Je hausse les épaules et me force à sourire.

Le chien de l'enfer plisse les yeux. Je fais confiance à Owen, et je craque carrément pour lui, mais il est proche de mon père, un homme hyper respecté. Si je lui disais la vérité, je sais très bien qui il choisirait de croire.

Même moi, à sa place, je ne croirais pas mon histoire.

Les réputations se brisent en un instant, et en fouillant un peu, il découvrirait que la mienne s'est fait atomiser il y a belle lurette. Pouf, envolée. Des particules de sable. Aux yeux des autres, je compte pour du beurre. Être une hôte aux pouvoirs fantastiques depuis un jour n'y changera rien.

Je resterai toujours la sorcière tocarde.

Un soupir douloureux m'échappe et je retire un gravier accroché au bas de mon jogging. Je suis une fille sympa — sauf quand je me comporte comme ma mère — et s'il y a une chose que les créatures ne comprennent pas, c'est bien la gentillesse. Ça leur fout la trouille.

Mais ça ne sert à rien d'être gentille quand tout ton coven te considère comme une sorcière sans intérêt. Voilà pourquoi je panique à l'idée qu'Owen découvre qui je suis vraiment. Il sera déçu, c'est sûr, et prendra ses distances comme tout le monde avant lui. Je pensais avoir dépassé ça. Vivre dans le passé ne mène nulle part.

Un silence embarrassé plane entre nous.

Le sol du chemin se tapisse de graviers dorés qui crissent sous nos pieds. Le genre d'allée luxueuse que j'avais admirée dans une belle propriété de campagne. Mon regard balaie le parking vide qui me paraît plus grand que la veille. Et il y a un panneau qui n'était pas là hier soir ; il indique le centre de loisirs, la piscine et la salle de sport. Et même les écuries. Tiens, je ne me souviens pas de ça.

Un détail me titille, il manque quelque chose… Je scrute à nouveau le parking. Ah, je sais ! La voiture !

— La voiture de location a disparu ! couiné-je. Je pensais la rendre… Je l'ai fait ? *Merde, qu'est-ce que j'ai foutu de la bagnole ?*

Je sautille d'un pied à l'autre. Punaise, si ce royaume

peut faire disparaître une caisse par la pensée, il est encore plus dangereux que je l'imaginais.

Owen fronce les sourcils et sort son téléphone. L'appareil a l'air minuscule dans sa poigne. Je ne sais pas comment il fait avec ses gros doigts pour ne pas presser toutes les touches en même temps.

Putain, je ne peux même pas penser sans que la magie fasse n'importe quoi.

Arrête de te plaindre, murmuré-je intérieurement. La brise joue dans mes cheveux pendant que je fixe le gravier sous mes baskets. Si *tu* entends mes pensées, magie, écoute bien ça : *Si j'ai besoin de toi, je t'invoquerai. Mais arrête de réagir à toutes mes pensées, c'est flippant. Quand je réfléchis, il est possible que je ne m'adresse pas à toi, alors vérifie avant de réagir. Merci d'être intelligente et de m'aider, mais attends que je te demande clairement un truc. Dac ? Parce que là, franchement, tu me files les jetons.*

Super, j'ai officiellement perdu la boule.

— La voiture est retournée chez le loueur. Elle est réapparue là-bas, la clé sur le contact, dit Owen en fixant l'écran du téléphone, les yeux pétillants.

— Oh.

Mes mains s'écartent en signe d'impuissance.

— Pratique, hein ? ajoute-t-il avec un sourire et un coup d'épaule amical qui fait chavirer mon cœur en mousse.

— Très, marmonné-je.

Je tripote mes cheveux, cherchant désespérément un autre sujet.

— Au fait, t'aimes être un chien de l'enfer ? lâché-je de but en blanc.

Ouais, super question, Mardi. Je roule des yeux. J'ai

envie d'en savoir plus sur lui. Owen dégage une force brute, un truc très masculin. Et pourtant, il laisse filtrer une douceur sincère. C'est un mélange grisant.

Il incline la tête en signe de réflexion, puis reprend sa marche à mes côtés.

— Ouais. Ça me plaît d'arrêter les enfoirés et d'aider les innocents. C'est pas un boulot avec horaires fixes, et quelques fois, ça a été tellement chaud que j'ai cru y rester. Ça me manque d'être sur le terrain avec les gars. Dernièrement, je couvrais les arrières de Forrest, en Irlande, et cette fille...

Il sourit. Mon cœur se serre parce que ce sourire n'est pas pour moi.

— ... elle a un don pour se foutre dans des emmerdes pas possibles.

Forrest. Encore elle. Ils bossent ensemble, sont super proches, et je parie que le chocolat chaud à la guimauve est sa boisson préférée. Il vole à son secours sans même qu'elle ait besoin de demander. Je ne peux pas rivaliser avec une telle amitié. Un poids s'abat sur ma poitrine et je me force à reprendre une expression normale. La jalousie ne me va pas. Vivement qu'il s'en aille. Je débloque complètement.

— Je n'ai jamais été aussi occupé, reprend Owen. Je ne regrette pas ce que je suis ni ce que j'ai fait. C'est dans mon sang. Le seul truc que je regrette, c'est d'arriver trop tard parfois, de ne pas sauver une victime à temps. Si tu laisses l'amertume te bouffer, t'es foutu. À force de voir le pire de l'humanité, ça use. On se lasse. Mais j'ai toujours su que j'étais fait pour être un soldat.

C'est sa vocation, je comprends ça. Son honnêteté m'épate. J'ai eu la chance de vivre une vie privilégiée jusqu'ici. Peut-être que j'étais une paria, mais au moins j'étais en sécurité. Owen a dû voir — et faire — des choses horribles. Pourtant, il recommencerait sans hésiter pour protéger les autres. Ce chien de l'enfer est un héros. Je tends la main et lui touche doucement l'avant-bras. Il me sourit.

Avec un petit hoquet de surprise, je me retrouve tirée contre lui, sous son bras puissant. Je baisse la tête pour cacher mon sourire. *Des amis, c'est tout*, hurle ma voix intérieure. *Vous ne jouez pas dans la même cour.* Cette pensée suffit à effacer mon sourire. Je peux être son amie. Je peux ravaler mes sentiments et me contenter d'une relation affectueuse. Ce n'est pas sa faute si je suis amoureuse de lui. Je profite du virage pour me dégager de son bras. Voilà, c'est mieux comme ça.

Ce n'est qu'après avoir marché encore un peu que je comprends ce qui me dérange. Ça me prend quelques minutes à identifier : aucun oiseau, aucun insecte. Aucun signe de vie. Rien que le soleil et la brise. Le bruissement des feuilles, le craquement des branches et le bruit de nos pas. Merde, ça fait froid dans le dos. Maintenant que je m'en rends compte, l'environnement autour de nous paraît faux.

Comme si on se promenait dans une réalité virtuelle.

Je ferme les yeux et demande à la magie d'arranger ça. Je veux que cet endroit ait l'air réel. On a déjà un soleil et une météo artificiels. Quand je rouvre les yeux, un gros bourdon passe en vrombissant devant mon nez et un papillon monarque se pose sur un parterre de jacinthes sous les arbres. Je ne sais pas si ces bestioles devraient être là à cette saison, mais de toute façon, elles ne sont pas réelles, et je ne risque pas de créer un gel brutal qui les tuerait. Elles sont parfaites.

Un rire m'échappe lorsqu'une mouche bleue percute la joue d'Owen. Il fronce les sourcils.

— C'est ton œuvre, je suppose ?

— Oui.

Il se frotte la joue.

— J'aime bien. Pas les mouches kamikazes, mais voir un peu de vie.

Lorsqu'on tourne au coin, les arbres s'espacent et le chemin descend vers le lac. Je m'arrête pour admirer la vue. Le lac est immense, beaucoup plus grand que ce que j'imaginais depuis l'hôtel. Une douzaine de canards caquettent joyeusement. Je souris en voyant l'un d'eux plonger la tête sous l'eau. Son petit cul dodu se dandine à la surface alors qu'il attrape un casse-croûte aquatique.

— Ça te dit d'aller sur le lac ? demande Owen.

— Hein ?

Décidément, l'art oratoire et moi, ça fait deux. Toute mon attention est happée par un colvert mâle qui poursuit les femelles sans succès. Ils sont tellement réalistes. J'ai l'impression d'avoir avalé la pilule rouge et atterri en plein *Matrix*.

— Le bateau, dit Owen en me donnant un petit coup de coude.

Sa grande main désigne une barque bleu clair amarrée à un joli ponton en bois.

— Oh, j'adorerais ! Je ne suis jamais montée dans une barque.

Je tape dans mes mains en sautillant, excitée à l'idée d'explorer le lac immense qui s'étend devant nous.

Owen sourit et stabilise l'embarcation, puis m'aide à monter à bord. Elle ne bouge pas d'un poil sous la poigne de ce grand gaillard. Une fois que je suis assise, il embarque à son tour, avec l'agilité d'un combattant aguerri malgré sa taille imposante. Il s'installe en face de moi, détache la corde et la balance sur le ponton pour éviter qu'elle ne trempe dans l'eau. Puis, il attrape les rames et les plonge dans le lac. Je hoche la tête pour l'encourager.

C'est là que ça devient bizarre. La barque avance, puis elle penche d'un côté. Elle effectue un demi-tour et revient cogner contre le ponton.

Le bois grince et les rames nous éclaboussent. Des giclées de flotte.

Owen jure tout bas. *Ne ris pas.* Je me mords les lèvres tandis que la barque continue de tourner en rond. *Surtout, ne ris pas.* Je pose les coudes sur mes genoux et fais semblant d'observer les canards. Le pauvre ne mérite pas que je le fixe alors qu'il perd son sang-froid. J'étouffe discrètement mon rire dans ma main.

Après cinq bonnes minutes à le voir ramer, avec une mare d'eau à mes pieds, une question me brûle les lèvres.

— Owen, t'as déjà ramé avant ? marmonné-je entre mes doigts.

Putain Mardi, te marre pas.

Il doit forcément avoir déjà fait de la barque, non ? C'est un ancien. Il vient d'une époque où les moteurs n'existaient pas. Peut-être qu'il a oublié ?

Il grogne en fixant les rames, crispant les muscles de ses avant-bras. Le bois grince sous la pression. Un aviron normal aurait déjà explosé en morceaux. Il pousse un soupir et lève vers moi son regard gris et honnête.

— Eh bien... j'ai déjà utilisé le rameur à la salle de sport.

Et là, je craque. Pliée en deux, j'explose de rire en me tenant le ventre.

Il est trop craquant.

— Je pensais que ce serait facile, se justifie-t-il.

Les larmes roulent sur mes joues et la barque tangue dangereusement quand Owen éclate de rire à son tour.

— T'as fait du rameur à la salle ! hoqueté-je.

Je ris si fort que j'en ai mal au ventre.

— Oh, Owen…, dis-je en essuyant mes larmes. Merci, j'en avais besoin.

Je lui souris à en avoir mal aux joues. Il me fixe, étonné.

— J'aime te voir heureuse, déclare-t-il d'une voix rauque.

Chapitre Dix-Huit

Lorsqu'on descend du bateau, j'ai encore le sourire jusqu'aux oreilles. J'amarre la barque avant Owen et éclate de rire en l'entendant rouspéter.

— Tu dois manger un vrai repas, insiste-t-il. On va pique-niquer.

À peine l'a-t-il suggéré qu'une nappe apparaît sur l'herbe, se remplissant petit à petit. Plats, verres, panier-repas et citronnade fraîchement pressée.

On peut dire ce qu'on veut de la magie d'hôte, elle est incroyablement pratique. J'ai le sentiment qu'elle va me rendre flemmarde.

Je souris discrètement, puis nous nous installons sur l'herbe. C'est la première fois que je pique-nique. J'observe Owen me servir une assiette en rougissant et balbutie un « merci ».

Le soleil filtre à travers le feuillage des arbres pendant que je grignote ma salade de betteraves et de feta. Je suppose que si je peux contrôler le temps et que le soleil n'est pas réel, je peux passer la journée dehors à faire bronzette sans cramer. Je renverse la tête en souriant, accueillant la brise légère qui me caresse le visage.

— À mon avis, il fait un froid de canard dans le monde réel, bougonne Owen.

J'opine du chef et charge une autre pelletée de betteraves.

— C'est bien que ta saison préférée soit le printemps. Il fait doux dans ton monde.

— Ouais... je ne m'étais pas rendu compte que j'aimais autant le printemps. Apparemment, j'agis instinctivement. Il va certainement falloir que je réfléchisse à l'écoulement du temps si les gens comptent séjourner ici. Il faudrait peut-être calquer la météo sur celle du monde. Je ferai un coup d'essai plus tard, quand je maîtriserai vraiment la magie... Faut pas non plus s'attendre à un déluge ou à une tempête de neige ! dis-je en frissonnant et en gobant la four-chette de salade.

— Tu n'es pas obligée d'intégrer les quatre saisons dans ton royaume. Sur les terres faës, chaque cour vit sous la même saison toute l'année.

— Ah, parfait.

— Ce que tu fais par la magie est impressionnant. Je n'ai jamais vu ça de ma vie.

Je baisse les yeux en piquant la feta. *Il trouve ma magie impressionnante.* Mon cœur est aux anges.

Le téléphone d'Owen sonne et je le pousse à prendre l'appel en souriant.

— T'inquiète, tu peux répondre.

Il se lève doucement et s'éloigne.

Je me détourne pour lui laisser de l'espace.

Au bout de quelques minutes, il revient mais ne s'assoit pas. Une expression triste mais déterminée balafre son beau visage.

— C'est Forrest. Elle a besoin de moi.

Ah.

Il a l'air inquiet, déchiré entre m'aider et répondre à l'appel de son devoir. Je ne peux pas... Des vies sont probablement en jeu. Me répétant le refrain que je lui ai servi en prenant le volant sans lui, je décide de le convaincre que je suis heureuse seule. Ce n'est pas son combat. Et il est injuste de ma part de monopoliser son temps.

— Regarde où on est ; il ne va rien se passer. Tout ira très bien. Tu dois partir maintenant ? Où veux-tu que je t'envoie ?

Je rechigne à faire le coup de l'*Exorciste* qui ouvre le portail, comme à son arrivée. Mais au fond, je pense que si l'idée vient de moi, sans être forcée par le royaume, ce devrait être plus simple... Je peux sûrement faire ça les doigts dans le nez, même si ça ne sera pas de la tarte. J'espère être capable de l'envoyer à la bonne destination. *Oh là là, j'ai mal au bide.*

— Si ça ne te gêne pas, répond-il. Si tu pouvais me renvoyer là d'où je viens, Flash, ce serait cool. Je suis désolé de te laisser, je sais que t'as beaucoup à encaisser...

— Ça va, l'arrêté-je en ouvrant un portail derrière lui.

Waouh, j'ai réussi !

— Je comprends, continué-je. De toute façon, je ne m'attendais pas à ce que tu traînes dans le coin. Tu as un boulot très important. Je te remercie du fond du cœur de m'avoir aidée.

La douleur dans mon cœur m'oblige à me détacher de son regard. Je suis ridicule. Je fixe la nappe en jouant avec un fil.

— Fais attention.

— Je reviendrai. Ça ne devrait pas mettre longtemps, dit-il maladroitement.

Ma magie me picote, détectant son mensonge.

— Bien sûr.

Mes lèvres forgent le sourire le plus hypocrite qu'il ait jamais vu. Je n'ai pas besoin de la magie pour savoir que, moi aussi, je mens.

Tout en moi hurle « Ne pars pas ! Reste avec moi, s'il te plaît ! » Mais j'ai ma fierté. Et ces mots ne quitteront jamais ma bouche. Je ne peux pas me montrer aussi égoïste. Il en a déjà fait beaucoup. Il n'a pas à s'empêtrer davantage dans mon merdier.

— Mange quelque chose, me réprimande-t-il. Tu dois manger au moins le double de d'habitude.

Je lève les yeux au plafond.

— Oui, papa.

Je lui indique le portail.

— Sois prudent. À la revoyure !

Owen hoche la tête et esquisse un pas dans le portail avant de me jeter un dernier regard. Puis, il s'engage définitivement dans la porte dimensionnelle.

Tout le monde finit par partir. Après tout, je suis un Kleenex.

Un sanglot jaillit de ma gorge et je plaque ma main sur ma bouche pour l'étouffer.

Ça va aller. Je suis juste un peu gaga.

Je prends une autre fourchetée de salade, qui a le goût de cendres sur mon palais. Mais je m'oblige à manger jusqu'à ce que mon assiette soit vide. Une fois le dessert terminé, je roule mes épaules et fais tout disparaître avec un geste de la main. En me relevant, je fixe mes doigts ; je ne crois pas avoir besoin de les agiter pour utiliser la magie. En plus, c'est un peu bizarre. Si je me retrouve dans une situation où je ne veux pas dévoiler mes intentions, il faut que j'apprenne à faire de la magie sans gesticuler. Sinon, autant me dégoter une fausse baguette magique avec les paillettes qui vont avec.

Je pivote pour retourner à l'hôtel, puis une froideur m'envahit. Une sensation étrange, sinistre. Ma magie clignote en guise d'avertissement avant que mon existence entière se replie sur moi. Rayonnement de soleil. Lumière d'étoiles. Explosion de magie. Tout mon être se déchire violemment.

Oh non !

Chapitre Dix-Neuf

Je retiens un cri de terreur alors que je suis aspirée dans une brèche. Le monde se brouille autour de moi, puis se stabilise. J'essaie de recouvrer une expression sereine. Un groupe d'inconnus a le regard braqué sur moi. Est-ce que j'ai voulu... Est-ce que j'ai *steppé* ?!

Putain, je me suis téléportée. Incroyable.

Je crois avoir oublié mon estomac au bord du lac. Je me trouve actuellement à la réception et une bonne douzaine de dryades attendent devant moi, dos à un portail temporel qui se dissipe.

— Salut à vous Grande hôte.

Une femme se détache du groupe pour exécuter une révérence. Je la regarde en clignant des yeux, désarçonnée. Comment suis-je censée réagir à une courbette ? Je me raidis en constatant que les autres dryades suivent son exemple. Quatorze. Ma magie n'a pas chômé.

— Salut, couiné-je en leur intimant de se relever d'un geste de la main.

Une fois redressée, leur cheffe entame un discours qui semble préparé :

— Nous cherchons un sanctuaire. Nos arbres sont en péril. Les humains exigent le progrès et n'hésitent pas à dévaster nos forêts. Ils ignorent les lois de protection environnementale mises en place par le conseil faë. Personne ne nous aide et mon peuple se meurt.

La svelte dryade se tourne vers moi, le regard bleu ciel scintillant de larmes. Je déglutis en forçant mes bras à rester le long de mon corps.

— Je suis navrée d'entendre ça.

— Si vous le permettez, Grande hôte, nous aimerions planter nos arbres dans votre monde miniature. Nous vous prêterons notre force, en échange, vous nous permettrez de vivre sans peur, afin que nos branches fleurissent et que notre pollen fertilise la terre.

Oula, c'est très cérémonial. J'ignore quoi répondre. Je regarde autour de moi, paniquée, comme le méchant d'un dessin animé. Il me faut Larry.

— Euh, d'accord.

Bien, Mardi. Belle démonstration d'éloquence. Je me flanque une bourrade sarcastique dans le dos.

Les autres dryades semblent expirer de soulagement. Encouragée par leur réaction, je fais une nouvelle tentative, espérant mieux faire.

— Vous êtes toutes plus que bienvenues.

Beaucoup mieux. Tout ça est un peu déroutant. Que pouvais-je dire d'autre ? Ces pauvres créatures sont en train de dépérir. Je ne veux pas avoir leur extinction sur la conscience. Et qui n'aime pas les arbres ?

— Nous vous remercions, Grande hôte.

Je retiens un frisson de gêne. Tout ce truc de titre me met mal à l'aise. On travaillera là-dessus quand elles se seront installées. Le reste du groupe se met à me remercier en chœur tandis que je cherche désespérément Larry. Où est-il passé ? Ce n'est pas comme s'il avait besoin d'aller au petit coin !

— Voici notre sacrifice.

Le... quoi ?

Les dryades s'écartent pour laisser passer une jeune fille qu'elles font avancer sans ménagement. Ses vêtements sales tombent en lambeaux sur sa frêle silhouette. Lorsqu'elles la lâchent, je remarque que sa peau se craquèle. Je la scrute plus attentivement, me rendant compte que la fissure n'a pas uniquement gagné ses bras. Comme l'écorce d'un arbre, sa peau se détache de son visage et de son cou.

Une simple caresse risquerait de l'effriter. Elle a besoin d'être soignée d'urgence. Mon cœur effectue des ricochets dans ma cage thoracique lorsque les dryades la poussent brutalement vers moi. Sa jambe gauche reste en arrière tandis que la droite ne supporte pas son poids, la faisant tomber à mes pieds dans un domino de membres.

Un hoquet d'horreur m'échappe et je m'agenouille aussitôt, scandalisée. Instinctivement, je tends la main vers elle, mais elle tressaille.

Évidemment... C'est un sacrifice.

Ses pupilles tremblent comme celles d'un cheval apeuré.

Dans un ultime effort, elle trouve la force de s'écarter de moi. Mon cœur se serre dans ma poitrine.

— Acceptez-vous de prendre ses dernières forces vitales en guise de loyer ? demande la cheffe.

Un son étrange jaillit de ma gorge. Ma langue est pâteuse, engourdie. Je ne sais comment répondre à cette question. « Acceptez-vous de prendre ses dernières forces vitales en guise de loyer ? » La voix de la dryade résonne à l'infini dans ma tête. Cela me dépasse, mon expérience de la vie ne me permet pas d'affronter cette situation. Mes lèvres se pincent. Oh non, je vais vomir. Je souffle un peu d'air dans mon poing.

Peut-être que je dois arborer un sourire diabolique, leur faire croire que je suis une créature démoniaque. Apparaître comme la menace qu'elles s'imaginent. Merde, c'est trop.

Tout s'estompe instantanément autour de moi. Je réalise progressivement que je suis en état de choc. Pendant plusieurs secondes, je ne vois et n'entends plus rien. Mon cerveau semble éteint, en pleine reprogrammation. Que se passe-t-il si je dégueule ou laisse la vague de panique me submerger, juste après l'onde de choc ? Si ces créatures sont disposées à se sacrifier de leur propre gré, que me feront-elles si je me comporte en proie ?

Putain, mais où est Larry quand on a besoin de lui ?

Comme invoqué par ma détresse, l'artéfact rouquin se matérialise. Il analyse la situation : moi, les yeux écarquillés, et la fille à mes pieds. Il nous dépasse comme si de rien n'était.

— Bienvenue au Sanctuaire, salue-t-il d'un ton amical, joyeux.

Je le fusille du regard. Il est aveugle ou quoi ? Il n'a pas saisi l'ampleur de la situation ?

— Une fois que vous aurez signé nos conditions générales, je vous aiderai à emménager.

Il saisit le datapad.

— Êtes-vous d'accord pour signer au nom de votre peuple ? Excellent. Une petite signature là... et là. Je vois que vous avez apporté un sacrifice. Merveilleux !

Merveilleux ?!

Je me rends compte que les créatures faës nous ignorent royalement. Comme si ce n'était pas un membre de leur famille et une amie qui agonisait à leurs pieds. Elles l'ignorent. Comme un vieux débris. Comme si j'allais la vider de son énergie jusqu'à la moelle, pendant qu'elles effectuent tranquillement leur réservation.

Sans déconner, c'est quoi leur problème ?

— Magnifique. Maintenant, pouvons-nous importer nos arbres ?

Larry conduit le groupe vers la sortie de l'hôtel, abandonnant la jeune fille à son sort.

Une bouffée de rage m'étouffe. La magie dans ma poitrine bouillonne violemment. Cet endroit est supposé être un sanctuaire. Aucun sanctuaire ne devrait requérir de sacrifice. Il faut que je m'éloigne au plus vite de ces vermines avant de commettre l'irréparable. Avec une pensée — maîtrisée cette fois —, la magie s'enroule autour de nous, avant de nous envelopper délicatement pour nous engloutir dans l'éther.

Nous nous retrouvons au sommet d'une montagne, à la lisière de la forêt. Le lac s'étend plus loin en contrebas. En hauteur, nous sommes protégés du vent. À côté de moi, la dryade peine à respirer, au bord de l'hyperventilation. Sa respiration siffle à travers ses lèvres gercées et sa poitrine se soulève péniblement.

— Pitié, faites vite. Abrégez ma souffrance, m'implore la jeune fille en se roulant en boule.

J'écarte les brins d'herbe avant de m'asseoir à côté d'elle en entourant mes genoux de mes bras.

— Comment tu t'appelles ? dis-je, la gorge serrée.

Sa respiration haletante s'arrête et je discerne l'incompréhension sur ses traits. Ma question doit lui sembler bizarre. J'imagine que les meurtriers ne demandent pas à leur victime leur nom.

— E-Erin.

— Erin, je m'appelle Mardi. Je sais ce qu'on t'a dit, mais ce sont des mensonges... Du moins, en ce qui me concerne. Je ne te ferai rien, sinon t'aider.

Je me balance légèrement en me mordillant la lèvre.

— Je crois que tu souffres à cause de ton arbre ?

Elle gigote un peu ; je prends ça pour un oui.

— D'accord. Alors je vais me débrouiller pour vous guérir, toi et lui.

Elle relève la tête. Ses yeux noisette papillonnent, déboussolés.

— Est-ce que c'est une blague ?

— Absolument pas.

Je n'ai jamais été aussi sérieuse de ma vie.

— Vous n'allez pas me tuer ?

— Non, mais j'ai besoin de ton aide. En fait, ça ne fait qu'un jour que je suis une hôte. Je n'ai jamais fait ça.

Hormis la chambre de lave que j'ai créée pour Daisy.

— Un jour ? Et vous voulez tenter de me sauver... moi et mon arbre ?

— Ça vaut le coup d'essayer.

Une larme roule sur sa joue, puis une autre.

Oh.

Erin enfonce sa tête entre ses mains, éclatant en sanglots. Je me tortille et mes mains restent en suspens. J'ai envie de la réconforter, mais je ne sais pas comment m'y prendre. Il y a une minute, elle pensait que j'allais la vider de son énergie vitale. Ce n'est pas tous les jours que vos amis et votre famille cherchent à vous sacrifier à un *monstre*.

Et je suis le monstre en question.

Je coince mes mains sous mes genoux en me balançant légèrement pendant qu'elle pleure son saoul. Sa souffrance est contagieuse ; moi aussi, j'ai envie de chialer. Mais je prends sur moi, muselant sauvagement mes pensées. Je ne peux pas vider mon sac maintenant. Là, tout de suite, Erin est la priorité. Je m'oblige à adopter une attitude neutre, professionnelle.

Quand je repenserai à cet épisode, ou si j'ose en parler à quelqu'un, la rage prendra sûrement le dessus. Mais en cet instant, derrière mon visage impassible, c'est la tristesse qui me gagne à travers les larmes de la dryade.

J'espère qu'Owen reviendra vite. J'ai besoin d'un câlin.

Lorsque ses sanglots se réduisent à un hoquet, je me racle la gorge.

— T'es prête à ce que j'essaie ?

— Oui, s'il vous plaît, souffle-t-elle.

— Il va falloir que je... euh, te touche, expliqué-je en grimaçant. Je peux prendre ta main ?

Je n'ose imaginer la dose de courage qu'il lui faut pour inspirer, se redresser et placer sa petite main dans la mienne. J'ai l'impression de tenir un bout de bois ; l'écorce de sa peau s'émiette dans ma paume. Malgré ça, je lui presse gentiment la main pour la rassurer.

J'inspire à mon tour, puis ferme les paupières. Je n'ai pas à invoquer ma magie ; elle est là.

Les tatouages s'illuminent et dessinent des motifs dans les arbres derrière nous, glissant et dansant sur ma peau. Je dois avoir l'air d'une boule disco.

La magie sait ce que je veux, car elle fait partie de moi. Comme le sang qui pulse dans mes veines. Comme un cœur qui bat. C'est dingue de constater que je suis passée de la haine maladive à comparer la magie avec un organe vital. Jamais dans mes rêves les plus fous je n'aurais cru ça possible.

La magie argentée se fond dans la dryade. Ouille. Je sens le bois qui pourrit. La douleur que son arbre endure. L'agonie qui le lézarde des branches aux racines. Quelque chose de lourd s'est écrasé contre lui et l'a déraciné.

Lui et elle sont reliés, en symbiose. Et ils périssent tous les deux. Ma magie entre dans le monde réel à travers leur connexion. Elle rampe dans la terre. Avec une précision chirurgicale, je dégage du sol les branches broyées et libère doucement les racines embourbées dans la gadoue. Je soulage la douleur de l'arbre en l'appelant à moi et lui fais traverser le portail.

Derrière nous, un portail s'ouvre. Je choisis l'endroit idéal où le sol est riche en nutriments, à l'abri des éléments, mais où l'arbre sera pleinement exposé à la lumière du soleil.

La terre s'ouvre, accueillant chaleureusement ses racines pour les dénouer, les guérir. La magie monte en spirale autour du tronc, soignant chaque fissure. Elle se répand dans les fibres de ses branches pour le pousser à renaître sous les rayons printaniers de la dimension miniature.

Je suis connectée à la forêt qui regorge de magie. J'entends le craquement de bonheur du bois qui accepte en son sein un magnifique arbre faë. Le feuillage de l'arbre d'Erin bruisse en retour, libéré de la douleur. Ayant accompli sa mission, ma magie se retire discrètement de lui, à contrecœur.

Ma concentration se dissipe lorsqu'Erin émet un son admiratif. Mes paupières papillonnent, irritées par la goutte de sueur qui perle. Je ferme les yeux et plonge en moi-même. Je n'en suis qu'à la moitié du boulot. C'est maintenant que ça se corse, avec la guérison d'Erin.

Je peux le faire. Je n'ai pas le choix.

Ma magie s'infiltre doucement en elle, démarrant aussitôt la régénération de ses cellules. Les tissus se reconstituent de sorte que son corps puisse prendre le relais. Je peux presque visualiser les globules rouges et blancs se précipiter de part et d'autre dans son métabolisme. Progressivement, ma magie absorbe les toxines et la pourriture, soignant et siphonnant. Ma respiration se fait difficile tandis que celle d'Erin devient régulière, mais je continue. Encore quelques minutes...

Voilà, ça y est.

Je m'écroule sur le sol de la forêt et Erin se blottit contre moi.

— Vous avez réussi. Vous nous avez sauvés. Oh, Mardi, merci… Ça va ?

— Ouais, balbutié-je.

Les mots pâteux restent dans ma gorge. *Il est dangereux de rester ici*, m'avertit une petite voix. Je m'oblige à rouler sur le côté, puis je lève le regard vers Erin. Je n'ai pas à me forcer à sourire.

— T'as l'air en pleine forme, constaté-je en laissant mon regard bifurquer vers son arbre. Vous avez tous les deux l'air en pleine forme.

Le carré brun d'Erin est brillant, sa peau douce a retrouvé son éclat, respirant la santé.

J'ai l'esprit en compote, comme si ma pression artérielle avait chuté. Je me rassois, sans parvenir à voir Erin. Mes doigts caressent le sol.

— Les autres dryades sont de l'autre côté de la forêt.

Je peux les sentir.

— Je ne savais pas si tu voulais être proche d'elles. Si tu me laisses quelques jours, je pourrais te…

— Non, m'interrompt-elle. J'aimerais bien rester ici, si vous le permettez. Cet endroit est stupéfiant. Je ne veux plus les voir, pas pour l'instant… voire plus jamais.

Une larme roule le long de son nez, lourde de chagrin.

— Prends tout le temps qu'il te faut. Tu as besoin d'un endroit où dormir ? Je suis vidée, mais tu peux passer la nuit à l'hôtel. Je pourrais te louer une chambre ? Tu ne seras pas obligée de les croiser.

— Je vais rester avec mon arbre, si ça ne vous gêne pas ? dit-elle, le regard humide. J'aimerais bien me reposer.

— Oh, bien sûr !

J'effectue un roulé-boulé maladroit et me hisse sur mes jambes à la seule force de ma volonté.

— Merci, Mardi. Je n'en reviens pas, vous m'avez sauvé la vie, dit-elle en reculant vers son arbre.

Lorsqu'ils entrent en contact, sa forme humaine disparaît dans le tronc.

— Avec plaisir, lâché-je, éreintée.

Chapitre Vingt

Après l'évènement traumatisant du jour, des pensées affreuses bourdonnaient dans mon esprit. Je croyais ne plus jamais réussir à fermer l'œil de la nuit. Pourtant, j'ai dormi comme un loir. Dès que ma tête s'est posée sur l'oreiller, j'ai plongé dans les bras de Morphée. J'attribue ce KO technique à l'utilisation de la magie. Mon cerveau avait beau être en surchauffe, mon corps avait atteint ses limites. Le sommeil était si lourd que j'ai eu l'impression de me réveiller d'un lendemain de cuite.

Daisy est restée avec ses amies dragonnettes, pour ne rien arranger. Puis, j'ai dû faire face à ma conscience qui m'accusait d'être incroyablement égoïste. Je dois me réjouir pour Daisy et être présente pour elle quand elle en a besoin.

Je me suis réveillée aux aubettes. J'ai déjà gobé mon

petit-déjeuner. Suivant les conseils d'Owen au pied de la lettre, je mange comme une ogresse. Je porte une robe midi marine en cachemire, col haut et manches courtes, avec des bottes qui s'arrêtent aux genoux.

J'ai détaché mes cheveux qui me chatouillent la taille alors que je marche en direction de mon bureau. Il faut que je les coupe, mais je sais d'ores et déjà que je le regretterai. Alors je m'abstiens, jusqu'à ce que cela devienne une urgence capillaire. Étant donné la magie qui m'habite, cela risque cependant de prendre un moment.

Je me fige en apercevant Atticus assis dans le coin salon de la réception, buvant tranquillement une tasse de... café ? Pas du sang, j'espère. Ses yeux noirs opaques m'étudient. Une fois l'espèce de test vampirique passé, il me salue d'un signe de tête.

— Bonjour, dis-je, opinant à mon tour.

— Je vois que nous avons des invités. Les arbres faës.

— C'est exact. J'espère que leur présence ne vous trouble pas. Votre intimité et votre confort comptent pour l'hôtel.

— Pas le moins du monde. Les changements que vous avez instaurés me plaisent. Cela embellit mon séjour. N'ayez crainte, je ne les dévorerai pas, sourit-il.

Il se croit vraiment au théâtre... Même s'il est le premier sang-pur que je rencontre, il n'est pas le premier vampire de ma connaissance. Mais bon, il vient d'une autre époque et doit soigner sa réputation.

— C'est bon à savoir. Autant vous prévenir : ma magie ne vous permettra pas de blesser un seul des résidents du Sanctuaire. N'hésitez pas à nous faire savoir, à moi ou à

Larry, si nous pouvons améliorer votre séjour de quelque manière.

— Je n'y manquerai pas. Merci, mademoiselle.

— Si vous permettez...

Atticus hoche la tête et je tourne les talons pour me rendre dans mon bureau. Mais une pensée s'incruste dans mon esprit. Une curiosité dévorante. Je me retourne vers lui et les mots jaillissent tout seuls :

— Que faites-vous ici ?

Ah, bien. On peut dire que tu as mis les formes, Mardi.

— Vous pouvez toujours me répondre que cela ne me regarde pas, mais vous êtes...

J'indique son costard impeccable et toute son attitude ostentatoire de « ouh je suis un sang-pur ».

— ... et cet endroit est...

Je gesticule en montrant la réception, les yeux arrondis, l'air de dire « Ça tombe sous le sens ! »

— L'hôtel n'était pas joli à voir avant mon arrivée, achevé-je.

Atticus incline la tête en me détaillant de son regard impénétrable. Je suis pratiquement convaincue qu'il va me dire d'aller me faire voir.

— J'ai aimé une femme autrefois. Elle a disparu et toutes les pistes m'ont mené ici. À cet hôtel.

— Oh...

Je ne m'attendais pas à autant de profondeur. Je me dandine d'un pied à l'autre sans détourner le regard. Sans le vouloir, j'ai touché une corde sensible, alors le moins que je puisse faire est d'assumer en le regardant en face.

— Je suis désolée.

— Je resterai jusqu'à ce que je découvre ce qui lui est arrivé.

Mon estomac se noue lorsque je distingue la douleur dans ses pupilles. Cela semble être une histoire d'amour tragique. J'éprouve de la compassion pour lui.

— Elle doit être vraiment spéciale...

J'ignore ce que c'est que d'être autant aimée... ou d'aimer au point de ne pas réussir à aller de l'avant. Mes yeux glissent nerveusement vers la réception.

— Quelque chose ne va pas dans cet hôtel...

Les yeux noirs du vampire se plissent. Je prends son air terrifiant pour une confirmation. Je pense que peu de choses dans l'enceinte de l'hôtel échappent à son radar. J'aimerais beaucoup lui demander son avis. Je suis persuadée que parler avec lui me permettrait de me renseigner à fond sur le royaume miniature.

Mais pour avoir quelque chose en retour, il faut savoir donner, instaurer un lien de confiance.

J'opte pour la franchise, espérant qu'un jour il me rende la pareille.

Je m'humidifie les lèvres avant de me jeter à l'eau. Il faut que je me fasse confiance.

— Quand les dryades sont arrivées, elles ont apporté un sacrifice. Elles voulaient que j'aspire le pouvoir d'une jeune fille, que je la vide de son énergie. Erin va bien... elle est en vie, soufflé-je en levant les mains au ciel. Je ne l'ai pas drainée. Je ne ferais jamais de mal à un innocent.

Je hausse les épaules en me grattant la tête. J'aurais dû mettre une bulle d'intimité, mais ma magie m'indique qu'il n'y a personne alentour.

— Ça ne fait que deux jours, continué-je en baissant

d'un ton, mais je compte bien découvrir ce qui se passe, peu importe le temps que ça prend. Si je parviens à trouver des réponses à propos de votre amou... amie...

Je m'arrête aussitôt lorsque son œil s'assombrit.

Sa colère enfle, alourdit l'air de la pièce. Mon cœur saute un battement et mon estomac se tord d'angoisse. Putain, il fait peur.

Il inspire brusquement, comme pour remettre un masque en place.

— Votre bonté ne signifie rien à mes yeux. J'ai perdu espoir. Je sais qu'elle est morte.

Il se frappe la poitrine et baisse d'un ton :

— Je n'arrive pas à tourner la page. C'est ce qui arrive aux vieilleries. Le changement est pénible.

— Ça ne vaut pas uniquement pour les vieilleries. Moi non plus, je ne supporte pas le changement, avoué-je en me grattant le bout du nez. Ça me donne de l'urticaire.

La lèvre supérieure d'Atticus se rétracte sur ses dents pour former un abominable rictus. Avec un signe de tête méprisant, il ramasse sa tasse de *café* et s'en va.

J'expire un grand coup, soulagée, puis j'essuie mes paumes contre ma robe. Je ne me doutais pas que je tiendrais cette conversation avec le chef du conseil vampire... Le chef européen si je ne me trompe pas ? Non, juste de l'Angleterre.

Je frissonne et file dans mon bureau. J'espère qu'être au courant de cette romance ne va pas me coûter la vie. Je gonfle les joues en chantonnant dans ma tête pour étouffer la peur.

Une réunion avec la plus sympa des hôtes m'attend. Nyssa. Avec un peu de chance, j'obtiendrais des réponses. Je ne la connais pas, je ne peux pas me fier à elle aveuglément. Elle ou quiconque. Bien qu'elle se soit montrée gentille lors de notre rencontre — pas difficile vu l'attitude du reste du cercle des dimensions — je ne dois pas perdre de vue qu'elle n'est pas une amie.

Je me creuse la cervelle pour savoir où la rencontrer. Inutile de lui dévoiler davantage de l'hôtel. Va pour la salle de conférence ! Larry a dit que la pièce ne se déverrouillait que pour les réunions du conseil, pourtant je l'ouvre sans difficulté.

Je m'assois au même endroit et pianote sur la table en verre en patientant. Le temps s'écoule. Je suis en avance. Finalement, Nyssa ne me fait pas attendre. La réunion magique sonne dans ma poitrine comme un appel téléphonique. Au moment où j'accepte « l'appel », l'air ondoie devant moi, puis Nyssa apparaît.

— Bonjour, Mardi.

Elle m'adresse un sourire chaleureux qui me met aussitôt sur mes gardes. C'est le même sourire que je placarde sur mon propre visage.

— Nyssa, merci d'avoir accepté ce rendez-vous.

Je lui renvoie un sourire professionnel aussi superficiel que le sien.

— Avec plaisir. Tu dois avoir une tonne de questions. Et si tu commençais par me demander ce que tu as besoin de savoir ?

Au moins, c'est direct. J'ai la soudaine envie de vomir une marée de questions qui compressent mes méninges. Je ravale les mots qui s'impatientent sur ma langue en priorisant certains sujets. De quoi ai-je envie de parler ?

J'ai la bouche sèche.

— Merci de ton offre généreuse.

Je déglutis et une tasse de thé se pose sur la table. Je remercie mentalement la magie et prends la tasse des deux mains. Nyssa m'observe attentivement. Je capte un éclair de jalousie dans son regard. Intéressant. Sa dimension miniature lui permet-elle de faire ça ? Ou est-ce juste moi ?

Peu importe. Il faut que je maîtrise ce pouvoir gigantesque, sinon je vais perdre la boule.

— Dans ta dimension, les visiteurs te paient pour résider à l'hôtel ?

Ce que je veux dire c'est : utilisent-ils des personnes comme monnaie d'échange ? Je n'arrive toujours pas à digérer l'épisode du sacrifice de la dryade. C'était glauque. Il y a un tel mépris dans la fonction d'hôte.

— Il n'y a qu'un seul hôtel dans notre Histoire, et c'est le tien. Personne d'autre ne reçoit de visiteurs dans sa dimension. Le risque est immense. Je ne me mettrais jamais en tel danger. Ma dimension miniature est petite et ne possède pas d'extérieur. Grâce à ma magie, je crée des espaces : accessoires, réserves. Rien de très compliqué. Mes clients adorent venir acheter un sac magique. Ça ne pèse rien, mais contient toute leur garde-robe.

Elle se penche en avant sur sa chaise en m'examinant.

— L'hôte qui a créé ta dimension voulait aider les autres. Tu y crois, toi ? dit-elle en gloussant dans sa main. Il a été le premier à mourir. Il voulait que son monde soit un sanctuaire.

Elle plisse le nez, l'air dégoûtée.

— Mais il manquait de pouvoir. C'était au temps où communiquer avec les autres mondes n'était pas facile, contrairement à maintenant. Je suis sûre que ta connexion avec la Terre te permettra d'avoir assez d'invités. Alors pour te répondre : oui, les gens paient, et pas toujours avec des billets. Pour subvenir à l'idée saugrenue d'un sanctuaire, il faudrait puiser dans l'énergie de tes résidents.

Voler l'énergie d'autrui semble effectivement monnaie courante.

Je m'enfonce dans mon fauteuil, enroulant mes bras autour de moi. Je me sens mal à l'aise tout à coup. Apparemment, j'ai été hâtive dans mon jugement des dryades. Elles étaient si désespérées qu'elles pensaient faire ce qui était juste.

Je comprends mieux pourquoi les hôtes sont traqués, grince une voix nasillarde dans ma tête. Je dois avouer que ça schlingue tout ça.

— Tu peux sans douter demander à ce qu'on te paie en argent comptant, continue-t-elle sans remarquer mon désarroi. De nombreux hôtes se sont extrêmement enrichis grâce aux dons. C'est comme ça que je procède. Par contre, gérer un royaume miniature requiert de l'énergie. Si on oublie les risques, l'idée de l'hôtel est intéressante en soi. Admettons que tu aies des visiteurs... leur essence s'ajoute à la magie. Et cela diffère en fonction de l'hôte et de chaque dimension. Une dimension de la taille d'une réserve peut perdurer pendant mille ans grâce à quelques secondes de vie. Une goutte de sang, par exemple. Un royaume comme le tien en revanche...

Son regard dérive vers la baie vitrée.

— ... vu la vitesse à laquelle il s'est étendu, il te faudra probablement prélever l'équivalent d'années énergétiques.

Cette fois, je suis incapable de masquer mon effroi. Elle est sérieuse ? J'ai lâché ma carrière de manager dans la vente pour un hôtel... que dis-je, un royaume cannibale qui vampirise ses résidents ?

Par les sept enfers, qu'ai-je donc fait ?!

Il n'est pas question que je permette une telle chose. Et Owen ? Est-ce que cet hôtel diabolique lui suçait l'énergie ? Je dois trouver une cuvette de toute urgence pour vo...

— Mardi, tu n'es pas obligée de faire ça, m'interrompt Nyssa avec empathie.

Elle passe sa main sur mon bras, comme un baiser aérien.

— Ferme l'hôtel si l'idée te semble affreuse. Garde ta magie pour toi. Si tu ne penses qu'à toi, tu n'auras pas à t'inquiéter. Pourquoi gâcher ta magie à aider les autres d'ailleurs ? Tout le monde se moque que les hôtes meurent. Reprends le pouvoir, rétrécis le monde miniature jusqu'à une taille convenable et vis ta vie.

Elle plisse les yeux.

— Tu veux aider les gens, devine-t-elle à mon visage, en souriant d'un air narquois. Mais l'échange de pouvoir te répugne. Vois les choses sous un autre angle. Tu viens de la Terre, n'est-ce pas ?

Je hoche la tête avec raideur ; j'ai la nuque et les épaules crispées.

— Dans une journée, tu passes à peu près huit heures à travailler pour gagner ta vie. Tu donnes de ton temps pour payer tes factures.

Elle me fixe pour s'assurer que je suis son raisonnement. Je confirme d'un mouvement de tête.

— En restant dans ton royaume miniature, ton *sanctuaire*... les gens paient en énergie au lieu d'argent.

Elle se renfonce dans sa chaise en s'étirant. À la façon

dont elle fait tourner ses poignets, j'imagine le bruit de craquement qu'ils font.

— Dans les deux cas, ton âme est entamée. L'avantage de l'hôtel, c'est que le résident n'a pas mal aux pieds et reste maître de son temps. Le choix t'appartient.

Elle lève la main et imite une balance.

— Tout est une question d'équilibre. Si ça penche trop d'un côté, tu vas blesser des gens. Si ça penche trop de l'autre, la dimension miniature se désintègre.

Elle agite les doigts.

— Cet équilibre ne fait pas de toi le diable. C'est seulement un système de paiement différent de celui auquel tu es habituée. Tu prendrais peu de pouvoir à une pixie, à peine une goutte. Par contre, un immortel te procurerait une sacrée dose, comme ton chien de l'enfer. Il ne remarquerait même pas le prélèvement énergétique.

Son explication m'aide à retrouver ma respiration ; c'est terrible, mais logique. Il est exclu que j'absorbe le pouvoir d'Owen, ou de qui que ce soit d'autre sans son consentement, je ne suis pas une psychopathe.

Cette réunion me montre que la différence entre les hôtes et moi est criante. Jamais je ne serai l'une des leurs. Et franchement ? J'en suis ravie. Je n'ai aucune envie de leur ressembler.

Je crois que ce qui m'a secouée avec Erin est que je me suis revue en elle ; je me suis mise à sa place. On m'a toujours considérée comme le maillon faible du groupe. Je suis certaine que si la situation avait été inversée, avec mon coven, c'est moi qu'on aurait offerte en sacrifice.

— Je suis prête à en payer le prix, murmuré-je.

— Non, c'est impossible. Et surtout irréaliste. La magie

ne fonctionne pas comme ça, elle requiert un équilibre. Mais tu n'es pas obligée de garder le Sanctuaire ouvert. Cet hôtel n'est pas indispensable. Tu peux fermer les portes et prétendre que tout ça n'était qu'un mauvais rêve.

Elle sourit, satisfaite de son conseil.

Un peu trop satisfaite.

Chapitre Vingt-et-un

Un picotement me prévient qu'un portail va s'ouvrir, puis la voix paniquée de Larry fuse depuis la réception.

— Mardi, viens vite !

— Quoi encore ? râlé-je.

Je plaque les mains sur le bureau et me lève d'un bond, abandonnant mon business plan pour voir ce qui provoque tout ce bazar. De toute façon, j'avais besoin d'une pause.

D'un pas rapide, je me dirige vers l'accueil. Il y règne le plus grand chaos.

On dirait un ralenti de cinéma. Comme sur un plateau de tournage, une fumée opaque s'échappe du portail et des gémissements à glacer le sang déchirent l'air.

L'odeur écœurante de sueur, de cheveux brûlés et de sang infiltre l'hôtel et me donne envie de gerber. Je me couvre la bouche et, prise d'un vertige, tangue comme si mes pieds étaient cloués au parquet. Je fixe, ahurie, le spectacle terrifiant qui se déroule devant moi.

Un immense portail béant occupe presque toute la pièce. Et il vomit sur mon sol des créatures amochées et dépenaillées. Les uniformes noirs en lambeaux, les armes à foison, et ces yeux trop grands, ces oreilles pointues, ces cheveux longs ne laissent aucun doute ; les nouveaux *visiteurs* sont des elfes.

Pas de simples elfes comme l'indiquent les marques guerrières noires typiques que j'aperçois entre les déchirures de leurs vêtements. Ce sont des guerriers aes sídhe, non des faës ordinaires. Deux d'entre eux semblent gravement blessés. L'un reste allongé là où il a atterri, l'autre roule sur le côté en geignant. Bon, au moins, il est en état de se plaindre.

— J'ai pas été formée pour gérer un tel merdier, marmonné-je.

J'ai l'impression de m'être réveillée en plein cauchemar. Ma journée, déjà bien étrange, vient de basculer dans un délire total. Je suis censée faire quoi, au juste ? *Je suis une ex-manager de magasin qui se retrouve gérante d'hôtel malgré elle. Je peux m'adapter.* Je redresse les épaules, relève le menton et observe calmement ces visiteurs inattendus.

Les elfes se mettent en position de combat.

Dans *ma* réception.

Ça va pas le faire.

Quand l'un d'eux pousse un canapé pour accéder à la fenêtre et s'apprête à briser la vitre avec le pommeau de son couteau, mon cerveau passe instantanément en mode gestion de crise. Il faut reprendre le contrôle de ce chaos. Tout de suite.

— Posez vos armes ! C'est un sanctuaire, pas un champ de bataille ! j'aboie.

Les elfes s'interrompent une seconde et me fixent comme si j'étais cinglée... puis ils reprennent leurs activités comme si je n'avais rien dit. Au moins, celui qui allait casser la vitre se retient.

— Vilain elfe, grondé-je magiquement à son oreille en replaçant le canapé à sa place.

Il sursaute, se frotte l'oreille et regarde autour de lui, affolé.

Un épisode de série médicale me revient à l'esprit, et avec lui, la notion du triage des blessés.

— Ceux qui ont seulement des coupures ou des bleus, mettez-vous à gauche ! hurlé-je en désignant un coin de la pièce. Les autres, attendez dans le salon !

Je gonfle les joues et me masse la tempe. En fuyant de chez moi, j'ai emporté au moins quatre fioles de potion de guérison préparées par Jodie. Forrest en a glissé six autres dans mes affaires. Je ne suis pas prête pour une guerre... mais soigner les bobos après la bagarre, ça, je sais faire.

Larry se précipite vers moi.

— Larry, s'il te plaît, assure-toi qu'ils ont tout ce dont ils ont besoin.

Grâce à mon pouvoir d'attraction magique, je fais venir les potions depuis ma chambre et les lui fourre dans les bras.

— Commence à distribuer les potions de guérison.

— Entendu.

— Merci.

Il serre les fioles contre sa poitrine et repart aussitôt. Je slalome entre les elfes jusqu'à celui qui est étendu par terre. Les autres m'ignorent.

— Allez, on bouge !

Je claque des mains et les repousse avec ma magie.

— Plus vous perdez de temps à me fixer, moins j'en ai pour aider vos amis !

Ils râlent, mais obéissent et rejoignent la zone qui leur a été assignée.

C'est mieux.

Quelques-uns rejettent leurs longs cheveux en arrière, comme des mannequins en plein défilé de mode. Je lève les yeux au ciel. Il ne reste plus que l'elfe gravement blessé au centre de la pièce.

Ah, et sa copine flippante. Super. Elle me fixe avec ses grands yeux bruns remplis de haine, ses cheveux aussi longs que les miens tressés avec soin. *Hé, c'est pas moi qui ai tabassé et blessé ton pote.* Faut qu'elle mette la clim. Je soutiens son regard. Je fulmine. La colère et la peur combinées me rendent plus téméraire que d'habitude.

— Bouge, lui dis-je.

— Je te connais pas, crache-t-elle.

Je hausse les épaules.

— Moi non plus. Pourtant, ça vous a pas empêchés, toi et tes potes guerriers, de débarquer dans mon hôtel, non ? C'est vous qui êtes venus à moi. Alors pousse-toi que je puisse le soigner.

Pendant une seconde, je crois qu'elle va me sauter à la gorge et me planter avec son foutu couteau. Mais elle semble se raviser. Sans se lever, elle se décale à genoux juste assez pour me laisser examiner le blessé.

L'elfe inconscient respire encore, mais il pisse le sang

d'une vilaine blessure à l'abdomen. Je plaque mes deux mains sur sa plaie, et son sang chaud et bleu me coule entre les doigts. Je fronce le nez. Beurk, j'aurais dû penser aux gants.

C'est dégueu. Je suis pas formée pour ces conneries.

Heureusement, la potion de guérison s'occupera de désinfecter les chairs. Il ne tombera pas malade à cause des microbes sur mes mains.

Non, c'est plutôt moi qui risque gros avec ces elfes hostiles.

Si c'est toute une cour de guerriers aes sídhe qui a débarqué à travers le portail, je suis grave dans la merde. Cet endroit est censé être un hôtel, pas un hôpital de guerre. Pourquoi ont-ils choisi de venir ici ? Mystère et boule de gomme.

Je me penche, stabilise mes mains pour ne pas trembler. *Punaise, je me sens super vulnérable.* À cette pensée, j'érige aussitôt une barrière autour de la réception. Autant pour empêcher les dryades ou Atticus de débarquer dans ce cauchemar que pour empêcher les elfes de se balader partout. Pas envie qu'ils créent des problèmes pendant que je suis occupée et que j'ai le dos tourné.

La magie du royaume vibre et d'autres personnes traversent le portail toujours ouvert. Du coin de l'œil, je vois une nouvelle silhouette ensanglantée se faire recracher sur le sol. Puis, dans une bourrasque d'énergie qui fait voler mes cheveux et les colle à mon visage en sueur, le portail se referme brutalement. Dieu merci. Je ne voulais pas le fermer moi-même au risque de piéger quelqu'un de l'autre côté.

Je souffle sur la mèche collée à ma joue et me concentre. Pas le temps de faire dans la finesse. Il faut que je soigne l'elfe rapidement. Sa force vitale vacille, à peine perceptible. Je déverse ma magie dans son corps, mobilisant tout ce que j'ai appris en soignant Erin... hier ?

Mon patient grogne. Je grimace et la main de l'elfe femelle glisse vers le manche de son couteau. Je louche sur ses doigts, serre les dents. *Quel culot. Je ne suis pas obligée d'aider son pote. Ces elfes commencent sérieusement à me gonfler.*

Je claque mentalement des doigts, et ma magie fait disparaître son couteau. Puis toutes les armes de la pièce s'envolent. J'aurais dû le faire dès qu'ils ont débarqué armés jusqu'aux dents pour faire la guerre. Erreur de débutante, on ne m'y reprendra plus.

D'ailleurs, je pourrais peut-être programmer les portails pour interdire l'entrée aux armes ? Voilà une idée brillante. Bon, la plupart des créatures sont à elles seules des armes vivantes, mais au moins, ça réduit le risque de finir embrochée.

Le brouhaha monte d'un cran quand mes *visiteurs* réalisent qu'ils sont désarmés. Les protestations fusent et l'énergie de la pièce vibre d'indignation.

— Vous récupérerez votre matos quand vous partirez ! crié-je.

Je plante mon regard dans celui de la guerrière.

— C'est de ta faute, l'invectivé-je.

— J'ai pas besoin d'une lame pour te tuer, lâche-t-elle, acerbe.

Je lève les yeux au ciel.

— Bon à savoir. Moi non plus. Et si tu remues ne serait-ce qu'un doigt vers moi, je te renvoie direct d'où tu viens. Pigé ?

Elle plisse les yeux d'un air méchant, mais hoche la tête.

— Merveilleux.

Je lui offre mon sourire carnassier, toutes dents dehors.

Owen serait fier.

Un peu de magie et la vilaine plaie de l'elfe se referme. Je lui tapote le torse.

— Et voilà, monsieur l'elfe, comme neuf.

L'effort m'a vidée. Mes mains retombent mollement le long de mon corps et je m'affaisse sur mes talons. Mes bottes en cuir me scient les genoux.

— Je m'excuse. La bataille nous a stressés. Merci, dit l'elfe brune à ma grande surprise.

La vieille légende sur le fameux remerciement faë est largement exagérée. Certains racontent qu'un « merci » d'un faë crée une dette à vie, et inversement. C'est des conneries, mais j'apprécie ses excuses.

— Pas de souci. Contente d'avoir pu aider.

Elle hisse son pote, encore à moitié dans les vapes, et l'entraîne vers le salon, où les autres s'abreuvent d'eau comme après une traversée du désert. Je me relève en chancelant et me traîne vers mon prochain patient.

Putain, je suis cuite.

Un immense loup noir gît au milieu de la pièce. Sa tête massive repose sur les genoux d'une fille minuscule aux cheveux roses en pagaille.

Les métamorphes guérissent de tout. Leurs cellules se régénèrent à chaque transformation. C'est pour ça qu'ils arrêtent de vieillir une fois qu'ils atteignent leur majorité biologique. Sauf si l'argent entre en jeu. L'argent bloque la transformation, et sans transformation, pas de régénération. Et surtout, il faut être en vie pour se métamorphoser.

L'argent. Voilà ce qui ronge ce molosse. Il en est criblé et il se vide de son sang.

Je tombe à genoux à côté d'eux.

— Une bombe d'argent, souffle la fille avant d'être secouée d'une violente quinte de toux. La poussière... elle nous a bousillé les poumons. Il m'a poussée hors du champ d'explosion et a pris tout l'impact à ma place. Espèce d'idiot de chien nounou. Pourquoi t'as fait ça ? J'aurais survécu.

Elle a la voix rauque d'une grosse fumeuse. J'aurais mis ça sur le compte des dommages de l'argent si je ne l'avais pas déjà entendue. Je la reconnais instantanément.

Forrest.

— Tu vas l'aider ? implore-t-elle en me regardant.

Ses yeux sont chargés d'une tristesse abyssale, épouvantés par la mort. Mon cœur cogne et l'angoisse me tord l'estomac. Elle a un œil jaune, et l'autre aussi, mais une touche de vert en pigmente le fond. Cette dissymétrie rend son regard étrange difficile à soutenir.

Je savais qu'Owen avait une amie redoutable. Et jolie, aussi. Mais je ne m'attendais pas à... ça.

Une gamine. Minuscule, innocente en apparence.

Et pourtant, si puissante.

Une métamorphe. Une vraie. J'incline la tête. Sa magie est bizarre. Elle mordille la mienne, sans agressivité, je crois, plutôt avec espièglerie. J'ignore la sensation et la chair de poule qu'elle me procure.

Une métamorphe femelle dans mon hôtel, couverte de sang.

Oh merde. S'il lui arrive malheur... Non, je préfère ne pas y penser.

Les femelles métamorphes sont rarissimes. Il doit y en

avoir dix dans toute l'Europe. Dix. On déclenche des guerres pour elles. On les cache comme des joyaux inestimables, on les protège à outrance. Et moi, j'en ai une à mes pieds, les mains couvertes de sang, qui tousse de la poussière d'argent. *Il faut la soigner en premier.*

Mais si je le fais, le loup noir va crever. Je sais qu'elle ne mourra pas tout de suite, mais j'hésite. Une petite voix au fond de mon esprit me murmure que je connais ce loup. Je repousse cette pénible pensée. Ce n'est pas lui. Le destin ne peut pas être aussi cruel. Je m'assois sur mes talons, tentant de calmer mes mains qui tremblent sous l'effet de la fatigue et du stress. *Tu dérailles. Ressaisis-toi.* La méthode du triage.

— S'il te plaît, essaie de le guérir, coasse-t-elle.

Il ne s'agit pas simplement de refermer une plaie ouverte.

— Je vais faire de mon mieux. Allez, le loup, on va te remettre sur pattes.

Je ne connais personne capable de réparer ce genre de dégâts. Je me retrousse les manches mentalement, inspire à fond et me mets au boulot.

Le cœur cognant toujours, je plonge les mains dans l'épaisse fourrure du loup. Son pelage est dense, rugueux en surface, d'une douceur infinie en dessous. Avec précaution, je palpe ses blessures. Il a des éclats d'argent fichés dans tout le corps. Un putain de coussin à aiguilles. Si je n'extrais pas l'argent, il va se vider de son sang, et s'il survit à l'hémorragie, le métal l'empoisonnera jusqu'à provoquer une nécrose.

Je peux le faire. C'est une opération compliquée, oui. Mais je suis la seule ici à pouvoir le sauver.

Cette fois, je ferme les yeux. J'ai besoin de toute ma concentration pour l'atteindre par ma magie. Doucement, j'effleure l'énergie du métamorphe sans la perturber. J'imagine la pulpe de mon doigt frôlant la surface d'une flaque d'eau, juste assez pour créer une ondulation subtile. Ma magie est l'ondulation.

Avec une infinie prudence, je la laisse se propager à travers ses tissus, traquer jusqu'à la moindre particule d'argent, et détruire le dioxyde mortel tout en réparant les cellules lésées. Chaque cellule a sa propre vibration ; je dois me caler sur leur fréquence.

Lentement, mon pouvoir voyage, s'infiltre, nettoie, guérit. Jusqu'à ce qu'il ne reste plus rien.

Tout son organisme est redevenu normal.

— J'ai réussi, murmuré-je.

Je le caresse doucement avant de me tourner vers Forrest.

— Bon, à toi maintenant.

— Tu es épuisée. Je peux attendre.

— Non, tu ne peux pas. S'il te plaît.

Je tends la main. Elle fait la moue, mais finit par poser sa menotte pâle et délicate dans la mienne. Je recommence. Cette fois, c'est rapide, car l'argent s'est logé uniquement là où elle l'a inhalé : les fosses nasales, la trachée, les bronches fines et fragiles des poumons.

— Voilà, dis-je avec un sourire satisfait.

— Merci.

— Je t'en prie.

— C'est de ta faute, lâche une voix furieuse. Si tu ne l'avais pas poussée à bosser pour les faës, rien de tout ça ne serait arrivé.

Je soupire et lève les yeux.

— Sérieusement, tu peux arrêter cinq minutes d'être

chiant ? grogne Forrest à l'homme blond et féroce qui nous surplombe.

Encore un métamorphe.

— Forrest, réplique-t-il d'une voix grondante, ses yeux verts lançant des éclairs.

— Va te faire voir.

Elle lui fait deux gros doigts d'honneur et pivote vers moi avec un sourire penaud.

— Désolée pour mon frère. C'est un connard.

J'opine du menton, puis je me penche à nouveau sur le loup noir. Il ne s'est pas réveillé et j'ai peur d'avoir merdé quelque part.

Le frère de Forrest tourne autour de nous comme un fauve en cage. En réponse à son langage corporel agressif, elle repose délicatement la tête du loup sur le sol et se lève.

Toute menue qu'elle soit, elle se plante devant lui et le force à reculer loin de nous en lui donnant un coup de doigt bien placé au milieu du torse à chaque pas. Je réprime un sourire. J'aime bien son style.

— Ouais, parce que bien sûr, il ne courait aucun danger en bossant pour toi. Quelle belle connerie, s'esclaffe-t-elle en enchaînant les pichenettes. La prochaine fois, recrute tes propres hommes et laisse mes amis tranquilles. Les faës n'ont pas besoin de ton aide à deux balles, trouduc.

— Pas de bagarre au Sanctuaire, arbitré-je.

J'ignore leurs chamailleries et me concentre sur le loup. Une panique grandissante me vrille le ventre alors que ma magie le balaie une nouvelle fois. Je vérifie encore son sang, ses cellules et ne trouve plus la moindre trace d'argent dans son organisme. Je passe une main nerveuse dans mes cheveux ébouriffés en réfléchissant. Il devrait se réveiller...

d'une seconde à l'autre. C'est alors que je réalise que je suis toujours en train de caresser sa fourrure soyeuse. Quelle étrange manie. Je suis trop claquée pour rougir.

J'éloigne ma main à regret. À l'instant même où mes doigts quittent son pelage, le magnifique loup noir se transforme. Une transformation éclair. Un clignement d'œil, et à la place du loup est allongé un homme.

Une peau sombre comme l'ébène, un torse nu, musclé et superbe. J'écarquille les yeux, instantanément réveillée. Je n'ai jamais vu un mec aussi bien gaulé. Jamais. Je manque d'avaler ma langue. Hypnotisée, je suis la montée et la descente régulière de sa poitrine à chaque respiration. Je me force à lever les yeux vers son visage pour ne pas regarder plus bas... Et je croise son regard gris. Il me sourit.

Waouh. Mon cœur rate un battement. Grâce au ciel, il est vivant !

— Salut, Flash.

Chapitre Vingt-Deux

— Owen, tu n'as rien !

Forrest tombe à genoux à côté de nous, son frère tombé aux oubliettes. Mon beau chien de l'enfer lui sourit, comme si elle tenait la lune au creux de ses mains. Ma libido s'arrête net, une douleur me transperce la poitrine, et mon âme se fissure.

Il tient à elle, ça saute aux yeux.

Elle pose délicatement sa main sur son torse. Mes yeux suivent son mouvement et ma mâchoire se crispe involontairement. *Bas les pattes !* Intérieurement, une tempête se déchaîne. Ma magie vibre furieusement. Forrest ne sourcille pas lorsque le chien de l'enfer passe sans prévenir du « à poil » à la tenue de combat noire habituelle. *C'est déjà mieux.*

— Pendant une seconde, je me suis inquiétée, chien nounou. Ne me refais jamais un coup pareil ! Si tu crèves, je viendrais te chercher d'entre les morts pour te botter le cul, le menace-t-elle. Je suis contente que t'ailles bien.

Puis elle le prend dans ses bras. Elle aussi tient à lui.

Par-dessus Forrest, deux yeux gris et chaleureux se tournent vers moi. Owen hausse les épaules l'air de dire « Qu'est-ce qui j'y peux ? ». Mes traits se durcissent et j'épingle un sourire froid sur ma bouche. Je me relève d'un coup, avec détermination.

— Je vous laisse, je dois nettoyer ce bazar.

Je tourne les talons pour m'éloigner d'eux.

— Si vous avez besoin de quelque chose, appelez Larry, lancé-je par-dessus mon épaule.

Owen n'est rien de plus qu'un type que mon père a embauché pour m'aider. Je n'ai aucune raison de me sentir blessée. En plus, je ne suis pas du genre à courir après un mec déjà pris. C'est le pire qu'on puisse faire à quelqu'un. J'ai rencontré Forrest en personne, j'ai ressenti sa force, ce serait immoral — et carrément suicidaire — de marcher sur ses plates-bandes. *Ces deux-là s'aiment.*

Cette pensée me déchire le cœur.

Au lieu de fuir — comme je voudrais —, j'argue que j'ai un hôtel à faire tourner. Je dois me concentrer sur ce qui se passe autour de moi. Owen a dû ouvrir le portail dans ma dimension pour les elfes pendant que lui et Forrest s'occupaient d'un grand méchant qui lançait des bombes interdites au nitrate d'argent. J'espère que cela n'a rien à voir avec l'elfe qu'ils traquaient — celui qui m'a kidnappée.

Je me dirige vers Larry. Ça ne se voit pas, mais chacun

de mes pas est une épreuve. Mon attitude de super-maniaque-du-contrôle est de sortie, accompagnée de mon masque de manager. Bon sang, avoir utilisé autant de magie en si peu de temps m'a vidée.

Si c'est la routine d'hôte, il est fort à parier que je rende l'âme avant le week-end. Je chasse cette pensée morbide tandis qu'une barre protéinée se glisse dans ma main.

— Oh, merci Larry.

— Pas de problème. J'ai vu que t'avais du mal à marcher droit, je me suis dit que t'en aurais besoin.

On peut tirer un trait sur ma sortie digne, pensé-je, contrariée. Je déballe d'une main faible la barre avant de la gober. Je devrais me laver les mains. Elles sont encore pleines du sang du premier elfe.

Pendant que je mange, un homme se met à parler avec Larry. Un blond, un métamorphe. Lui aussi est habillé tout en noir. Ah ? Les métamorphes doivent travailler étroite-ment avec les elfes. C'est bizarre. D'après mes cours d'his-toire, une collaboration en bonne entente entre ces deux espèces est une première, compte tenu du passif chargé de haine qu'ils partagent. Et si je me souviens bien, les méta-morphes n'ont pas le droit de mettre les pieds en Irlande.

Apparemment, les temps ont changé. Personnellement, tant qu'ils ne foutent pas le bordel dans mon hôtel ou ne cherchent pas à s'étriper, ça me va ; ils peuvent faire ce qu'ils veulent.

En marchant, je me rappelle Owen mentionnant avoir travaillé en Irlande avec Forrest. Je suppose que j'étais trop occupée à baver sur lui pour faire le rapprochement.

— Vous ne nous aurez plus dans les pattes d'ici une

heure, assure le blond à Larry avec un doux accent irlandais. J'ignorais l'existence de cet hôtel. C'est un royaume miniature, c'est ça ? Vu le pouvoir dans l'air et le fait que personne ne puisse traverser le champ de force, tu dois être un hôte légendaire, c'est dingue ! s'extasie-t-il en donnant une tape amicale à Larry.

Mes yeux passent de l'un à l'autre. Mâcher me fait mal aux zygomatiques. Pourquoi ces barres protéinées sont-elles aussi dures que du béton ?

— Je n'ai jamais rencontré quelqu'un de ta branche magique. Mon patron serait intéressé de travailler avec toi.

— M-moi ? bafouille Larry, avant que ses yeux verts s'arrondissent. Oh non, monsieur, il y a erreur ! Je ne suis qu'un simple employé de madame.

Larry me présente avec un geste de la main solennel en claquant des talons.

Il est trop mignon.

— Salut, lâché-je, la bouche pleine.

Je mets aussitôt ma main devant ma bouche pendant que je mâche. Je froisse l'emballage vide en saluant le métamorphe d'un geste pathétique. Il me fixe comme si deux têtes m'avaient poussé.

— C'est toi, l'hôte ? dit-il, hautain. Mais t'es qu'une gamine.

Connard.

J'ignore son sarcasme. Honnêtement, je m'en cogne. J'ai réussi à terminer la barre chocolatée sans l'imbiber de sang. Youpi. Je remercie Larry qui m'en donne une autre.

— Une heure, hein ? demandé-je en agitant la barre pour faire comprendre au métamorphe de se dépêcher.

J'ai des choses à faire. Comme chialer dans mon coin.

— Tu as dit que vous serez partis d'ici une heure, non ?

Mes mains ne tremblent plus lorsque je déchire l'emballage. Je constate avec joie que j'ai déjà repris du poil de la bête. Mes lèvres s'étirent en sentant la magie affluer en moi, pour nettoyer ma robe marine et le mélange gluant de sueur et de sang sur ma peau.

Pratique.

Je croque dans la barre chocolatée pendant que le métamorphe avale de travers. Oh pauvre chou, je l'ai choqué avec mon pressing instantané. Je me retiens de lui tapoter le dos pour éviter qu'il s'étouffe ; je laisse ce soin à Larry puisqu'ils sont copains tous les deux.

— Oui, euh... Grande hôte ? balbutie le métamorphe, complètement dérouté.

Je grimace. Ce titre honorifique sonne vachement mal dans sa bouche.

— Non, pas de chichis, lui indiqué-je en secouant la tête. Appelle-moi, Mardi.

— Mardi ?

Ses yeux marron rétrécissent. Je peux presque voir ses méninges turbiner pendant que mon nom rebondit dans sa tête.

— On se connaît ? T'es pas la fille de Matthew Larson ? La petite dernière ?

Il arque un sourcil.

Oh non, il connaît mon père. Quand la merde va-t-elle cesser de pleuvoir aujourd'hui ?

— La tocarde, cite-t-il en hochant la tête. Il a vraiment exagéré sur ton incompétence magique.

— On peut rien te cacher...

Je feins la fatigue en titubant. *Il faut que je me tire d'ici.*

— Oui, je suis Mardi Larson. Et oui, je suis une hôte magique. Et toi ? Je sais qu'on ne s'est jamais rencontrés.

Je laisse tomber le faux sourire et plisse les yeux.

— Mac. Ravi de te connaître, Mardi.

Il tend la main, et je passe ma barre chocolatée dans l'autre main pour la lui serrer en rechignant.

— On ne s'est jamais rencontrés, mais j'ai vu une photo de toi dans le bureau de ton père.

Je hoche la tête, comme si je savais de quoi il parlait. J'ignorais que papa avait une photo de moi. Sûrement un cadre de famille. Je toussote.

— Alors comme ça, c'est *ton* royaume miniature ?

— C'est ça.

— Impressionnant.

Je m'éloigne de lui.

— Bon, je vais juste...

— Nos armes ? demande-t-il en tapotant sa cuisse, suspicieux.

— ... Vous seront rendues quand vous aurez traversé le portail.

— Merci du coup de main, dit-il, réticent. On n'aurait pas survécu sans ton portail temporel et ton aide. Transmets mes amitiés à ton père.

— Ce sera fait. Merci pour votre visite au Sanctuaire. J'espère vous revoir bientôt, dans des circonstances moins rocambolesques. Larry peut répondre à toutes vos demandes. Si tu veux bien m'excuser...

Je n'attends pas sa réponse, tourne les talons et fuis.

Mon regard se verrouille sur la porte derrière l'accueil, de peur de se braquer sur un certain chien de l'enfer. Alors que je bats rapidement en retraite, j'entends la voix rauque de Forrest qui s'en prend à Mac.

— Encore à jouer les machos. On aurait cru que tout ce temps passé à être ta pote t'aurait aidé, mais tu restes un gros con.

Chapitre Vingt-Trois

Des éclairs déchirent le ciel et le tonnerre fait vibrer les fenêtres. Le temps s'assombrit et se charge de nuages menaçants. Une pluie torrentielle s'abat sur la baie vitrée.

J'ai déclenché un déluge.

Sans le vouloir, mon humeur a influencé la météo. J'ai refusé de pleurer, alors le royaume a ouvert les vannes à ma place. J'observe les gouttes de pluie, reflets de mes sentiments, et culpabilise en songeant à Erin et aux autres dryades. À ce rythme, les arbres ne seront pas les seuls à finir trempés si ce déluge continue. Je dissipe les nuages et allège l'atmosphère étrange qui a saisi la pièce.

J'ai besoin de me plonger dans le boulot ; c'est ma spécialité. J'attire le datapad à moi et retourne à mon business plan. Je prends soin de noter d'améliorer les suites résidentielles. Il va me falloir un moment pour retrouver les pouvoirs nécessaires pour de tels travaux. Ces satanés guerriers faës et leur pouvoir m'ont drainée. Ma magie vagabonde distraitement dans le royaume. *Non...* Mes neurones s'arrêtent.

Le royaume devrait être plus léger sans le portail géant et le reste. Pourtant, il est au bord de l'explosion. Ce n'est pas normal.

Qu'est-ce que le royaume a fichu ? J'ai blessé quelqu'un sans faire exprès ?

Oh non, non, non...

Un vent de panique me submerge, je tremble comme une feuille. *Je le savais, je n'aurais pas dû me fier à cet endroit maudit !* Je ferme les yeux et envoie une salve de magie comme pour guérir quelqu'un. Je le regrette aussitôt en sentant le sang battre dans mes tempes et la tête me tourner.

Dans l'obscurité de mes paupières, le royaume se déploie comme une carte. J'examine chaque résident qui apparaît, en commençant par les elfes, les métamorphes à l'accueil, puis je m'aventure progressivement dans les bois pour repérer les faës. Mon corps s'écroule contre le bureau en constatant que tout le monde est sain et sauf. Dieu merci.

Le royaume ne leur a pas dérobé une once de pouvoir. En fait, tous les visiteurs s'illuminent de plus belle au fil des secondes. Ouf. Ma magie continue son œuvre pendant que je puise davantage dans la dimension.

Il faut que j'en sache plus. Au centre du royaume, je découvre une boule de pouvoir en fusion. *Elle n'était pas là avant*, constaté-je en fronçant les sourcils. Je redouble de prudence, usant du même doigté magique que pour sauver Owen, j'explore les rebords du puits d'énergie. J'identifie le point d'où le pouvoir ruisselle et d'où s'écoule la magie.

Je laisse échapper un rire, soulagée, mesurant la portée de cette découverte : la dimension miniature n'a pas besoin de voler de pouvoir aux visiteurs. Cette source d'énergie invisible émane des êtres vivants eux-mêmes. Elle se dissipe dans l'air et se concentre naturellement, comme les nuages. En temps normal, je ne ressentirais que la puissance en présence de quelqu'un d'aussi redoutablement fort que Forrest. Mais ma carte mentale m'ouvre les yeux. Je vois Forrest briller comme le soleil, tandis que les autres visiteurs gravitent autour d'elle comme des étoiles. Leur énergie sature la dimension, crée une condensation magique, qui s'évapore sous forme de gouttelettes invisibles avant de se déverser dans le cœur du royaume.

La diversité des espèces présentes suffit à renouveler les ressources énergétiques de la dimension, qui répondent ensuite aux besoins des visiteurs, moi y compris.

La symbiose magique.

Cet endroit n'a jamais eu besoin de prendre le pouvoir de force. Toute cette histoire révoltante de sacrifice n'était qu'une farce. Les autres hôtes étaient-ils au courant ? Merde, ça change tout.

À moins que... Je soulève mes paupières et mes yeux papillonnent en se réajustant à la lumière aveuglante de mon bureau. À moins que la magie ne cherche à me duper. Mon estomac se tord. Je pose la tête contre la table en grognant. Un séjour dans le monde réel ne serait peut-être pas du luxe pour retrouver mes esprits. Je dois réfléchir sans être biaisée ; il est évident que la magie veut que je reste ici.

Je ne sais pas ce qui est réel.

J'ignore si je me fais manipuler.

Je suis incapable de me faire confiance.

Pas étonnant... Je me suis convaincue d'être raide dingue d'un inconnu, pendant qu'il en aimait une autre. Je tourne la tête, pressant ma joue contre le verre glacé. D'abord, je dois manger pour me requinquer, puis attendre le départ des elfes et métamorphes. Ensuite, je ferai un saut dans la réalité, pour souffler loin de ce monde de fou pendant quelques heures.

Je détecte un battement d'ailes dans le couloir, un frottement d'écailles, et des griffes raclant la porte. Avec un sourire, je bondis de ma chaise et ouvre la porte d'un coup sec. Daisy entre en vitesse.

— Salut, princesse ! Quelle belle surprise, chantonné-je. Comment as-tu traversé le champ de force à l'accueil ?

Je referme la porte derrière elle et me rassois. Elle a probablement *steppé*. Je tends la main vers elle et remue mes doigts. Daisy s'élance, bat des ailes et s'envole assez haut pour se poser sur mes genoux.

— Excellent atterrissage, tu t'améliores, la félicité-je.

Avec un ronronnement satisfait, elle replie ses ailes et se roule en boule sur moi. Je caresse doucement sa colonne vertébrale en reniflant. Ça fait du bien un peu de normalité. Je cligne des yeux. Non, je ne pleure pas.

Une tasse de thé chaud repose sur mon ventre. Je saisis le chocolat Terry's dans son emballage orange. Généralement, il se présente en barre chocolatée ou sous une forme de citrouille qu'il faut fissurer pour libérer les lamelles de chocolat au lait orange.

Mes yeux se plissent. Je garde ma tasse en équilibre précaire dans une main et fais tourner la friandise encore emballée dans l'autre. Du chocolat blanc. Daisy m'observe depuis mon bureau, intriguée par tout ce cérémonial. Elle tend le cou et renifle timidement le chocolat, avant de froncer le museau, apparemment déçue.

— Ça te plaît pas ? Tant mieux, c'est pas bon pour les dragonnettes.

L'emballage se froisse, puis le chocolat saute comme une savonnette. Je lâche un cri, consternée. Impossible de le rattraper, j'ai les mains prises.

— Noooooon, gémis-je en le regardant atterrir avec horreur dans ma tasse.

Mon pauvre thé...

Je ne peux même pas plonger les doigts pour le récupérer, mon thé est bouillant. Jodie dit que j'ai la gueule ferrée, parce que je bois mon thé brûlant. Je hausse les épaules en pianotant sur la tasse en porcelaine, vaincue. Et la suite, c'est quoi ?

Je plonge les yeux vers ma tasse et l'incline, impuissante. Je ne vois rien à travers ses profondeurs brunes. Tant pis. De toute façon, j'avais l'intention de tremper le chocolat dans mon thé. Il faudra attendre avant de l'engloutir.

J'avale une gorgée. Comme une connaisseuse, je penche la tête de côté et ferme la bouche. Bon, il a le même goût.

J'agite les doigts au-dessus du sac, et d'un geste théâtral, je ferme les yeux et mets ma main à l'intérieur. J'entrouvre l'œil gauche. Oh, ça c'est du chocolat noir ! Mais j'ai appris de mes erreurs : je retire l'emballage loin de mon thé.

En buvant la dernière gorgée, je souris en apercevant le morceau de chocolat blanc fondu au fond de la tasse. J'incline la tasse vers ma bouche en la secouant un peu.

— Viens par ici, toi, marmonné-je.

La boule blanche refuse de coopérer. Je cogne la tasse contre ma lèvre inférieure pour l'inciter à descendre. Je bigle avec fascination le chocolat qui entame sa descente vers ma bouche.

Oh que c'est lent, on dirait un skieur en chasse-neige !
— Oh allez...

Je tire la langue pour l'encourager à se faire gober. Un grand sourire étire mes lèvres lorsque mon palais accueille la boule fondante.

Miam.

Il faut refaire ça plus souvent. Je peux vite devenir accro au thé-chocolat blanc fondu.

Quand ma langue arrive au bout de ses capacités, j'y vais carrément avec la main pour récupérer les traces de chocolat avec mon doigt que je lèche, faisant disparaître toute preuve de la mésaventure.

Je fredonne de bonheur en aspirant mon doigt, puis lève les yeux. Le chien de l'enfer m'observe, appuyé contre le mur. Un bruit de succion résonne dans le bureau quand je retire mon doigt de ma bouche.

Oh, la poisse.

Ses pupilles grises brillent avec amusement.

— Te voilà.

— Eh oui, dis-je en baissant la tête et en jouant avec la tasse.

J'ignore le sifflement joyeux de Daisy qui accueille Owen. Sale traîtresse. Je caresse l'anse, absorbée par le mouvement. Je suis incapable de le regarder.

— Pourquoi tu t'es enfuie ?

Il ne porte pas sa tenue de combat noire, mais un pantalon de costard gris avec chemise et cravate. Il est à tomber. Mon ventre se retourne comme si une flopée de fées bourrées voletaient à l'intérieur.

Son corps massif se met en mouvement lorsqu'il entreprend de traverser le bureau. Il se poste à côté de mon fauteuil, et la chaleur et son odeur masculine m'emplissent les narines. Mon esprit dérive vers l'image d'Owen sans vêtements, puis mes joues rougissent.

Oh putain.

— Je...

Dis-lui la vérité !

Mon cœur me martèle la poitrine et les fées dans mon ventre ont visiblement décidé de partir en after. Je m'humecte nerveusement les lèvres.

— Je voulais te laisser tranquille avec ta petite amie.

— Hein, ma petite amie ? Qui ? Forrest ? s'esclaffe-t-il.

C'est pas drôle, merde. Je sens le rouge de mes joues déteindre sur mon cou et ma gorge. La colère bouillonne en moi. Les femmes sont censées se soutenir, pas se tirer dans les pattes. Et lui trouve le moyen de se poiler. Je n'ai pas l'intention de batifoler avec le mec d'une autre nana.

Ma main se crispe sur l'anse, et je me voûte. Je dois avoir l'air pathétique.

— Hé, Mardi. Regarde-moi.

Comme je refuse, sa grande main me prend le menton et me relève la tête pour que je le regarde dans les yeux.

— Je n'ai pas de petite amie. Forrest est comme ma sœur : adorable, reloue et fofolle. Je tiens à elle ; elle fait partie de la meute.

Je m'immobilise et mon cœur s'envole.

— Flash, je suis célibataire.

Il est célibataire.

La magie ne se manifeste pas ; il dit la vérité. Non pas que je doute de lui, mais… Alléluia, il ne sort pas avec elle.

— Ah ouais, t'es célibataire ? murmuré-je.

— Ouais. Et toi ?

Sa main libre trouve habilement l'endroit exact où gratter Daisy — derrière les cornes — qui enroule sa queue autour de son poignet.

— On ne peut plus célibataire, m'étranglé-je en gesticulant bizarrement.

Owen glousse.

— C'est vrai ?

Il se rapproche au point que je vois des flammes bleues danser dans ses iris. Une seconde, ma respiration se bloque. Puis j'inhale son souffle chaud mentholé, détectant des notes de savon. Il vient de se doucher.

— Oui, je réponds, la voix rauque.

— C'est bon à savoir.

Je frôle l'infarctus lorsqu'il me lance un sourire à tomber par terre.

— Mais si tu permets, ça ne va pas durer. J'ai bien l'intention de te mettre le grappin dessus, Flash.

Ma mâchoire se décroche. Owen effleure aussitôt ma

lèvre inférieure, me permettant de goûter la saveur de sa peau.

— Hein... moi ? articulé-je contre son pouce.

Oh là là.

Mon corps tout entier s'enflamme. Il est si près que son souffle chatouille mes lèvres. Je me tortille sur mon fauteuil alors qu'il réduit les centimètres qui nous séparent. Je l'observe en louchant. Il embrasse la pointe de mon nez, le coin gauche de ma bouche, puis le droit... Une sorte de baiser caché, qui me donne une furieuse envie de sentir sa bouche s'écraser sur la mienne.

— Je peux t'embrasser ? susurre-t-il d'une voix grave.

— Oh oui enf...

Avant que j'en dise davantage, Owen fond sur moi et m'entoure de ses bras. Il me soulève du fauteuil pour m'attirer contre lui. Mon cœur bondit. Étourdie et excitée, je me sens au bord de l'implosion. Je comble l'espace entre nos lèvres.

Merde, je l'ai embrassé ! Et lui aussi m'embrasse, putain !

Carambolage. Ce chien de l'enfer m'a grillé la cervelle. Ce baiser ressemble à la collision entre deux pare-chocs. Ses lèvres sont fermes, mais douces. Il incline mon menton, trouvant le bon angle pour me dévorer la bouche. Sa langue serpente sur mes lèvres avant que j'ouvre la bouche. Oh putain de merde. Nos langues s'enroulent.

Ça, c'est de la galoche.

Il se détache un peu trop tôt à mon goût. Je suis ses lèvres en gémissant, un peu déçue.

— Ton père m'a dit qu'il a eu une conversation intéressante avec notre ami, Mac. Ton coven va débarquer d'une minute à l'autre.

Déboussolée, je le regarde en clignant des yeux. Je pince mes lèvres en sentant l'agréable picotis qui les parcourt.

— D'accord..., dis-je, rêveuse. Est-ce qu'on pourrait recommencer un de ces quatre ?

J'ai l'air essoufflée, comme si j'avais couru un marathon.

— Putain, carrément.

Chapitre Vingt-Quatre

Je m'effondre sur la chaise, shootée de bonheur, puis mon cerveau encore embrumé par le baiser se remet à carburer, et les mots « Ton père m'a dit qu'il a eu une conversation intéressante avec notre ami, Mac. Ton coven va débarquer d'une minute à l'autre » finissent par percuter.

Oh non.

Non, non, non. J'hallucine. Je me penche en avant et enroule mes bras autour de moi alors que l'effroi m'envahit. Mon père et ma mère débarquent. Ils arrivent, et le temps que j'avais pour reprendre la main sur la situation vient de s'envoler.

Maudit Mac. Ce foutu métamorphe est allé me balancer à mon père.

Ma mère va péter une durite. Elle va se transformer en créature cauchemardesque. Je recule contre le dossier de la chaise, les mains tremblantes, en imaginant sa tronche au moment où elle a appris que j'avais des pouvoirs magiques tout neufs. Et bien sûr, elle ne l'a pas appris par bibi, mais par un pote de mon père. Je grimace. Elle a eu le temps de bien faire mijoter sa colère avant de venir ici.

Youpi.

— Qu'est-ce qui ne va pas ?

— Rien, soufflé-je.

— Dis-moi à quoi tu penses pour avoir cette tête à la fois triste et terrifiée.

— Les pensées, c'est privé, grommelé-je, boudeuse.

Qu'est-ce qui fait que, face à nos parents, on redevient instantanément des gamins, alors qu'on est censés être des adultes responsables ?

— Tout va bien.

Owen rit doucement, et je me sens encore plus bête. Ses yeux gris se plissent, il pose les mains sur mon bureau et se penche vers moi. Nos visages sont si proches que mes yeux dérivent malgré moi, attirés par ses jolies lèvres pleines.

Nom d'un chien, ce mec est canon.

— Tu ne sais pas mentir, me balance-t-il en se tapotant le nez. La peur que tu dégages, ça schlingue.

Oh merde. Je baisse les yeux et grimace.

— Je suis désolée.

Je ne veux pas que son nez sensible de métamorphe renifle mes relents d'angoisse.

Je m'éloigne de lui en faisant rouler mon fauteuil, mais ce satané chien de l'enfer me suit à la trace, l'air préoccupé et déterminé. Il finit par empoigner la chaise et la tirer vers lui en s'agenouillant. *Il essaie d'être moins intimidant.* Mon ventre papillonne.

Je prends une grande inspiration et souffle plusieurs fois de suite, par petites bouffées, histoire de me calmer. Mon genou tressaute nerveusement.

Je sais qu'il respectera mon silence et n'insistera pas. Mais il mérite quand même une explication. Est-ce que j'ai le courage d'être honnête ? Je n'en ai jamais parlé à personne. Et là, il va voir mon coven en action. Y aura plus moyen de cacher quoi que ce soit.

Mieux vaut prévenir que guérir, comme on dit.

Mais voilà : ma mère est toujours charmante avec les inconnus. Même avec les membres du coven, elle cache sa cruauté comme une pro. Ils me voient comme le vilain petit canard. Je suis le souffre-douleur de ma mère. Si je dis ça à Owen et qu'elle joue à la gentille maman devant lui, il va croire que je mens. Et voir ce doute, ce dégoût dans ses yeux... Ça me briserait un peu plus. C'est pour ça que je ne me confie à personne.

Je mâchouille ma lèvre, puis les mots jaillissent tout seuls.

— J'ai peur de ce qu'elle va dire, avec cette histoire d'hôte et tout ça...

Ma voix s'éteint et je capte le regard tendre d'Owen.

— Ma mère a tendance à être... excessive, murmuré-je, presque inaudible.

Je tripote machinalement l'ourlet de ma robe en cachemire, l'enroule autour de mes doigts.

— C'est bête, mais elle me fait peur. Je... je l'ai pas appelée quand j'aurais dû et comme Mac a...

— Hé, Flash. Je suis là, t'inquiète.

Sa grosse paluche se lève, et son pouce essuie les larmes

stupides qui roulent sur mes joues. *Non, il ne me défendra pas.*

— T'es là juste parce que mon père t'a demandé de venir.

— C'est ce que tu crois ? Je ne reste pas parce que ton père me l'a demandé, mais parce que tu m'intrigues, Mardi Larson. J'ai juste envie d'être près de toi, c'est plus fort que moi.

Le chien de l'enfer me sourit. Je me laisse aller contre sa paume, les yeux clos pendant une seconde.

— Je suis de ton côté. Toujours. Si tu veux, je peux les accueillir à ta place et les renvoyer chez eux. Rien ne t'oblige à faire ce que tu ne veux pas. J'ai les épaules assez larges pour tenir tête à ta mère. Je serai ton roc, ton bouclier.

Waouh.

Jamais. Personne. Ne. M'a. Dit. Ça.

— Et si tu ne veux pas d'un bouclier, je serai là pour te relever si tu tombes.

Boum, mon cœur vient de doubler de taille et d'exploser. Je fonds.

— M-merci, je murmure la gorge nouée.

Owen m'embrasse sur le front et je tourne la tête pour bisouter sa main posée contre ma joue.

Je suis folle amoureuse de lui. Je m'en fous si ça ne fait que quelques jours. Je le sens dans mes tripes, dans mon âme. C'est *mon* homme. Je ne suis peut-être pas *sa* chérie, et alors ? Même si je passe pour une idiote, il en vaut la peine.

— Il faut t'entourer de personnes qui font jaillir ta magie, pas ta folie.

Je cligne des yeux en geignant.

— Je déteste la magie.

Owen rigole.

— C'est une façon de parler. Je parlais au figuré. Il faut que tu fréquentes des gens qui font ressortir le meilleur de toi, pas ceux qui te rendent folle ou te foutent les jetons.

— C'est ma mère.

— Et alors ? Ça ne change rien, grogne-t-il. Tu dis que t'aimes pas la magie ? Sérieux ? Moi je vois que t'es faite pour ça. Tu fais de la magie sans te forcer. C'est naturel chez toi, comme respirer. Tu crois que c'est aussi facile pour les autres hôtes ? J'ai jamais vu quelqu'un d'aussi doué que toi. Forrest m'a raconté comment t'as géré les guerriers, comment t'as mis tout le monde au pas, dit-il les yeux brillants. Tu as sauvé Sebastian et tu m'as guéri. T'es fabuleuse, unique, et sacrément courageuse. Arrête de douter de toi. Moi, je crois en toi.

Je renifle encore, puis un petit sourire étire mes lèvres. Owen est super vieux. Il doit savoir de quoi il parle, non ?

— Ça va aller ?

Je hoche la tête.

— Je crois que oui.

— Parfait. Bon, je vais aller dire deux mots à Mac, grogne-t-il.

Le chien de l'enfer m'embrasse sur le front et sort de mon bureau de son pas chaloupé pour aller régler son compte à son pote. Il pense qu'il traîne encore près de la réception. Vu sa tête, j'ai l'impression qu'il a prévu de choper Mac en clé de bras et de lui filer deux ou trois gnons. Ha. J'aimerais tellement lui refaire le portrait moi aussi. Je lui en veux à mort. Je savais que ce métamorphe était un connard, mais je ne mesurais pas l'étendue de sa connerie. Si j'avais su, je lui aurais fait payer son passage à l'hôtel. Je soupire et me lève de ma chaise.

Je me frotte les bras. Il faut que je trouve un moyen d'éloigner Owen d'ici pendant quelques heures. Je n'ai pas envie que l'homme que j'aime se retrouve mêlé à mes embrouilles de coven. Ce qu'il y a entre nous est précieux. On s'est embrassés, et là... Et là, ma mère, mon père et toute la clique vont débarquer pour foutre mon bonheur en l'air.

Ça fait chier.

Je tire sur ma robe, puis lisse le tissu d'une main nerveuse. De l'extérieur, tout semble impeccable. Je coince une mèche violette derrière mon oreille et souffle bruyamment en levant les yeux au ciel. *Je suis horrible.* Je sais que ce n'est pas la faute de Mac, et ce n'est pas un connard. C'est nul de lui faire porter le chapeau.

C'est moi qui aurais dû prévenir mon coven. C'est moi qui ai foiré.

Je suis soulagée que Mac ait quitté la dimension avec les derniers elfes, dont Forrest et son frère.

— Viens Speedy Daisy, le coven des chieurs débarque.

Daisy s'étire sur le bureau, bâille à s'en décrocher la mâchoire, puis agite une aile dans ma direction, son petit signe pour dire « porte-moi ». Je détends mes épaules, la soulève délicatement et marche en traînant les pieds jusqu'à l'accueil. D'un claquement de doigts, je fais tomber le champ de force qui protège l'entrée de l'hôtel et...

Purée, toutes les fibres de mon corps hurlent de verrouiller les portails et de me casser loin, très loin.

J'aime mon coven, mais je ne veux pas d'eux ici. Cette intrusion va virer à la catastrophe. J'ai déjà vécu ce genre de scène et, chaque fois, j'en sors perdante et humiliée.

Le téléphone d'Owen sonne.

— Allô ? Oui, monsieur. Tout de suite.

Il plaque l'appareil contre son torse.

— C'est ton père. Il veut que tu ouvres le portail. Il a essayé d'obtenir l'asile, sans succès.

Évidemment, ils n'ont pas besoin d'asile. C'est moi qui aurais eu besoin d'un refuge pour me protéger d'eux. *Reprends-toi, Mardi*, je me gronde mentalement. *D'autres sont plus à plaindre que toi. Tes petits problèmes de sorcière, c'est du pipi de chat.* J'ai pas la vie la plus pourrie du monde.

Je visualise mon père, me concentre sur sa position et ouvre le portail. La magie claque dans l'air, crépite autour de moi. Les poils se dressent sur ma nuque et un picotement familier me parcourt. Puis, dans un tourbillon d'énergie verte, le portail s'ouvre sur mon royaume.

Chapitre Vingt-Cinq

Génial, je transpire d'angoisse. Je ne tiens pas en place, le cœur à mille à l'heure. Le premier à franchir le portail est mon père, rapidement suivi du reste du coven. Frais comme un gardon, mon père déambule au centre de la pièce, mains dans le dos, inspectant les lieux avec un sourcil arqué.

Je regarde autour de moi, cherchant à visualiser les choses sous son angle. C'est absolument magnifique. Je suis vachement fière de mes travaux.

À l'endroit même où mon père se tient, un elfe se vidait de son sang. À présent, le sol est immaculé. On ne se doute pas qu'une bande d'elfes et de métamorphes a fait irruption dans l'hôtel il y a quelques heures à peine. Pour quelqu'un qui rechigne à faire le ménage, et qui par le passé donnait des petits noms à ses moutons de poussière, un hôtel qui s'auto-nettoie, c'est le jackpot.

J'inspire à fond, fais craquer mon cou et secoue mes mains pour me débarrasser de la tension. J'ai mal aux doigts à force d'avoir serré les poings. Une brise légère me soulève les cheveux et rafraîchit mes joues moites. Inspirant à nouveau, le mélange de vanille et de cannelle gonfle mes poumons. L'hôtel dégage une odeur rassurante. On dirait que j'ai allumé une douzaine de bougies à la vanille et à la cannelle pour accueillir mon coven.

Ça sent comme Owen.

Je hoquète de surprise. Putain, ouais. Je hume à nouveau. C'est carrément lui. C'est marrant, on a l'impression que l'hôtel cherche à m'apaiser.

Merci, sanctuaire. J'espère que le royaume magique entend ma gratitude. Cela me rappelle également que si ça tourne au vinaigre, je peux toujours les renvoyer chez eux par le premier portail. Pour une fois dans ma vie, je suis maîtresse de la situation.

Daisy agite une aile et je grimace lorsque sa griffe se plante dans mon épaule et dans mon bras. Ma dragonnette me chatouille la joue avec son museau pour m'encourager. Je lui fais des papouilles sous le menton en déposant un baiser sur la partie douce entre ses narines.

— Bonjour, ma chérie, me salue mon père.

Il adresse ensuite un signe de tête courtois à Owen, qui se tient derrière nous comme une sentinelle.

— Salut papa, merci d'être venu, marmonné-je maladroitement.

Ma mère ne me dit pas bonjour et se mure dans le silence. J'ai l'impression qu'elle fait la gueule et je l'observe errer dans la pièce. Ses talons martèlent le parquet dans un claquement sinistre alors qu'elle se dirige vers le coin salon.

Chacun de ses pas me ramène à mon enfance. La détresse que je ressens me tord les boyaux. Quand elle se plante devant la fenêtre, elle saisit les rideaux, comme pour en examiner la couture. Puis son regard glisse vers le lac, et elle émet un soupir d'appréciation.

Il me faut un moment pour comprendre que ma mère n'est pas en colère, mais fière. Je n'ai pas l'habitude de lire la satisfaction sur son visage.

— Salut, Tatie Mardi. Coucou, Daisy. Et... bonjouuur monsieur le garde du corps sexy, balance ma nièce de quinze ans en levant les yeux de son téléphone.

Elle fait un petit geste de la main avant de sautiller en direction de mon fauteuil favori.

— Heather ! la réprimande Ava.

Les boucles blondes d'Heather rebondissent sur ses épaules alors qu'elle se vautre dans le fauteuil.

— Top, t'as le wifi, dit-elle, ignorant sa mère en activant ses pouces sur l'écran de son portable.

— Excuse-la, Owen. C'est l'âge..., explique Ava. Merci d'avoir veillé sur Mardi. Ça fait plaisir de te revoir.

Ma mère frappe les coussins mous pour les remplumer, poussant presque la chansonnette, au comble du bonheur.

Mes deux autres sœurs sortent de leur transe, puis se ruent vers moi. Jodie est la première à me rejoindre. Son parfum capiteux investit mes narines alors qu'elle me prend dans ses bras. Daisy la renifle puis, voyant que Jodie ne me lâche pas, elle se met à siffler, faisant remuer sa queue comme celle d'un chat agacé. Elle n'aime pas qu'on envahisse son espace personnel.

— Dis donc, petit monstre. J'ai le droit de faire un câlin

à ma sœurette, morigène Jodie. Je me suis vraiment fait du souci, Mardi.

Elle me secoue sans me lâcher. Daisy enroule sa queue autour de mon bras et pousse un grognement désapprobateur dans mon oreille.

— Quand tu n'es pas venue au refuge, j'ai cru que quelque chose t'était arrivé.

C'est le cas.

— Désolée. Comme tu le vois, tout va bien.

Je lève un bras pour qu'elle voie par elle-même, mais elle me serre plus fort.

— Excuse-moi, je ne voulais pas t'inquiéter.

De toutes les quatre, Jodie est le portrait craché de papa, version féminine miniature. Quand elle me libère enfin de son étreinte, je me sens obligée de détourner le regard de ses yeux bruns mi-inquiets mi-blessés.

— Tu vas devoir mettre le paquet pour te faire pardonner, m'accuse-t-elle avant de prendre un ton de confidence. Je comprends pourquoi tu ne m'as pas écrit. Je suis simplement triste que tu nous évites à cause d'elle.

À nouveau, ma dragonnette grogne pour faire savoir à quel point ma sœur a fichu sa journée en l'air. Elle s'élance machinalement de mon épaule, partant en vol plané pendant quelques secondes, avant d'atterrir en plein dans la poitrine d'Owen.

Surpris, le chien de l'enfer échappe un grognement, avant de laisser Daisy se nicher au creux de son bras.

— Oh, intéressant, remarque Jodie en les observant.

Je sens la chaleur me monter aux joues alors que ses méninges se mettent en marche. Daisy ne supporte personne à part moi, et Owen désormais.

— Bonjour, Owen, dit-elle avec un large sourire.

— Hé, Owen ! le salue Diane en poussant sans ménagement Jodie pour prendre sa place dans mes bras.

— Mesdemoiselles, répond Owen.

Diane a six ans de plus que Jodie, cinq de plus qu'Ava. Ce qui fait qu'elle et moi avons quatorze ans d'écart. Ses pupilles violettes et sa chevelure blond cendré font d'elle la copie conforme de notre mère. Quand mes yeux se posent sur elle, mon cœur marque toujours un temps d'arrêt stupide. Mais c'est plus fort que moi : je suis toujours sur la retenue avec elle. C'est injuste, elle n'a rien à voir avec maman.

Diane est la douceur incarnée, contrairement à son petit ami flippant. Je n'arrive pas à croire qu'il se soit pointé.

Andy, son mec, s'attarde derrière elle comme une odeur nauséabonde. Il sort ses mains de ses poches et se gratte la nuque. Ses cheveux noirs sont tout ébouriffés. Il n'est ici que depuis quelques minutes, pourtant cette réunion du coven a déjà l'air de l'emmerder.

— Qu'est-ce que tu racontes ? me chuchote Diane en me pressant farouchement contre elle.

Écrabouillée par ma sœur, je zyeute du coin de l'œil Andy en plissant le front. Il se dirige vers le mur le plus proche et le tapote avec ses phalanges.

Vraiment chelou.

J'ignore s'il pense que cela lui donne un air viril ou que les murs sont en papier maché. *C'est du vrai placo, Ducon.* On pourrait croire qu'en tant que métamorphe, il serait calé en magie. Je m'efforce de l'ignorer tandis que ses baskets dégueulasses crissent sur le parquet, sauf que...

Hé, pourquoi cet abruti passe derrière l'accueil ?!

Avant que je puisse objecter, Owen lui bloque subitement le passage. Mon chien de l'enfer plisse les yeux pour lui faire comprendre de faire demi-tour, soutenu par Daisy qui fait claquer ses crocs acérés.

Elle est trop mignonne.

Andy bombe le torse, fulmine, puis revient se poster à côté de ma sœur. Il bougonne un truc à propos des métamorphes d'élite et des extincteurs d'incendie.

— Tu as beaucoup changé, constate Jodie alors que Diane me laisse partir avec un sanglot.

— Je n'en reviens pas que tu n'aies pas appelé pour qu'on t'aide. Comment as-tu géré ça toute seule ? ajoute Diane presque aussitôt.

Elle croise ses bras sur sa poitrine en secouant la tête.

Ce n'est pas comme si je pouvais dire « Oh, tu sais, c'est moi contre le monde entier ».

— Je ne voulais déranger personne, marmonné-je plutôt.

— Elle n'était pas toute seule, précise Jodie en remuant ses sourcils, un rictus malicieux aux lèvres.

Elle prend ensuite une cadence suave :

— Le sexy chien de l'enfer a pris son rôle de garde du corps au pied de la lettre...

Diane pouffe de rire.

Putain, j'espère qu'il n'a rien entendu. Une lueur amusée danse dans les yeux d'Owen qui tousse de façon douteuse.

Je m'éclaircis la voix, le visage cramoisi. Le sang pulse pratiquement dans mes joues.

— Comme vous le voyez, je vais bien.

— D'accord, on a compris, tu te portes comme un

charme..., répond Diane. La magie de cet endroit est d'une puissance inouïe. Je n'en reviens pas que tu nous aies ouvert un portail... de nulle part ! Est-ce que tu as conscience du niveau que ça requiert ? Bien sûr que non... Des sorcières tueraient pour une telle maîtrise de la magie. En plus, tu n'utilises ni sort ni potion. Tu t'es épanouie, Mardi, je suis si fière de toi.

— Ah, euh... merci.

— C'est quoi ce truc que t'as sur la gueule ? me demande Jodie.

— Un truc d'hôte, me contenté-je de dire en haussant les épaules.

— C'est joli, commente Diane en suivant du regard les volutes sur ma peau.

— Merci, même si vous auriez dû m'entendre gueuler quand je me suis illuminée comme un arbre de Noël. C'était flippant.

— J'imagine, ouais. Flippant, mais beau, non ?

— Un week-end bien rempli.

Elles continuent de papoter entre elles, et je sens la migraine monter.

— Je me demande si tu pourrais créer des dimensions miniatures. Ces trucs coûtent hyper cher. Ça ferait un bon exercice pour ta nouvelle magie et un joli pactole pour la boutique, propose Jodie.

— Je peux toujours essayer.

— Waouh, tu as ta propre dimension miniature, s'extasie Diane en pirouettant sur elle-même. C'est dément.

— C'est un royaume miniature, corrige Ava.

Je lui souris en confirmant d'un signe de tête.

Ava a les yeux violets de notre mère et les cheveux noirs

de notre père. Un combo gagnant. C'est une sorcière de la hightech. Le véritable terme serait technomancienne. Sa magie est unique. Elle peut combiner la magie et la technologie pour obtenir des résultats qui laissent sans voix. Elle se sent plus à son aise avec les ordis qu'au milieu des gens. Elle ne me prend donc pas dans ses bras, et ça me va. Mais je capte son regard assassin à des kilomètres.

— Ava, j'ai déjà dit que j'étais désolée... Je ne suis là que depuis quelques jours et t'as pas idée du cauchemar. J'ai dû gérer pas mal de choses.

— Ouais, on sait tout, intervient Jodie. Enfin, ça ne fait que quelques heures qu'on sait que c'est *toi*.

— Hein ? lâché-je, perplexe. Mais comment vous...

— Heather ! Sors de ta bulle et lâche ce téléphone, s'agace ma mère. C'est une réunion de famille, tu parleras à tes amis plus tard. Ava, tu vas devoir revoir l'éducation de ta fille. Nous venons à peine de nous relever de la disgrâce d'avoir la pire sorcière d'Europe.

— Maman, ne parle pas comme ça à Heather. Elle n'a rien à voir avec Mardi, réplique Ava en se mettant devant sa fille pour la protéger.

Puis elle écarquille les yeux et croise mon regard, réalisant ce qu'elle vient de dire tout haut.

— Oh, Mardi. Je ne voulais pas dire... Excuse-moi.

Ma magie clignote pour signaler qu'elle ment.

Je me frictionne la poitrine en revêtant mon meilleur sourire d'hypocrite.

— Non, c'est rien, je mens.

Je ne baisse pas la tête assez rapidement pour l'empêcher de voir la peine dans mes yeux. Ava vient vers moi, mais je lève une main pour la stopper.

— Sérieux, ça va.

Ma lèvre inférieure tremblote.

Et voilà, on m'a mise sur un piédestal pour me couper les pattes juste après. Je peux toujours compter sur mon coven pour me clouer à la terre ferme.

— On a entendu parler des elfes, dit-elle doucement.

— Et des dryades, ajoute Jodie.

— Toute l'Angleterre parle de toi, continue Diane.

— Pardon ?!

Je suis saisie par l'horreur.

— Non, non, c'est censé être un secret !

Je ne suis pas prête.

— C'est maman, dénonce Jodie en grommelant.

— Je l'ai dit à tous ceux que je connais, affirme ma mère avec aplomb.

Elle revient au centre de la pièce d'un pas décidé, arrachant le téléphone de la main d'Heather qui proteste pour le laisser tomber dans le sac pendu à son bras.

Inconsciemment Ava s'écarte du chemin de ma mère en maugréant et ma nièce fixe sa main vide, l'air perdue.

— Tu l'as dit à tout le monde ?

Comment a-t-elle fait en aussi peu de temps ?

— Tu as dit aux autres ce que j'étais ? Pourquoi t'as fait ça, maman ? Tu ne comprends pas, il y a ces chasseurs de...

— Évidemment que je l'ai dit. Dans un communiqué magique.

Je me voûte, abattue. Un communiqué magique est un sort qui coûte une fortune et qu'on utilise surtout en temps de guerre pour délivrer un message à *chaque sorcière* du Royaume-Uni.

Eh ben super.

— Il faut fêter ton pouvoir. Ta magie va rentrer dans l'histoire, on l'étudiera à l'école…, continue-t-elle en glorifiant la soudaine élévation du coven.

Je me frotte le front, paniquant en silence.

Comment s'est-elle permis de faire ça sans m'en parler ? Je savais que garder mon identité secrète serait impossible. Mais je pensais avoir un peu de temps devant moi pour parfaire ma magie, apprendre à nous protéger, le coven et moi. Maintenant, je n'ai plus le temps de rien du tout.

Ah bravo, maman !

Je n'arrive pas à réfléchir avec la lame invisible qui me traverse le dos, transperçant mes omoplates. Je ravale ce qui pèse comme une boule de plomb dans ma gorge. Pendant quelques secondes, je vois flou et j'ai le tournis.

La chaleur du chien de l'enfer me parvient. Un filet de conscience sensorielle. Il se place derrière moi, comme un rocher retenant la marée de l'océan.

— Respire, m'intime-t-il, effleurant le lobe de mon oreille avec ses douces lèvres.

Son haleine à la menthe me caresse la joue. Sa main chaude descend pour se loger sur ma hanche qu'il malaxe doucement pour me rassurer. Mes jambes sont foudroyées, et d'un coup, je sens que mes genoux vont me lâcher. Mon bras glisse contre sa main et son pouce caresse la peau douce de l'intérieur de mon poignet. La chair de poule me trahit.

J'inspire en frissonnant, relevant le menton. Pour la première fois de ma vie, je sais ce que c'est que d'être soutenue par quelqu'un face à ma mère.

— Tu n'aurais pas dû en parler, maman. Ce que tu as fait est dangereux.

Ma voix est ferme. J'entre dans la peau de la femme qui

a gravi les échelons pour faire carrière dans la vente. La femme qui a géré une horde d'elfes guerriers.

— Tu réalises que tu as mis tout le coven en danger ?

— En danger ? raille-t-elle. J'ai à nouveau hissé notre coven à la place qu'il mérite. Oh, ma chérie, tu ne comprends pas comment tourne notre monde ; tu es restée trop d'années enferrée dans ta honte auprès des humains. Tu n'es plus obligée de te cacher.

Comme je continue de la fixer durement, elle poursuit :

— Franchement, Mardi, tu en fais toute une histoire pour rien.

Elle tourne la tête pour entraîner mon père dans la conversation, mais ce dernier observe la main d'Owen crochetée à ma taille.

— Matthew, tu es d'accord avec moi ? Nous devions reprendre la situation en main, avec ces faës en Irlande qui n'arrêtaient pas de parler du grand sauvetage des dryades.

Le grand sauvetage des dryades ? Comment ça ?

— Nous devions faire savoir à tous que le retour d'un hôte légendaire était en fait une sorcière. Une Larson.

Elle fait un signe de tête à papa, qui hausse les épaules sans grand enthousiasme.

— Voilà ! dit-elle, triomphante. Oh, Matthew, tu aurais dû voir la tête de Patricia Cordell. Cela fait des années que j'attends de la remettre à sa place.

— Papa, mais tu l'entends ? Tu dois comprendre que...

— N'essaie pas de manipuler ton père ! crache-t-elle.

Elle dégaine sa main pour pointer un doigt hargneux vers moi. Mon cœur s'arrête et je sursaute malgré moi.

La voilà...

Son « oh ma chérie » n'a pas duré très longtemps. Le

masque commence tout juste à tomber. Une détonation part dans ma tête, accompagnée d'un crépitement de flammes. *Brûle.*

En réponse, la main d'Owen se fait plus lourde sur ma hanche. Un grondement à peine réprimé sourd derrière moi.

— Je suis ta mère et je sais ce qui est mieux pour toi. Si tu m'avais écoutée, nous aurions découvert cette histoire d'hôte il y a des années. Qu'est-ce que j'ai fait pour mériter une fille aussi insolente et têtue ?

À sa façon d'employer le mot « têtue », on sent qu'il s'agit du défaut le plus répréhensible à ses yeux.

Ça me vient de toi, maman. C'est un trait de famille.

Elle lève ses mains au ciel et s'adresse à mes sœurs.

— Je vous ai toutes élevées de la même façon, je ne comprends pas pourquoi Mardi est si... Bref, dès que j'ai appris la nouvelle, j'en ai informé toute la communauté. J'ai déjà reçu deux propositions de mariage, révèle-t-elle en applaudissant. Deux !

Quoi ?

Je ne l'ai jamais vue aussi enthousiaste. Ça me fait peur, surtout quand elle me sourit de toutes ses dents.

Chapitre Vingt-Six

J'oscille d'une jambe à l'autre, mal à l'aise. Je penche la tête, jette un coup d'œil vers Owen. Sa mâchoire est contractée, ses lèvres pincées. Blottie au creux de son bras, Daisy me regarde mollement, les paupières lourdes. Une de ses ailes pendouille le long de l'avant-bras musclé d'Owen, l'autre s'étale sur sa poitrine. Elle est couchée sur le dos, pattes écartées, les orteils tendus, tandis que le chien de l'enfer lui chatouille le bidon. *Au moins, il y en a une qui s'éclate.*

Je me frotte les tempes, essayant d'atténuer le mal de crâne carabiné qui s'annonce. Owen a dû comprendre ce qui se trame. J'aimerais bien qu'il m'explique, parce que j'y pige que dalle. Pourquoi ma mère parle-t-elle de propositions de mariage ?

— Le fils de Margaret Harris, Peter, a quelques années

de moins que toi seulement. Vingt-deux ans. Meilleur sorcier de sa promotion, dit-elle en hochant la tête avec suffisance. L'autre a quinze ans de plus que toi. Triste histoire : sa femme est morte pendant les émeutes, a deux petites filles et attend désespérément une épouse puissante.

C'est à moi qu'elle parle ?

Ma mère m'attrape par le poignet et m'éloigne d'Owen, me faufilant habilement entre mes sœurs. Elle claque des doigts vers mon père, qui obéit sans broncher et lui tend un datapad. Elle l'agite sous mon nez.

Je lance un regard alarmé à Owen. Peut-être que c'est un effet d'optique, mais ses épaules semblent encore plus larges, et des *flammes bleues* vacillent dans ses yeux.

Waouh. Il s'embrase.

— Lui, c'est Peter.

Je grimace quand maman me pince le bras pour me détourner d'Owen, en affichant l'image d'un mec plutôt mignon. Elle fait ensuite défiler à l'écran une *longue* liste des qualités du sorcier. Malgré moi, mes yeux s'arrêtent sur un passage surligné, une annotation sur son sperme. Paniquée, je pousse un petit cri aigu et agite les mains en l'air, si bien qu'elle lâche prise. Ma mère fronce les sourcils, tente de m'attraper à nouveau, mais je l'esquive et recule à toute vitesse.

— Tu veux que j'épouse ce mec ? Tu délires ?

— Non ? Eh bien, l'homme plus âgé...

— Ni l'un ni l'autre. C'est mort. Mais Jodie ferait une épouse parfaite, dis-je en désignant ma sœur.

— Oh, génial. Sacrifie-moi à ta place, marmonne-t-elle.

Oups.

— Désolée, articulé-je en silence.

Les sorcières, comme pas mal d'humaines, se marient. Mais j'ignorais qu'il existait des mariages arrangés dans notre communauté. Les sorciers mâles sont hyper rares, mais on n'a pas besoin d'eux pour procréer. Le père d'Heather est un faë. Le gène magique est tellement dominant qu'il produit des sorcières puissantes, peu importe leur lignée. Et des parents sorciers de sang-pur ne garantissent pas forcément une descendance forte. La preuve vivante : moi.

Avant tout ce bazar, tout le monde me prenait pour une tocarde ou pensait que je souffrais de magilexie. Question destin ou ADN, la magie fait bien ce qu'elle veut. Encore une fois, il n'y a qu'à me regarder. D'où sort cette magie d'hôte ? La magie, c'est chelou.

À part dans les vieux covens tout poussiéreux avec des règles dépassées et une obsession maladive pour la *pureté* du sang, je croyais que personne dans la communauté ne s'en souciait.

Mais vu la lueur hystérique dans les yeux de ma mère, choper un des rares sorciers mâles comme époux, c'est censé être le jackpot.

— Ne crois-tu pas que j'ai essayé ? geint ma mère en levant les bras au ciel. Des années, que je m'échine pour vous dégoter, à vous les filles, un bon mariage. Des années ! Et là, de toutes les sorcières du coven, c'est toi qui as ta chance. Et tu as le culot de refuser ? Je ne crois pas, non, jeune fille. C'est un grand honneur, et tu ne vas certaine-ment pas tout gâcher. Tu feras ce qu'on te dit, point.

Un grand honneur dans mes pires cauchemars.

Je suis amoureuse d'un chien de l'enfer. Je ne vais pas épouser un inconnu. Même si mon cœur de guimauve ne fondait pas déjà pour Owen, rien que d'imaginer avoir une belle-famille issue d'un autre coven me file des boutons. D'autres sorcières qui se mêlent de ma vie ? Bonjour l'urticaire permanent.

— Maman, je n'épouserai pas un inconnu. Comment t'as pu croire que j'accepterais ?

— Je n'ai ni le temps ni les crayons de couleur pour t'expliquer à quel point c'est important, grince-t-elle entre ses dents.

Waouh. Celle-là, je vais me la noter, c'est une sacrée insulte. Après toutes ces années, elle arrive encore à me blesser. Ne jamais sous-estimer le pouvoir des mots.

— Tu feras ce qu'on te dit ! hurle-t-elle.

Mes oreilles sifflent. Je suis tellement en colère que, pendant une seconde, mon filtre de fille sage s'évapore.

— C'est quoi ces conneries ?

— La politesse ! beugle ma mère.

Jodie ouvre la bouche, surprise. Puis elle me lance un sourire complice.

— Waouh, Mardi. Je ne t'avais pas entendu jurer depuis que tu es petite, s'étonne Diane en battant ses longs cils.

— Tu peux jurer ? s'étrangle ma mère.

Oui, maman, le vilain sortilège anti-blasphématoire que tu m'as jeté est enfin rompu. Ta-da. Vive moi.

— Ouais, c'est pas facile de jurer quand ta mère te bâillonne par un sort, je réponds amèrement à ma sœur.

S'ensuit un silence assourdissant.

Merde. J'ai parlé à voix haute ?

— Un quoi ? glapit Diane. Non... t'as pas osé ?

Elle rit nerveusement et regarde autour d'elle.

— Maman, elle plaisante, hein ? Maman ?

Mais maman ne me contredit pas et Diane fronce les sourcils.

— C'est de la maltraitance.

— Maman ? intervient Ava.

— C'était une potion puissante et illégale, marmonne Jodie en fixant ses pieds.

Diane lui donne un coup de coude dans les côtes.

— Jodie, tu savais ? Bien sûr que tu savais ! Pourquoi tu m'as rien dit ? Maman, comment t'as pu faire un truc aussi horrible ?

Son regard blessé mais furieux est braqué sur notre mère.

Celle-ci hausse les épaules, cherchant du soutien auprès de papa.

Il reste muet.

— Quand ? Maman, quand as-tu balancé... ce truc ? insiste Diane, ses yeux violets brillant d'indignation. Un sort anti-blasphématoire ? Quand l'as-tu jeté sur ma petite sœur ?

Ma sœur blonde au tempérament de feu se place devant moi, les bras écartés comme pour me protéger d'un truc arrivé il y a des années.

— Quand est-ce que tu lui as fait ça ?

— J'avais seize ans, dis-je.

Je m'avance doucement et pose une main sur l'épaule de Diane pour la calmer.

— C'est bon, c'est du passé. Jodie est au courant parce qu'elle a essayé de m'aider il y a quelques années.

— Pourquoi tu n'es pas venue me voir ? s'exclame Diane en pivotant brusquement, le doigt pointé sur sa poitrine. Les potions, c'est ma spécialité. J'aurais pu...

attends une seconde. Tu avais seize ans ? Seize..., murmure-t-elle.

— Maman, gronde Ava.

Incroyable. Mes sœurs prennent ma défense. C'est l'effet Owen ? Ou alors, je les ai toujours sous-estimées.

Waouh. Elles m'aiment, en fait.

— T'as toujours dit qu'elle avait un balai coincé dans le cul, se bidonne Andy en se tapant la cuisse.

Hilarant.

— Andy, c'est pas le moment, le rabroue Diane.

Elle se tourne de nouveau vers moi et m'attrape par les épaules.

— Écoute, oui, je l'ai dit. Je l'ai même dit souvent, mais je ne comprenais pas. Tu le cachais tellement bien. Je trouvais ça ridicule que tu ne dises jamais de gros mots. Je pensais que c'était une de tes lubies bizarres.

Sa voix tremblote, ses yeux s'embuent.

— Je me moquais de toi, Mardi. Je croyais que si tu ne faisais pas de magie, c'était parce que t'étais aigrie, tordue, jalouse... Mais t'étais pas jalouse, hein ? Tu faisais juste ce que tu pouvais pour te protéger d'elle.

Elle déglutit et une larme de colère roule sur sa joue, puis elle l'essuie rageusement.

— De notre propre mère.

Elle pivote, se place devant moi pour me protéger de nos parents.

— Maman, comment t'as pu ? Qu'est-ce que t'as fait d'autre ?

Ma mère redresse fièrement le menton et défie Diane du regard.

— J'ai fait ce qu'il fallait. Et baisse d'un ton avec moi. Je suis toujours ta mère. Quand tu auras des enfants, Diane, tu comprendras...

— J'ai une fille, et je comprends pas, coupe Ava.

— Cela a fini par payer, non ? J'avais raison. Mardi avait juste besoin d'apprendre à s'appliquer. Regardez cet endroit. Il doit valoir une fortune. Une fois qu'on aura la main sur sa magie, les possibilités seront infinies.

— Vous n'approcherez plus jamais Mardi. Ni sa magie, tonne une voix menaçante.

Owen.

CHAPITRE VINGT-SEPT

OWEN M'OBSERVE, le regard brillant. Mille questions miroitent dans ses beaux yeux gris qui pétillent. Que pense-t-il ? Sans le vouloir, mes pupilles se braquent sur la façon dont ses muscles ondoient à chacun de ses mouvements tandis qu'il avance vers moi.

Ce mec va me conduire à ma perte.

Il me prend la main, et ma peau s'électrise. De minuscules étincelles jaillissent de notre contact, remontant le long de mon bras jusqu'à faire danser les marques argentées comme une boule disco.

Waouh.

La sensation de proximité avec son corps éveille quelque chose en moi.

— Et toi, qui es-tu ?

Oh ferme-la, maman. Fais pas croire que t'as pas remarqué un chien de l'enfer de plus de deux mètres.

— Et que fais-tu à cette réunion ? Cesse de la tripoter, elle est déjà prise, assène-t-elle. C'est une affaire de famille, métamorphe. Alors pourquoi tu n'irais pas...

Elle esquisse un vague signe de la main méprisant.

— ... faire un tour ailleurs ? Matthew, débarrasse-toi de lui. Il n'a pas à assister à la réunion du coven.

Les épaules de mon père s'affaissent et il soupire, exténué. Cela fait longtemps qu'il a appris à ne pas se mettre en travers de la route de la femme qui dirige notre coven. Ce sont ses mots, pas les miens. C'est plus judicieux puisque — je cite — il est en infériorité numérique. Pour un homme qui pèse dans son boulot et est maître de sa carrière, c'est drôle de le voir se faire mettre au pas par son épouse.

— Chien de l'enfer, rectifie Owen. Et je traque les gens qui enfreignent la loi, lance-t-il sur un ton d'avertissement.

Elle renifle, guère impressionnée. Il faut au moins lui accorder ça : ma mère ne se démonte pas.

J'ignore ce que fera Owen si elle trifouille dans son sac pour trouver une vilaine potion.

— Non, il reste. Il est avec moi, répliqué-je. Mais évite de zigouiller ma mère, glissé-je du coin de la bouche à Owen.

Il me presse la main pour me rassurer.

Dans le regard furibond de ma mère, je lis son fameux « attends qu'on rentre, toi ».

— Je peux effacer ses souvenirs s'il le faut, menace-t-elle avec un rictus malveillant.

— Tu n'as pas intérêt !

Ma respiration se coince dans ma gorge. Un silence de

plomb me hérisse les bras. Owen se fige dans une immobilité surnaturelle, le visage impassible. Elle veut se faire buter ou quoi ? L'aura du chien de l'enfer submerge la pièce, repoussant férocement comme un bélier l'énergie plus faible de ma mère.

— Maman, tu parles de magie interdite, souffle Diane.

— Cette garce est assoiffée de pouvoir, grince Ava entre ses dents.

La puissance du chien de l'enfer n'a rien à voir avec la mienne. Je lâche la main d'Owen. Le regard mauvais, j'avance vers elle. À chaque pas, ma magie oppresse furieusement la pièce.

— Tu ne toucheras pas à un seul de ses cheveux. Il faudra me passer sur le corps et je ne suis plus une gamine, sifflé-je.

L'hôtel s'assombrit, un orage gronde dehors. Heather pousse un cri effrayé en voyant un éclair s'abattre sur le toit et parcourir l'édifice, dansant et crépitant contre les fenêtres. L'arôme âcre d'ozone et de la magie emplit l'air.

Le bras d'acier d'Owen s'enroule autour de ma taille, puis il me soulève hardiment du sol pour m'éloigner de mon coven, et de ma mère givrée. Il me repose doucement sur le parquet. *Il est peut-être temps que je les renvoie chez eux ?* Je me place volontiers derrière lui, reposant ma joue contre son dos.

J'ai peut-être légèrement exagéré.

La journée a été longue ; voilà mon excuse. Je lance un coup d'œil à l'horloge sur le mur en grommelant. *Sérieux, il est seulement quatorze heures ?* Je bâille à m'en décrocher la mâchoire. C'était une journée de folie. Une sieste d'une semaine ne serait pas de refus.

Je dissipe les nuages et prends une profonde inspiration pour me relaxer et apaiser ma magie. Je continue à inspirer jusqu'à ne sentir que lui. L'oxygène s'est évaporé, remplacé par un parfum de cannelle.

— Désolée, murmuré-je.

Les narines frémissantes, Daisy jette un coup d'œil par-dessus l'épaule d'Owen. Elle piaffe puis une bouffée de fumée s'échappe de son museau. Agile comme un chat, elle plante ses griffes dans l'épaule d'Owen pour descendre me rejoindre.

— Doucement, la réprimandé-je en entendant Owen grogner.

Je souris en voyant la petite boule d'écailles se lover dans mes mains.

Je me poste à côté de lui. Daisy grimpe sur mon bras pour aller se positionner en équilibre entre mes omoplates, ses pattes arrière de part et d'autre de mon cou. Ses griffes avant s'enfoncent dans mon crâne, tirant sur mes cheveux. Sa queue fouette l'air et elle bat des ailes pour garder l'équilibre. Je ne bouge pas d'un pouce, habituée à son cinéma.

Heureusement, pour l'instant, elle ne crache que de la fumée, mais c'est un truc que je dois garder en tête. Je peux toujours utiliser une potion capillaire dans le cas où mon adorable monstre m'enflammerait la tignasse. Owen enve-loppe ma main, et nos doigts s'entremêlent.

— Ne fais pas de choix hâtif.

Le doigt de ma mère est de retour, tourbillonnant avec véhémence alors qu'elle s'approche de nous. Visiblement, mon accès de colère et la haine glaciale du métamorphe ne l'ont pas désarçonnée.

— Je vois où tout ça mène. Un chien de l'enfer ? Vraiment, Mardi ?

Elle nous lance un regard qui empeste la pitié, avant de secouer la tête, déçue.

— Tu changeras d'avis quand tu te seras lassée de ses muscles.

Elle tourne son regard vers papa, en plissant les yeux.

— D'ailleurs..., commence-t-elle en tapotant sa lèvre, plus on tardera à choisir l'heureux élu, plus les offres seront intéressantes. Si on saute sur le premier venu, la communauté pensera que nous n'attendions que ça. Il vaut sûrement mieux les faire mariner, qu'ils se donnent du mal...

Un sourire malsain barre le visage satisfait de ma mère.

Heureusement qu'Owen me tient, sinon je me serais précipitée pour me fracasser le crâne contre le bureau de l'accueil. Rien de ce que je dis ne la fera changer d'avis. Dans sa tête, elle vient enfin de mettre la main sur le gros lot.

Elle mouille son pouce, puis se penche pour me frotter la joue. Je fais un bond en arrière, écœurée.

— Maman, c'est dégueu !

Je fronce le nez et me frotte la pommette. Beurk ! Je sens l'odeur de sa salive qui me file la gerbe.

— Pourquoi t'as fait ça ?

— Ce sont des vraies ? Je croyais que c'était un sort farfelu.

Quoi, les marques ? Ah, elle parle des spirales luminescentes sur ma peau.

— Évidemment qu'elles sont vraies !

— Je ne crois pas qu'un bain de salive élimine une magie puissante, dit Jodie, exaspérée.

— À moins que ta bave contienne quelque chose qu'on ignore, ironise Diane dont le regard ne s'est pas adouci.

— Mardi, as-tu l'intention de nous offrir des rafraîchissements ? Je pense que nous serions plus à l'aise dans le coin salon. Si vous voulez bien tous me suivre !

Ben, vas-y. Fais comme chez toi, pensé-je alors qu'elle traverse la pièce en roulant des hanches. Mon père et mes sœurs obéissent, suivis d'Andy dont les baskets couinent en bout de file.

— Andy a été d'une aide précieuse pour gérer ce cauchemar. Il s'est surpassé, hein, papa ? lance Diane pour changer de sujet.

À nouveau, mon père hausse les épaules sans grande joie en marmonnant son assentiment. Fidèle au poste, ma magie clignote pour signaler un mensonge. Oh, intéressant... Je ne suis donc pas la seule à penser qu'Andy est un con et que ma sœur mérite laaaargement mieux.

Mais Diane est une adulte. Si elle veut aimer un gamin attardé, ça la regarde. Du moment que ce couillon ne lui fait pas de mal.

Il doit également être sur la liste noire d'Owen, car lorsqu'Andy tente de s'asseoir à côté de moi, il est obligé de brusquement s'écarter de son chemin. Refusant de jouer les gardes du corps anonymes en se campant derrière moi, Owen s'assoit sur le divan, entre moi et mon coven, et me serre contre lui.

Sympa et cosy.

Je laisse le royaume s'introduire dans leur esprit pour faire apparaître un mini buffet et des boissons sur les tables basses.

— Qu'est-ce que c'est ? Je n'ai jamais vu une magie pareille.

— C'est très spécial...

— Attends, on peut manger ça ?

Malgré moi, je souris en les voyant réagir.

— Oui, assuré-je en gigotant sur le divan. La magie du royaume peut être déstabilisante. Un matin, je suis tombée de mon lit en me faisant réveiller par l'odeur de bacon.

— Tu sais que cela dépasse nos compétences, et tout ce qu'on a pu connaître, déclare mon père, la voix douce.

— Oui. Je crois que ça dépasse l'expérience de n'importe qui. Je ne suis pas sûre que les autres hôtes sachent vraiment ce qu'ils font.

— Oh mon thé de l'après-midi ! s'émerveille Jodie devant le service complet et la tour d'assiettes chargées de mini-sandwiches et de pâtisseries.

Heather lâche un cri de joie et me lance un sourire rayonnant en apercevant un plat de spaghetti.

— Tatie Mardi, ta magie est incroyable !

— Peut-être qu'on pourrait se mettre dans la salle à manger ? proposé-je en constatant la tonne de plats sur les tables basses.

Apparemment, ils ont la dalle.

— Non, ça sera très bien ici, rétorque ma mère.

Mon père râle lorsqu'elle lui confisque le gros hamburger au bacon en lui rappelant son taux de cholestérol.

— Oui, ma chérie, rouspète-t-il.

Je roule des yeux. Comme si maman n'était pas capable de mijoter une potion pour compenser les failles de son régime alimentaire. Un autre hamburger apparaît à côté de la main de mon père, avec une pinte pour pousser. Je pouffe et Owen esquisse un sourire complice. Sans que ma mère s'en aperçoive, mon père croque dans son hamburger et ferme les yeux en étouffant un soupir appréciateur. Je me rallie à sa cause ; j'attire l'attention de ma mère en faisant l'avion à Daisy avec un morceau de concombre.

— Un dragonneau familier, déclare ma mère en sirotant son café. C'était sous mon nez depuis le début. Je n'arrive pas à croire que l'évènement le plus important de tout notre coven m'ait échappé. Notamment parce que tu nous évites, Mardi.

Mais oui, c'est ça, tout est de ma faute.

— Familier ? répété-je, sourcils froncés.

Les familiers sont très rares, au point que les sorcières les érigent au rang de créature « sacrée ». Même dans mon clan, personne n'est assez puissant pour en posséder un. Aucun lien avec un familier n'a vu le jour depuis un siècle. J'ai beau frayer en dehors de la communauté de sorcières, c'est la base.

— Crois-tu que les dragonneaux soient doux ? Ma fille, on parle d'un animal sauvage. Évidemment, Denny est ton familier.

— Daisy.

— Oh, Daisy. Charmante créature, fait-elle en agitant le doigt sous son nez.

Daisy siffle, puis essaie de la mordre.

Sauvée de justesse par mon père, qui lui écarte la main sans qu'elle le remarque, son regard devient vitreux. Elle a failli perdre un doigt, pourtant elle ne se dépare pas de son sourire de maniaque.

— Tu as raison. La dragonnette présente les signes typiques du lien familier. C'est fascinant.

Ma mère acquiesce aux paroles de Jodie, souriant de plus belle.

— Elle adore Owen, ce qui est fantastique. Elle doit te voir comme le compagnon de Mardi.

Owen se fend d'un sourire alors que ma mère perd le sien. Daisy crapahute sur le torse du chien de l'enfer pour frotter sa tête sous son menton en ronronnant joyeusement.

— Jodie ? l'interpellé-je.

— Mmm ? répond-elle, mettant une main devant sa bouche pendant qu'elle mange un mini-sandwich.

— Je peux créer un portail dans ta boutique ?

— Tu peux faire ça ? intervient Andy, la voix nasillarde.

Il mord dans une pomme, braquant un œil interrogateur sur moi. *Crunch crunch.* Je grimace en l'entendant mâchonner bruyamment.

— Je crois. En tout cas, je veux essayer.

— T'es pas une sorcière de portail, objecte-t-il.

Je plisse le nez en apercevant un morceau de pomme écrasée dans sa bouche.

— J'en connais une qui commence à prendre la grosse tête, me raille-t-il.

Il ouvre la bouche pour dire autre chose, puis se ravise lorsqu'Owen pivote vers lui. Il détourne aussitôt le regard et retourne à sa pomme.

— Bien sûr, c'est une idée fabuleuse, m'encourage Jodie.

— Ça ferait une bonne issue de secours si des mercenaires débarquaient à nouveau.

— Excellente initiative ! insiste mon père en se

penchant en avant. Au fait, l'échelle t'a servi quand ils sont venus à ton appartement ?

J'opine. Et mon père rayonne.

— Oui, oui, papa…, bougonné-je en levant les mains, admettant ma défaite. T'avais raison de prévoir une sortie de secours alternative.

Il sourit sans en faire des caisses.

— Tu m'as convaincue. Dorénavant, je jure solennellement de toujours avoir une sortie de secours alternative.

— Pourquoi la boutique ? s'indigne ma mère. Tu devrais créer un portail dans la maison pour que je puisse arriver directement chez moi. Je ne veux pas avoir à attendre après votre service de portail défectueux.

Portail défectueux, sérieux ? Même pas en rêve. Une porte qui conduit tout droit à la baraque familiale ? Ouh ! Je réprime un frisson d'horreur.

— Alors je vais le faire aujourd'hui si t'es d'accord.

— Pas de souci. La barrière te laissera passer, toi et ceux que tu veux, me répond Jodie en désignant clairement Owen.

Nous ignorons Andy qui désapprouve dans son coin.

— Tu peux toujours créer ton propre portail, maman, suggère gentiment Diane.

Oh oh. Sa jolie bouche va la mettre dans le pétrin. Maman n'est pas capable de créer des portails. Seule une sorcière de portail le peut. Pour cela, il faut le rattacher aux lignes telluriques.

Elle ignore la remarque de Diane.

En tant qu'hôte, je ne suis pas tenue d'utiliser les lignes terrestres magiques. Manifestement, je dois simplement ouvrir une brèche dans les dimensions, en les connectant pour créer un portail à partir de rien. Si mes manuels de sortilège disent vrai, je devrais être en mesure d'ouvrir et de fixer un portail n'importe où. De la magie de haut niveau.

J'imagine que je n'ai gratté que la surface de l'iceberg. Savoir tout ce qui me reste à découvrir sur mes capacités me noue aussitôt le ventre. Tout à coup, je me sens dépassée et un peu nauséeuse.

Cette histoire de mariage arrangé me stresse aussi. La distance et la fuite ont toujours été mon truc. Un moyen simple de me protéger, quoiqu'un brin malsain. À mes yeux, cela fait longtemps que personne n'est prêt à m'écouter, je ne voyais donc pas l'intérêt de m'exprimer. Maintenant, il y a Owen. On vient d'échanger notre premier baiser et je marche déjà sur des nuages. Cette fois, je ne peux pas rester les bras croisés et acquiescer à ma mère qui parle de me caser avec un inconnu. Owen ignore que j'y consentirais seulement pour me débarrasser de mon coven, le temps que ma mère abandonne son idée saugrenue — même si cela lui prend huit ans pour renoncer. Mais ce n'est plus moi et Daisy contre le monde. Aujourd'hui, les sentiments de quelqu'un d'autre pèsent aussi dans la balance. Je dois penser à lui.

Que pense-t-il ?

Que penserais-je si sa meute le mariait à... quelqu'un d'autre ? Je serais dévastée. Cela me briserait le cœur.

Ne rien dire est clairement le pire que je puisse faire. C'est irrespectueux. Quelle image cela donnerait de moi ?

Alors je fais quelque chose que je n'ai pas fait depuis mes seize ans. Je me bats. Une idée lumineuse me vient et j'envoie une décharge de magie dans le monde réel.

Oh, ça a marché ! Je me cale contre le divan, pas peu

fière de moi. Autant en finir, sérieusement. Je ne veux pas que cela plane au-dessus de nos têtes comme une épée de Damoclès. J'ai envie de faire craquer mes cervicales comme un boxeur qui s'apprête à monter sur le ring.

Ding, ding.

— Maman, tout ce truc de mariage...

Les cuisses d'Owen frôlent les miennes. Je me mordille la lèvre. Ce sera comme une épilation à la cire. En vérité, j'en ai jamais fait, on a des sorts pour s'épiler. Bien que je déteste la magie — ou du moins détestais — je ne suis pas contre un peu de tricherie pour éradiquer les poils. Bref, ce sera douloureux, mais ça en vaudra la peine.

— Le sujet est clos, conclut-elle en se tapotant la bouche avec une serviette. J'ai décidé que tu épouserais un de ces sorciers. On ne discute pas, tu n'as pas le choix. Pour une fois, tu vas faire ce que je te dis.

Alors on a un petit problème, maman. Je m'efforce de réprimer le sentiment de supériorité qui m'anime.

— J'apprécie le temps que tu as consacré à fomenter mon mariage, et je comprends en quoi c'est important à *tes* yeux, mais je n'épouserai pas un inconnu pour te faire plaisir.

— J'ai raison, tu verras. Je sais ce qui est bon pour toi, je suis ta mère.

Un grondement monte dans la poitrine d'Owen.

— Comment oses-tu t'en mêler ?! réplique-t-elle.

Owen ne bouge pas, se contentant de la toiser. Son silence va lui faire péter un câble. Elle n'est ni sa mère ni à la tête de sa meute, il n'est pas obligé de se plier à ses règles.

— Maman, arrête, tu deviens impolie, s'interpose Diane, plantant son couteau dans son steak.

Elle met de côté son assiette et la regarde comme si elle avait affaire à un Minotaure prêt à charger. Ma mère la fixe, éberluée, avant de découvrir les visages renfrognés de chaque membre du coven.

— Carol, ça suffit, ajoute mon père.

— Heureusement qu'il y a la magie, balancé-je en soufflant sur mes ongles avant de les frotter contre ma robe. Parce que je viens d'envoyer un communiqué aux deux soupirants pour les remercier de leur intérêt et les informer que je ne serai jamais disposée au mariage arrangé.

Ma mère devient blême. En me souriant d'un air réjoui, Diane reprend son assiette, coupe un morceau de viande et se remet à manger allègrement.

— Ah et j'ai également adressé un communiqué au reste de la communauté, pour qu'il n'y ait plus de malentendus.

Pour la première fois depuis leur arrivée, mon sourire est sincère.

— Tu as fait... quoi ? s'étrangle-t-elle.

Une trousse de crayons et un cahier de coloriage sortis de l'éther s'abattent sur ses genoux.

Chapitre Vingt-Huit

Toute la tablée manque de s'étrangler et Heather pouffe de rire. Ma mère ouvre et ferme la bouche comme un poisson. Pour une fois, je l'ai mouchée. *C'est la meilleure chose que j'ai faite de toute ma vie. Ou la pire !*

Maman semble se désintéresser de la conversation et gratouille machinalement le coin du livre de coloriage. Son expression étrange fait naître un soupçon de culpabilité en moi. Pas de doute, son cerveau carbure à toute berzingue. Je grimace. La guerre psychologique, c'est son truc. Elle va me faire payer mon insolence. Et je sens que ça va piquer. Je déglutis. C'est la première fois que j'écoute la petite voix rebelle dans ma tête... et je trouve ça génial.

Ce qui, évidemment, est très mauvais signe.

J'ai une envie pressante de me barrer d'ici avant que l'effet de surprise se dissipe et qu'elle se mette à hurler.

Ouille !

— Euh, j'ai plein de trucs à faire aujourd'hui, lancé-je en me levant d'un bond du canapé comme si j'avais le feu aux fesses.

Je n'ose pas regarder Owen de peur qu'il pense que je me comporte comme une gamine.

— Vous avez sûrement tous besoin d'un peu de temps aussi. Larry ?

Ma voix monte dans les aigus. Larry surgit à mes côtés avec un grand sourire. *Cours, cours !* hurle ma tête pendant que je le présente vite fait à mon coven.

— Voici mon ami Larry. Il est l'âme de l'hôtel.

Si Larry pouvait rougir, il serait sûrement écarlate. Il m'offre un sourire rayonnant, que je lui rends faiblement.

— Je vais installer tout le monde, maîtresse, dit-il en claquant les mains.

Jodie articule en silence le mot *maîtresse*. Je lève les yeux au ciel et secoue la tête. Puis je me tourne vers Owen, attrape sa main et tire le gros chien de l'enfer sur ses pieds.

— Nous avons une piscine magnifique, et le centre de bien-être est divin..., continue Larry, ses cheveux roux illuminés par un rayon de soleil qui traverse la pièce.

Ma mère relève la tête. Mon cœur s'arrête.

La dernière chose que j'entends en distordant l'air, avant de disparaître avec Owen, c'est la voix stupéfaite de Diane.

— Attends, elle vient de *stepper*, là ?

— Alors comme ça, tu *steppes* ? demande Owen quand on atterrit dans mon salon.

Je souris et regarde mes pieds, soudain timide. J'aurais dû lui demander avant de l'attraper et de fuir comme une voleuse.

— C'est plutôt cool, ajoute-t-il.

— Oui, c'est arrivé quand les dryades sont venues. J'ai failli me chier dessus.

Owen sourit de plus belle.

— Tu vas me raconter cette histoire de dryades ?

— T'en as entendu parler, hein ? Oui, je te raconterai. C'était horrible et triste... Mais d'abord, je tiens à m'excuser de t'avoir embarqué sans prévenir, et te remercier pour... enfin, tu sais... Je suis désolée pour ma mè...

— C'est pas grave, me coupe-t-il en m'enlaçant d'un bras. Elle t'aime.

Je voudrais protester, mais je ne peux pas. Je sais qu'elle m'aime. Seulement, c'est difficile à croire par moments. Le chien de l'enfer me serre contre sa poitrine et m'embrasse le haut du crâne. Coincée entre nous, Daisy me lèche la joue. Sa langue râpeuse manque à moitié de m'arracher la peau. Aïe et beurk.

Merci, Daisy.

— J'ai pas voulu trop m'en mêler ; c'est ton coven. J'espère que t'as pas trouvé que j'étais allé trop loin.

— Non, pas du tout. T'as été génial. C'était chouette que tu me défendes.

Je me sens toute chose, toute chaude. Quelqu'un tient vraiment à moi. Même si l'indignation de mes sœurs m'a carrément surprise.

Oui, il est fabuleux... jusqu'à ce qu'il découvre qui tu es vraiment, ricane la petite voix venimeuse dans ma tête. Et si c'était vrai ? Et s'il partait ?

Je ne peux pas contrôler les sentiments ou les actions d'Owen. Tout ce que je peux faire, c'est rester moi-même. Et si ça ne suffit pas, eh bien, c'est que ce n'était pas le bon.

— À propos de génial, il a fallu que je me morde la langue et que je mobilise neuf siècles d'entraînement militaire pour ne pas éclater de rire quand t'as balancé les crayons et le cahier de coloriage, s'esclaffe Owen. C'était tordant.

Je lâche un petit rire gêné en voyant sa tête, puis je gémis.

— C'était méchant. Elle va me trucider.

— Ça valait le coup, réplique-t-il avec un éclat dans les yeux.

Nos regards se croisent, on sourit tous les deux. Je baisse la tête et glousse contre son torse.

— Nan, elle va pas te tuer. Je crois même qu'elle était fière. T'as envoyé du lourd.

Je secoue la tête, puis je recule un peu pour le regarder. Le pauvre, il a l'air claqué. Je passe mon pouce sur sa joue.

— Tu ne le mouilles pas ? me taquine-t-il.

Je pouffe et écarquille les yeux d'un air théâtral.

— J'arrive pas à croire qu'elle m'ait collé sa salive sur la tronche. D'où lui vient une telle idée ?

Owen me sourit, mais mon rire se meurt. Je me mords la lèvre. Il a failli mourir il y a quelques heures. Et après ce traumatisme, il s'est retrouvé au cœur du drame de mon coven.

— Depuis quand tu n'as pas dormi ?

— Un moment, grogne-t-il.

— Viens te poser. Tu pourrais récupérer quelques heures.

— C'est bon, je tiendrai jusqu'à ce soir.

Daisy, nichée contre sa poitrine, émet un bâillement contagieux, qui le fait bâiller à son tour. Il se frotte le visage d'un air penaud.

— Bon, peut-être que quelques heures de sommeil me feraient pas de mal. Et ton coven ?

Mon cœur gonfle en comprenant qu'il ne veut pas me laisser seule.

— Larry s'occupe d'eux. Et promis, je me tiendrai à distance pendant que tu dors. D'accord ? le rassuré-je.

— D'accord, bougonne le chien de l'enfer.

— Bien, viens au lit, alors.

Je lève brusquement les yeux vers lui, horrifiée. Oh merde.

— Euh... je veux dire... je vais te montrer ta chambre. Pour dormir. Tout seul.

Je ferme les yeux. *Oh la honte. Par pitié, Mardi, tais-toi.*

Owen rigole.

Il faut vraiment que je parte.

Je l'emmène dans l'une des chambres d'amis. Daisy se dégage de ses bras et se jette sur le lit. Je reste plantée là, un peu gauche, pendant qu'Owen enlève ses armes, sorties comme par magie d'on ne sait où. Vu son pantalon et sa chemise, on ne croirait pas qu'il puisse cacher un arsenal là-dedans. Et pourtant, ça n'en finit pas. À croire qu'il trimballe de quoi équiper une dizaine d'hommes.

Je passe un doigt sur la garde d'un beau couteau argenté, mais qui a l'air sacrément tranchant.

— De l'argent, je marmonne.

J'ai eu ma dose d'argent pour la journée. Surtout après l'avoir extrait de ses veines, particule après particule, comme on aspire un poison. J'ai encore du mal à y croire.

— Oui, c'est un couteau de lancer, répond-il.

— Pourquoi tu portes de l'argent sur toi ? Ça ne te fatigue pas ? Pourquoi utiliser une arme qui peut te blesser ?

Il sort encore deux lames, qui s'entrechoquent sur la table de chevet.

— Avec le temps, j'ai fini par m'immuniser à certains effets.

Il me tire gentiment contre lui et m'enlace la taille.

Je pourrais m'habituer à ses câlins. Je ne suis pas très tactile, mais là, j'ai trouvé dans ses bras mon endroit préféré au monde. Le tissu de sa chemise bruisse quand il se penche et m'embrasse délicatement dans le cou.

Mon cœur bat la chamade et un frisson m'électrise.

— Oh, dis-je avec mon éloquence légendaire.

— Toute arme peut se retourner contre toi (*smack*), quel que soit le métal dont elle est faite (*smack*).

OK, très bon argument sur les *armes*. Ma peau est en feu. J'ai envie de me retourner et de lui sauter dessus. De l'escalader comme un arbre. De le plaquer sur ce lit...

Je toussote.

— Bon, je te laisse te reposer, soupiré-je en me libérant à regret de ses bras. Viens, Daisy.

Je fais signe à la dragonnette somnolente de me suivre. Elle me regarde avec mépris avant de se nicher dans la couette.

— C'est bon, elle peut faire la sieste avec moi.

— T'es sûr ?

Owen opine. Oh, c'est trop mignon.

— Je vous fiche la paix, alors. À tout à l'heure.

Je souris. Le chien de l'enfer, beau, sexy et en train de défaire sa ceinture, me rend mon sourire.

Bordel de merde.

Chapitre Vingt-Neuf

Je *steppe* dans le bureau et m'évente avec les mains pour rafraîchir mon visage en feu. *Euh, son regard quand il a défait sa ceinture, on en parle ?* Je m'appuie contre le bureau, groggy, et ravale la tonne de salive qui s'est accumulée dans ma bouche. *C'était chaud, putain !* L'envie d'y retourner pour l'aider à retirer le reste de ses fringues me met au supplice.

J'ai bien envie qu'on se pelote avec le chien de l'enfer.

J'étouffe un soupir de frustration en levant les yeux au ciel, attendant une intervention divine. L'univers sait à quel point j'ai besoin d'aide. Je suis sans doute mordue, mais ma vigilance est d'un ennui mortel. Je secoue la tête en songeant que j'ai *steppé* pour m'éloigner de lui. Un moment que je regretterai toute ma vie, sans l'ombre d'un doute. Sur mon lit de mort, je dirai à ceux qui m'entoureront « J'aurais dû coucher avec le chien de l'enfer quand j'avais la vingtaine. » *Oh, c'est pas possible !*

Non. J'ai conscience d'être perturbée par la magie qui se déchaîne en moi. Je n'arrive pas à aligner deux pensées. Embrouillée par les évènements des derniers jours, ma tête menace d'imploser. C'était du délire. Et me voilà, à jeter une relation naissante au feu. Clairement, il n'est pas possible que je *dorme* avec Owen. Ce serait injuste pour lui. Je ne peux rien tenter tant que je n'aurai pas compris où j'en suis. Je roule les yeux et me frotte le visage.

Je frappe dans mes mains comme le fait Larry pour mettre un terme à mes pensées. Voyons si je suis capable de créer un portail permanent dans le monde réel. Si quelque chose devait m'arriver, les gens qui vivent dans cette dimension doivent pouvoir fuir. Maman a assez critiqué mon plan de secours actuel pour que je ne fasse pas de l'issue de secours une priorité absolue.

Et puis, Jodie veut que je concocte des mini dimensions miniatures. Je sais qu'elle a dit ça comme ça, mais ce serait bien de lui renvoyer l'ascenseur pour toutes les fois où elle m'a filé un coup de pouce. Je devrais potasser là-dessus aussi. Ça ne doit pas être si dur... Nyssa y arrive bien, elle. Et puis, je sais *stepper*, alors insuffler de la magie dans des objets pour en faire des dimensions doit être à ma portée. Ben voyons, les doigts dans le nez. Je m'appuie contre le bureau.

En soupirant, je saisis le datapad, qui était jadis un énorme grimoire poussiéreux, pour effectuer une recherche rapide et... rien. Que tchi.

Génial.

Je lève les mains au ciel et repousse le datapad. À quoi sert ce truc s'il ne fonctionne pas ? Va falloir faire à l'ancienne : en essayant et en échouant. C'est ça, je vais y aller au talent. Improviser de la magie et prier. Qu'est-ce qui pourrait mal tourner ?

Je dois continuer d'écouter ma magie, de me faire confiance. J'ignorais comment guérir, je ne savais pas par où commencer, pourtant j'ai réussi. J'ai sauvé la vie de trois personnes, sans formation ; ce n'est pas rien. C'est même fabuleux. Si je prends le temps de l'écouter, ma magie me dira exactement quoi faire.

Je tripote ma robe. D'abord, changement de tenue. Une pensée suffit à passer de la robe marine au jean et au pull en maille doux. Je retrousse mes manches et ouvre un portail conduisant à la boutique de Jodie.

Je pénètre la réserve et laisse le portail ouvert derrière moi. En fait, j'ignore si je suis en mesure de le rouvrir.

— Merde, soufflé-je, frustrée.

J'aurai l'air fine si je ne parviens pas à réintégrer ma propre dimension.

La pièce déborde d'accessoires de sorcellerie. Du matos tout droit sorti de mon enfance. Au lieu de réveiller d'heureux souvenirs, une peur viscérale me tétanise.

Tout ici connote d'affreux moments de ma jeunesse. J'enfonce mes ongles dans mes paumes pour ne pas me laisser happer par de mauvais souvenirs. Je me secoue pour me libérer du passé, repoussant ma mémoire.

Je scanne les étagères et trouve ce dont j'ai besoin : un sac noir à lanière tout simple avec le logo de la boutique. Eh ben, parfait.

Je l'attrape, franchis le portail pour me jeter dans mon fauteuil de bureau. *Bordel, comment je vais m'y prendre ?* Je rive toute mon attention sur le sac qui pendouille de ma main moite.

Je commence par essuyer mes mains contre mon jean, puis j'essaie d'ébaucher un raisonnement logique. Le sac doit s'agrandir pour stocker des objets, afin que son possesseur puisse ranger des choses dans la dimension et les en sortir à volonté, grâce à la pensée.

Le sac ne doit pas peser plus lourd. Et sa forme ne doit pas non plus se modifier dans le monde réel. Je gonfle les joues. Pas de problème. Ma jambe a la bougeotte, mes mains tremblent et mes doigts s'entortillent dans la lanière. *Et si je me plantais ?*

Oh non... Je n'ai pas envie de faire exploser le sac en coton, ou moi, ou le royaume. Je lâche aussitôt le sac et m'éloigne d'un bond.

Hé, Mardi, pas de panique. T'as bien improvisé tout un royaume, je pense que tu peux gérer un petit sac.

— Faut juste que j'aie un peu d'imagination, marmonné-je. Et que j'ignore totalement les lois de la physique.

Mon autre jambe se met à tressauter.

Putain, stop.

Un nuage de négativité tourbillonne dans mon esprit. J'empoigne fermement le sac. Je ne dois pas laisser mes antécédents magiques interférer avec ce qui se passe en ce moment. Mes vieilles peurs ne doivent pas entraver cette nouvelle version de moi-même.

Mais c'est archi dur.

Je lâche un soupir et me triture nerveusement les doigts. J'ai accompli des choses extraordinaires, impossibles, dont la véritable portée nous échappe certainement. Faire de la magie, sous la pression de vie et de mort... C'est légitime et naturel d'avoir le trac.

Bon, retour à la dimension miniature et aux règles de base : les créatures vivantes y sont interdites de séjour. Je donne un petit coup au sac. Je sais que ce n'est qu'un sac, mais il y a la place pour faire passer une épaule d'enfant. Je ne veux pas avoir sur la conscience la mort d'un gamin qui se sera asphyxié. Cela ne me gêne pas que des gens y glissent leurs mains, leurs bras, leurs jambes... mais pas tout leur corps !

Je me ronge le pouce. La taille... il faut réfléchir à la taille. Est-ce qu'il doit être aussi grand qu'un cabas ou contenir toute une baraque ? Je l'ouvre et examine l'intérieur. Maximum quinze centimètres de largeur pour les objets. Donc rien de la taille d'un canapé...

Mon esprit dérive aussitôt vers le sac à main de ma mère, qu'elle trimballe partout.

— Bingo ! fais-je en claquant des doigts.

Une garde-robe magique. Non... j'ai mieux ! Mon cœur s'emballe, enthousiaste, et mes yeux s'agrandissent. *Une réserve.* Un sourire illumine mon visage. Une réserve magique, une dimension miniature d'environ un mètre cinquante carré devrait le faire.

Quand j'aurai peaufiné la technique, il faudra que je fasse un nouveau sac à ma mère, ou que j'ajoute une dimension à celle qu'elle a. Enfin, si elle veut bien.

Je plisse les yeux. Le haut du sac fera office de mini portail, et les vêtements seront rangés à l'intérieur. Et s'ils sont tout petits ou hyper grands ? Je n'ai pas envie d'imposer de standard limite. Je vais la concevoir sans étagères. Comme ça, les personnes pourront l'utiliser comme bon leur semblera. Auto-conception. Oooh ! J'envisage l'idée d'ajouter une option : quand le détenteur se sera lié à la dimension, il pourra modeler sa forme, tout en respectant l'empreinte et les règles de conception originales. Oh mon Dieu, je tiens quelque chose là !

Pour se lier à la dimension, il faudra une goutte de sang. Et si quelque chose arrive au détenteur, une simple incantation réinitialisera le sac, comme un code PIN.

Ouais, ça va le faire. J'expire longuement.

Pas de pression.

La sueur perle à mon front. J'ai l'impression que je suis en train de désamorcer une bombe. Des gouttes de sueur se forment sur ma lèvre supérieure. Je les essuie du revers de la manche. *Allez, Mardi, c'est pas sorcier.* Je plaque mes jambes au fauteuil pour les empêcher de trembler afin de me concentrer. Je fixe les vêtements du regard, puis mes pupilles décrochent. J'aperçois des filaments magiques du royaume flotter dans l'air comme des grains de poussière énergétiques. Alors qu'ils circulent autour de moi, je me laisse aller et dérive avec eux.

C'est comme si je n'étais plus maîtresse de mes moyens. Comme si une force supérieure m'aidait, me guidait. Mon pouls se calme pour épouser un rythme régulier sur lequel s'harmonise ma respiration. J'entre dans un état second, un espace hors de la réalité, où rien n'existe, hormis la magie. Je fais ce que j'ai fait depuis des années : je commence par imaginer la réserve dans ma tête.

Une fois prête, je suis mon instinct et tire la poussière magique vers moi et le sac. J'insuffle ma magie et la poussière dans les fibres noires du sac pour assouplir et durcir l'espace que je suis en train de créer. Lorsque j'ai le sentiment que l'espace tient le coup, j'étire les murs en hauteur et en largeur, et je les renforce. Je grave mes règles dans chaque étape du chantier magique. Quand mon œuvre me semble achevée, je teste tout. Puis je reviens à moi en soufflant et en m'affalant contre le dossier de mon fauteuil, épuisée mais satisfaite.

Voilà une bonne chose de faite... Je jette un coup d'œil au sac, hoquetant de stupeur. *Sérieux, j'ai réussi !* Je pousse un petit cri de joie en twerkant sur mon fauteuil. Je l'ai fait, putain !

Je replie soigneusement le sac et le fourre dans la poche arrière de mon jean. Je le donnerai à Jodie plus tard pour qu'elle me dise ce qu'elle en pense. Je suis persuadée que l'esprit malin de ma sœur trouvera des idées pour améliorer la conception de base.

J'ajoute une porte dans le couloir, près de l'accueil, pour en faire un portail permanent. J'ai vu ça dans pas mal de maisons chics : une pièce-portail. Me basant sur l'encadrement de la porte, j'ouvre un portail qui débouche cette fois dans la réserve de Jodie.

Je fouille les étagères et attrape une seringue. Je dévisse l'embout et rapproche la seringue en plastique de mon pauvre petit doigt, la main fébrile.

— C'est comme un perforateur, m'encouragé-je. Un tout petit perforateur.

La bonne blague. Comme si la comparaison allait me faire sentir mieux.

Un perforateur, sérieux, Mardi ? Maintenant, mon esprit est obsédé par le bruit de la machine métallique qui grignote le papier, pour laisser une traînée de *grands* trous parfaitement circulaires.

Je mâchouille ma lèvre, inspire, frémis et plante la seringue. Une minuscule goutte de sang apparaît sur mon doigt. C'est fini.

Bon. Un peu décevant quand même. Puis, je me rappelle de presser mon doigt de manière à former une bonne goutte de sang. Si je pouvais éviter de passer la journée à me poinçonner l'index, ce serait sympa.

Je fais attention à ne pas perdre la goutte en retournant au mur du fond de la réserve.

Et c'est maintenant que les choses se corsent. J'étale mon sang sur le mur, veillant à suivre le contour du portail ouvert, sans faire entrer mes hémoglobines en contact avec la magie ou le portail ; j'ignore le cauchemar que cela pourrait déclencher. Je sais, l'opération est dégueu. Tartiner le mur de la boutique magique de ma sœur avec mon sang n'est pas très hygiénique, mais je ne fais que suivre mon instinct, qui m'intime que c'est la bonne chose à faire. En pressant encore un peu mon doigt, je parviens à fermer le rectangle à main levée.

Un passage.

Je recule, observe la porte qui mène à mon royaume miniature. Est-ce qu'il faut que je balance une incantation magique ? Une chouette incantation abracadabrante pour sceller le sort. En souriant, je conclus que c'est inutile ; mon sang a fait tout le boulot. Un portail défectueux, hein ? Si ma mère le voyait, ça lui clouerait le bec. Je penche la tête de côté. Bon, ce n'est probablement pas la meilleure chose que j'aie réalisée esthétiquement parlant. Elle arguera qu'il aurait fallu tracer les contours à la craie, puis à la règle. Les traits irréguliers lui donneront de l'urticaire.

Rien que ça montre ouvertement que j'en suis sa

conceptrice. Cela revient pratiquement à gribouiller au sang « Mardi est passée par là ». Je souris en secouant la tête. Non, je ne vais pas faire ça.

Est-ce que donner à mon coven un accès direct à ma dimension miniature — et par conséquent moi — fait de moi une cinglée ? J'aurais pu faire pire : écouter la suggestion de maman et implanter un portail dans la maison de mes parents. Mon Dieu, quelle horreur.

Il va falloir que je mette une barrière au portail dans ma dimension pour m'assurer que personne n'aille faire du shopping à l'œil chez Jodie. La boutique dispose d'un grand nombre de barrières. Personne d'autre que le coven ne peut accéder au portail. Ce qui fait une chose en moins à gérer de mon côté.

Le sang est l'un des ingrédients les plus flippants dans le monde de la sorcellerie. On peut même se servir de particules contre vous. Je presse mon doigt et maintiens appuyé un petit bouton sur le côté de la seringue. Quelque chose caché dans le plastique se brise et part dans un nuage de fumée. Je vide les cendres sur ma main dans la poubelle. Je dois maintenant utiliser une lingette pour nettoyer la plaie, mais c'est inutile comme le portail ouvert a guéri mon doigt.

Je m'éloigne et dirige la pulsation de magie qui vibre dans ma poitrine vers le portail. Le sang autour s'illumine, et dans un éclair qui m'aveugle momentanément, le portail se scelle.

Le bourdonnement lointain du pouvoir me chatouille la peau, puis le portail se referme, cimentant la porte à l'enceinte de la boutique. La pièce bascule dans l'obscurité.

À bout de souffle, je n'entends que le battement de mon cœur dans mes oreilles.

Prise de vertige, je m'affale contre le mur, faisant tomber quelques objets par terre. Mes paupières papillonnent rapidement. *La vache, c'était un sacré choc.* Je dois verrouiller mes genoux pour ne pas m'effondrer.

Ce n'est pas la quantité de pouvoir que j'ai utilisée pour créer ce portail qui m'affecte. Pour n'importe qui, fixer un portail dans la pierre aurait constitué un défi monstre, voire impossible. Alors que personnellement, je n'ai même pas senti la dose de pouvoir drainée.

En réalité, la raison pour laquelle je me sens comme un ballon de baudruche est que je suis passée du tout au *rien*. Nada. Maintenant que j'ai refermé le passage, je suis retournée dans la peau de Mardi. Et putain, ça me plaît pas.

Je vois bien que je risque d'être accro à mon royaume miniature.

J'avais donc raison. Il faut que je prenne du recul, que je prenne de l'air, comme je me le suis promis. Je ne laisserai pas ce pouvoir immense me contrôler. Je dois décider de ce qui est bon pour moi et ne pas me laisser porter par le vent comme une girouette.

Je ne suis le pantin de personne. Je dois rester dans le monde réel, réfléchir sans être influencée par la magie et me souvenir de la sensation d'être normale. *Merde, si je me sens comme ça au bout de quelques jours, qu'est-ce que ça va être dans plusieurs années ?* Ma parole, c'est terrifiant. C'est exactement pour ça que je vais rester ici quelques heures au moins.

Je m'oblige à mettre mes pieds en action. Le parquet grince alors que je quitte l'obscurité de la réserve. Je déboule dans l'arrière-boutique imitant la décoration familiale — que j'ignore — et débouche dans la boutique.

Le parfum de magie y est plus fort. Cela me fait tout drôle de sentir une autre forme d'énergie. J'ai la sensation que des fourmis grouillent sur mon corps. Ça titille sérieusement ma glotte et me donne un haut-le-cœur. Je dois inspirer par à-coups pour ne pas dégueuler.

Je déteste cette boutique.

Pourtant, mes doigts passent sur les étagères, caressant des objets et artéfacts magiques rangés dessus. Le nom de la boutique est placardé partout : ÉLIXIRS & INFUSIONS — EXPERT EN POTIONS PORTABLES. Mes lèvres se retroussent d'un profond dégoût.

Cet endroit est pratiquement la caverne aux trésors de tout ce qui allait de travers dans ma vie.

Chaque fois que je viens, je ne vois que mon échec.

Et je dois faire la paix avec ça. C'est pas de la faute de ce monde si ma magie bizarroïde d'hôte n'était pas compatible avec. J'en ai voulu à ma magie, à l'école, à la communauté des sorcières, à mon coven... Je ravale la boule grandissante dans ma gorge. *J'en ai voulu à la terre entière.*

Diane avait raison. J'étais amère, et jalouse.

La flopée de fées qui a élu domicile dans mon estomac s'agite lorsqu'une question me vient : quel genre de monstre aurais-je été si j'avais eu accès à tout ce pouvoir dès le départ ?

J'ai bénéficié d'une perspective unique que je n'aurais jamais eue sans la vivre en premier. *Un don.* J'ai passé des années à être faible, sans pouvoir. J'avais sans doute besoin d'apprendre la compassion, l'empathie. *Peut-être que rien n'arrive par hasard.*

J'erre dans la boutique. La manager commerciale qui vit

en moi réarrange les choses pour apporter une lecture nette au merchandising des étagères.

Je me gratte le bras. La façon dont tout a été disposé me provoque des démangeaisons.

Un grand miroir trône à côté d'une étagère de bijoux qui, d'après les étiquettes, contient de puissants sortilèges de déguisement permettant de changer d'apparence — la spécialité de Diane. Je jette un œil à mon reflet, remarquant l'absence de tatouages phosphorescents sur ma peau. Mon estomac se tord.

Ils marquaient ma différence, comme une extraterrestre... alors pourquoi me manquent-ils ? D'instinct, mes yeux glissent vers la porte arrière. Un besoin urgent de rentrer *chez moi* me saisit. Il faut que je démêle les nœuds dans ma tête, sans être perturbée par la magie du royaume.

Chapitre Trente

La porte de la boutique de magie de ma sœur se referme derrière moi et je m'enfonce dans la rue. J'observe attentivement les passants autour de moi. J'ai cette impression étrange que d'une seconde à l'autre une créature va s'arrêter, me montrer du doigt et s'écrier que je suis l'hôte dont tout le monde parle. Je secoue la tête. C'est ridicule. Les sorcières gardent leur vie privée secrète. Elles sont peut-être les pires commères du village, mais ce qui se passe dans la communauté reste dans la communauté. C'est une sorte de règle tacite. La sécurité avant tout.

J'évite le centre commercial qui abrite mon grand magasin. Je ne veux croiser personne. *Mon ancien magasin*, rectifié-je en fronçant les sourcils. Je sais que la guilde des chasseurs a déjà bien entamé les démarches, mais il faut quand même que je les appelle pour officialiser ma démission. Quoi qu'il arrive, je ne pourrai jamais y retourner. Ce serait trop risqué.

Je culpabilise à mort. Je crois que je me sentirai toujours coupable. Ce n'était qu'un boulot, je le sais bien. Et même si cela fait mal, personne n'est irremplaçable. J'avais bâti une sacrée équipe. Des gens solides, capables de prendre la relève. Ce sera comme si je n'avais jamais été là. Mon estomac se serre. Tous ces changements sont durs à encaisser.

Des bruits de pas précipités me font me retourner.

— Halte-là ! hurle une voix masculine.

Je me plaque contre la vitre d'un magasin, le souffle court. Trois chasseurs déboulent, armes au poing, leurs équipements cliquetant au rythme de leur course.

Je respire mieux quand ils me dépassent sans s'arrêter. L'air déplacé par leur passage soulève mes cheveux. Tous les gens dans la rue se figent eux aussi. Enfin tous, sauf un homme. Lui, il détale comme un lapin.

— Arrêtez-vous ! Niles Bradbury, vous êtes en état d'arrestation !

Le chasseur qui gueule sort une boule de potion. Devant lui, la foule s'écarte et se disperse, disparaissant dans les boutiques ou les entrées d'immeubles. Évidemment, le fuyard ne s'arrête pas, et avec une précision impressionnante, la potion frappe son épaule et éclate.

Il trébuche, fait encore deux pas, puis s'effondre sur les genoux avec un râle étouffé.

Avec l'efficacité d'une équipe bien rodée, un chasseur avance et claque un bracelet inhibiteur sur son poignet. Un autre lui passe des menottes en argent, lui tirant les bras dans le dos. *La vache, ses bras sont hyper longs.* Sous le choc, je laisse échapper un petit cri. Le bracelet a dû annuler le sort qui masquait son apparence. Plus de camouflage.

Ses jambes aussi sont anormalement longues, son futal lui remonte à mi-mollet.

— Vous êtes sur Terre illégalement, Niles Bradbury. Vous allez venir avec nous pour être traité.

— Nooon. Clic-clic.

Le discours du prisonnier devient incompréhensible et ses... — mandibules ? — se mettent à claquer. Son visage ressemble maintenant à celui d'un insecte.

Un fourgon banalisé surgit d'une ruelle proche. Ils le relèvent brutalement et le balancent à l'intérieur, sans ménagement.

Je dois faire un bruit incongru, car le chasseur qui a lancé la potion se retourne et me fixe droit dans les yeux. Il referme la porte du fourgon d'un coup sec. Le claquement me fait sursauter. Il plisse le front, me fusille du regard.

Mes yeux balaient les alentours. Oups. Je suis la seule abrutie à être encore plantée sur le trottoir. Ma main glisse sur une vitrine, cherchant frénétiquement la porte du magasin derrière moi. Si je ne fais pas attention, ma curiosité va me coûter cher.

Ma main gauche heurte une poignée. Je la saisis, pousse la porte et me précipite à l'intérieur en trébuchant.

La clochette au-dessus de la porte tinte joyeusement. Je m'accroupis, m'attendant à ce que le chasseur vienne me débusquer. Mais il ne vient pas, Dieu merci. Gênée, je me redresse et regarde autour de moi. Une délicieuse odeur de café et de pâtisseries entre par mes narines, et mes yeux s'arrondissent.

JE TRAVERSE la pièce en tenant une assiette d'une main, l'œil rivé sur ma tasse remplie à ras bord. Si je ne fais pas gaffe, je vais repeindre le sol d'une traînée chocolatée. La coordination entre mes mains et mes yeux est une vraie catastrophe. Je m'installe près de la vitre, dos aux étagères remplies de bouquins.

Le soleil d'hiver, bas et éclatant, frappe pile sur la table. Un rayon vif me balafre le visage et le bras. Je m'appuie contre le dossier de la chaise pour ne pas être éblouie. J'inspire à fond et lève les yeux vers l'arbre au-dessus de ma tête, dont les branches s'étendent au plafond. Des magnifiques fleurs roses s'entrelacent avec des guirlandes de lumière. *L'arbre d'une dryade*, me dis-je avec certitude. *Peut-être une amie ou une parente d'Erin ?*

En inspirant profondément, je capte vaguement le parfum sucré des fleurs, malgré l'arôme dominant du café et des pâtisseries. Ce lieu est tout simplement enchanteur. Incroyable que je n'y sois jamais entrée avant. La seule odeur de pâtisserie me fait gargouiller.

Je tourne la tasse pour attraper la poignée, mais elle accroche sur une zone rugueuse de la table et vacille. Je la déplace légèrement vers la gauche et passe mes doigts sur les entailles dans le bois.

Tiens. Un nom. Je penche la tête, car les lettres sont à l'envers. LIZ. Pourquoi quelqu'un a-t-il gravé ce prénom ici ? Peut-être que c'était la table préférée d'un amour perdu. J'aurais adoré être une petite souris à l'époque pour assister à la scène de gravure. Je saisis la cuillère pour attaquer mon chocolat chaud.

J'ai commandé la boisson préférée d'Owen, ce truc plus dessert que liquide, avec guimauves, chantilly et pépites de chocolat. J'espère que ce délice sucré et l'énorme tranche de gâteau au chocolat me remonteront le moral. J'ai eu les yeux plus gros que le ventre, et ça risque surtout de m'écœurer plutôt que d'améliorer mon humeur. Mais ce gâteau est une œuvre d'art, impossible de résister. Ce serait criminel de ne pas le finir.

De l'autre côté de la rue, un troll se gratte les fesses, puis me fusille du regard en voyant que je le mate. Je détourne la tête et fais semblant de contempler le vide, espérant qu'il me croit dans la lune. L'observation, c'est mon sport préféré. Mais hors de question de provoquer un troll. Il fronce les sourcils, l'air aussi agacé que confus, puis s'éloigne en traînant ses grosses godasses. J'esquisse un sourire en voyant sa main retourner vite se gratter. À tous les coups, c'est l'effet d'une potion.

Je sors mon téléphone, un carnet et un stylo de la poche du manteau emprunté à Jodie, et les pose sur la table. Écrire m'aide à réfléchir ; je suis de la vieille école, j'aime gribouiller mes pensées sur papier. Si ça part en vrille, au moins j'aurai le plaisir de réduire cette page en confettis. Bien plus satisfaisant qu'un datapad.

Je cale mon coude gauche sur la table, me penche, et viens reposer ma tête dans ma paume. *C'est parti, mon kiki.* Je trace maladroitement une ligne verticale au milieu de la page, puis j'écris en haut des deux colonnes : *Rester. Partir.*

Bon, ça paraît assez simple. Je tapote le stylo contre le papier. Ma jambe gauche fait des siennes et se met à sautiller. Je soupire en réalisant que je fredonne *Should I Stay or Should I Go* des Clash. Je grogne, me redresse sur ma chaise et me frotte le visage. C'est bien plus compliqué que je le pensais.

Je regarde autour de moi, en quête d'inspiration. Le café est vide à part moi et trois autres clients.

Mes yeux se posent sur deux femmes assises près des toilettes. Têtes rapprochées, elles discutent joyeusement. Je ne peux pas m'empêcher de sourire en les entendant pouffer sur la théière bleue à fleurs. Quelques mots me parviennent. Elles parlent d'un chien nommé Tobie qui a pissé sur la jambe d'un voisin infernal. *Bien joué, Tobie.*

Un mouvement du côté de la vitrine à gâteaux attire mon regard. Une pixie bleu saphir en combinaison de protection gravit un énorme gâteau de mariage comme si elle escaladait l'Everest, un minuscule pinceau à la main.

Waouh, le gâteau doit avoir au moins sept étages. Je distingue qu'elle peint de petites fleurs avec une poudre dorée. Son souci du détail est dingue, hypnotisant. Fascinée, je replonge ma cuillère dans le chocolat chaud, et j'engloutis une guimauve rose, fondante à souhait.

À côté de la pixie, la fille aux cheveux arc-en-ciel qui m'a servie soupire. Mains sur les hanches, elle fait un tour d'horizon du café — nous, les derniers clients — puis jette un coup d'œil à sa montre. Son visage se renfrogne et elle grimace, agacée.

Je mate discrètement l'heure sur mon téléphone.

Ouf, tout va bien. Il reste une heure avant la fermeture. C'est pas moi qui l'empêche de rentrer chez elle. Mais vu sa tête, sa journée n'a pas dû être une partie de plaisir.

Purée, combien de fois ai-je regardé ma montre, les

pieds douloureux et les muscles endoloris ? Mon pauvre cerveau cramé me suppliant de rentrer à la maison ? Chaque minute paraît interminable, comme si la journée de travail n'allait jamais finir ; même les secondes s'écoulent au ralenti. Le pire, c'est quand un client entre comme une fleur, alors que tu es à deux doigts de fermer la boutique. Pourquoi ? Pourquoi arrivent-ils toujours pile avant la fermeture ?

— Je m'ennuie, grogne la serveuse arc-en-ciel.

— Sans blague ? réplique la pixie en agitant son pinceau sous le nez de la serveuse. Tu passes ton temps à sauver le monde. Normal que rester ici t'ennuie. Je sais que tu veux rendre service à Tilly, mais t'as mieux à faire, non ?

Et elle grimpe d'un étage de plus.

— Ouais, sûrement. J'avais juste envie d'un peu de normalité, tu vois.

— Le problème, c'est que tu refuses de lâcher prise, la sermonne la pixie, en haussant un sourcil bleu électrique.

Oh, il y a une histoire là-dessous. Ça me démange de savoir.

Mardi, t'es une sale fouine.

Je me penche en avant, les mains sous le menton.

— Parfois, il faut savoir aller de l'avant. Tu vis beaucoup trop dans le passé.

La pixie secoue la tête tandis que l'autre bougonne, irritée par la sagesse de sa collègue.

La fille va répliquer...

Clink, clink, clink.

Ah non ! La dame assise plus loin agite bruyamment sa cuillère dans son cappuccino. Je me frotte le front alors qu'elle s'acharne à tapoter sa cuillère contre sa tasse. Je n'entends pas ce qu'elles se disent. *C'est bon, il est remué ton café.*

Elle fait quoi ? Elle creuse jusqu'en Australie ? J'espère qu'elle n'a rien à manger. Elle doit être du genre à mâcher bruyamment la bouche ouverte.

Je baisse les yeux vers mon carnet et les simples mots inscrits qui semblent me hurler dessus. *Rester. Partir.*

Je prétends être jetable comme un Kleenex, mais pour être honnête, c'est moi qui fuis avant qu'on ne puisse m'abandonner. Je tiens les autres à distance pour ne pas être blessée. Je regarde le stylo dans ma main. J'ai tellement trituré le grip en caoutchouc qu'il se décompose, dispersant des petites miettes jaunes sur la table.

La peine de cœur est mon ennemie jurée. Elle s'insinue dans mon esprit, tourne, vrille, pourrit mon estime de moi. Je pousse un soupir, repose le stylo maltraité, puis ramasse lentement chaque morceau de caoutchouc. Je les rassemble au creux de ma paume et les glisse dans la poche du manteau.

Je crois que ma mère a toujours su qu'il y avait quelque chose qui clochait chez moi. Un truc qu'elle ne supportait pas. Même avant qu'elle découvre que j'avais triché à l'école, elle me traitait différemment. Mes sœurs, elle les couve.

Je l'aime.

Je l'aime, mais je la déteste. Rien que de le penser, j'ai honte. Comment peut-on détester sa propre mère ? Je ne sais même pas si elle se rend compte de ce qu'elle fait. J'espère que non. Non, je ne la déteste pas. Je déteste seulement certains gestes, certains mots. Nuance importante.

La buveuse de cappuccino traverse le café en claquant des talons et s'en va. La fille aux cheveux arc-en-ciel bouge comme une danseuse : trois pas, silencieux, précis, et elle est déjà à la table, en train de débarrasser la tasse et de passer un chiffon rapide sur la surface.

Elle retourne derrière le comptoir. Je prends une énorme bouchée du gâteau. Un gémissement m'échappe alors que le goût de chocolat explose dans ma bouche. Je devrais utiliser la cuillère. Là, je mange comme une sauvage. Mais ce gâteau est divin. Pas étonnant qu'ils se vantent de faire le meilleur fondant au chocolat de la ville. Il est...

Je sursaute quand la porte cogne violemment contre le mur, faisant couiner la clochette comme si elle protestait. Je ferme les yeux une seconde, repose lentement le gâteau sur l'assiette. Mon hyper vigilance passe en mode alerte rouge.

Oh non. J'espère que ce n'est pas pour moi.

Chapitre Trente-Et-Un

Un vampire enragé aux cheveux noirs fonce vers le comptoir, puis pointe la serveuse du doigt. Ah, ce n'est pas pour moi.

— Espèce d'abomination ! fulmine-t-il.

— C'était plus fort que toi, hein ? Tu t'ennuyais, alors t'es venu tenter le diable ? chantonne la pixie, perchée sur son gâteau de mariage.

En réponse, la fille roule des yeux. Elle s'appuie nonchalamment sur le comptoir en croisant les bras. Faussement offusquée, elle pointe son pouce vers sa propre poitrine en battant exagérément ses cils multicolores. Je pouffe de rire en la voyant imiter à la perfection le « qui, moi ? » innocent.

— Oui, toi !

Les crocs du vampire s'allongent, frôlant sa lèvre

inférieure.

— Prépare-toi à mourir, menace-t-il.

J'écarquille les yeux, prise de court. La situation a vite dégénéré ; ça va mal tourner.

Vu son sourire, la fille n'a pas l'air affectée le moins du monde par sa démonstration de force.

— Une minute, l'interrompt-elle en levant la main. C'est contre le code sanitaire. Navrée, mais ils sont assez stricts sur ce point : pas de cadavres dans le café. On va devoir régler ça dehors.

La vache, quel aplomb. Mes yeux glissent automatiquement vers la fenêtre et je fronce les sourcils en constatant que la rue grouille de monde. Les gens se bousculent pour rentrer chez eux après leur journée de travail. Elle aussi doit le remarquer, car elle ajoute :

— On devrait faire ça à l'arrière du café.

— Non, refuse le vampire.

Visiblement, cette conversation a eu raison de sa patience. D'un geste rageur, il envoie valdinguer tout ce qui se trouve sur le comptoir. Les brochures volent et une tire-lire de pourboire vide s'écrase bruyamment sur le sol. Il envoie un poing en direction de son visage.

Oh non.

La fille pare son coup presque avec mollesse. Cela ne serait pas surprenant de la voir se préparer un café en même temps tellement elle semble à l'aise avec la castagne. Ce qui déplaît fortement au vampire, qui pousse un rugissement théâtral. Elle lève les yeux au plafond.

Il tend ensuite la main vers la pièce montée. Mes yeux sortent pratiquement de leurs orbites. *Non, pas le gâteau !*

— Tru, arrête-le ! s'écrie la pixie, horrifiée.

Tru lui attrape le poignet.

— Saleté de vampire, peste-t-elle.

Fini de jouer. Un éclair rouge traverse ses iris, puis elle devient... autre chose.

C'est quoi ça ?

Je pensais qu'elle était humaine. Elle doit lui broyer la main, car le visage du vampire se déforme de douleur. Comme l'amie d'Owen, Forrest, qui abrite une quantité de pouvoir phénoménale, cette fille dissimule une force qui me laisse sans voix.

Deux autres vampires à l'attitude hostile déboulent dans le café.

La merde se multiplie !

C'est une fête. Je m'enfonce dans ma chaise comme une mauviette, puis essuie mes doigts glacés de chocolat sur la serviette en frémissant. Je gonfle les joues, m'efforçant de contrôler le rythme effréné de mon cœur. Ça va partir en cacahuète, et je ne veux pas que mon pouls affolé sonne la clochette annonçant le dîner pour les vampires.

Bien qu'il ne leur soit pas autorisé de planter leurs crocs partout, je ne risquerais pas d'exposer mon cou à leurs canines.

Tout le monde réduit son taux d'oxygène dans les poumons, y compris les vieilles dames qui se tassent sur leurs chaises. Elles ont l'air terrorisées.

Ma mâchoire se contracte. La fille arc-en-ciel va galérer avec trois vampires sur les bras. Je ne veux pas qu'elle finisse blessée.

Le premier type lance un sourire narquois à ses renforts et bombe le torse. Il dégage son poignet de la prise de Tru pendant que les deux autres se dispersent dans la pièce. Le plus imposant des trois bloque l'entrée en faisant craquer ses poings.

Putain, je hais les grosses brutes.

Quand j'étais plus jeune, je m'attendais toujours à ce que les gens partagent mon degré de moralité, comprennent la notion de bien et de mal, accordent de la valeur à la vie d'autrui. J'ai appris la leçon à mes dépens ; les autres ne jouent pas franc-jeu. Ils commettent des horreurs et dorment sur leurs deux oreilles le soir. Tant qu'ils se portent bien, le monde dans lequel ils vivent reste parfait.

Je ne peux pas rester plantée comme une godiche quand d'horribles évènements se produisent. Pas quand je peux faire quelque chose pour aider. Je suppose que la vie serait plus simple si je me mêlais de ce qui me regarde. Mais... je suis incapable de fermer les yeux.

Putain, après l'enfer que j'ai vécu, je vais me faire buter par un vampire dans un café.

Je n'ose même pas imaginer la colère noire dans laquelle entrera ma mère.

Tout ce qui me manque, c'est mon tempérament hargneux. Je n'avais pas réalisé à quel point ma rage faisait tampon. Je crois que je préfère être en colère qu'être tétanisée par la peur. *Si seulement j'avais accès à mon pouvoir...* Une lampe s'illumine dans mon esprit. Une idée stupide. Il faut que je sois dans mon royaume pour faire de la magie, mais je peux probablement l'utiliser d'une autre façon. Dans ma poche, j'ai bien un objet magique. La dimension miniature ? *Nan ! Ça ne marchera pas. Ça ne peut pas être aussi simple.*

À moins que si... ?

Si ça se trouve, Tru n'a même pas besoin de mon aide.

À nouveau, mes yeux se rivent sur le vampire, qui continue à beugler des menaces de mort. On sait tous ce qui arrive aux témoins d'un meurtre. Si elle ne survit pas... elle n'est pas la seule à risquer d'être blessée, ou de perdre la vie. Mon regard se reporte malgré moi sur les vieilles dames. L'une d'elles sanglote tandis que l'autre lui tient la main pour la réconforter.

Non, je ne vais pas rester sans rien faire quand je peux donner un coup de main. Je veille à ce que les vampires soient occupés et lève le bassin tout doucement, pour sortir le sac vide en coton de ma poche. J'espère — je prie — tandis que je le déplie et, sans me faire remarquer, j'enfile mon pied gauche dedans.

Ma jambe se met à fourmiller. Une étrange sensation.

Le vampire attrape Tru par les cheveux et plonge en même temps ses sales doigts dans le gâteau. La pixie pousse un cri de kamikaze et se jette sur lui pour lui mordre la main. Un cri lui déchire la gorge, puis il agite la main pour se débarrasser d'elle. Son corps minuscule vole à travers la pièce et s'écrase contre la fenêtre dans un bruit de craquement d'os.

— Non ! hurle Tru.

Oh mon dieu.

— Ça suffit ! gueulé-je, plaquant ma paume contre la table en me levant d'un bond.

La chaise racle le sol et se fracasse contre les étagères derrière moi. Un picotement familier continue d'électriser ma jambe, remontant dans mon corps pour se nicher dans ma poitrine. La sensation m'étourdit presque alors que mes tatouages s'illuminent dans le reflet de la vitre. Ça marche !

Les deux vampires font volteface et le plus gaillard se rue sur moi.

Oh merde.

La fille arc-en-ciel saute par-dessus le comptoir et pivote sur ses talons. Avec une rapidité surnaturelle, une lame surgit dans sa main et elle poignarde le vampire le plus proche d'elle en pleine poitrine, au moment où je me couvre le visage avec mes mains.

Une salve de magie se décharge sauvagement. Le temps paraît ralentir.

Les secondes passent.

Comme rien ne se produit, j'ose un coup d'œil à travers mes bras tremblants. Les phalanges du vampire craquent, à quelques centimètres de mon visage.

Oh...

J'ignore pourquoi, mais je saisis d'une main fébrile mon assiette qui fait la taille de son poing. *S'il m'avait cognée avec ça...* Je déglutis. *Il m'aurait dégommé la tronche.*

Heureusement que j'ai pétrifié les vampires sur place.

Tru tourne autour de celui qu'elle a poignardé, en lui touchant la joue.

— Beurk !

Contrairement à son corps, son sang ne s'est pas figé et dégouline à présent sur lui.

— Merde, Tilly va me défoncer. J'espère que t'as un peu d'oseille sur toi, dit-elle au vampire présumé mort. Tu vas raquer pour le nettoyage, mon pote.

Je grimace.

Elle se déplace avec grâce et légèreté.

Quand elle n'est pas avachie sur le comptoir, elle est hyper grande en fait. Elle est belle... mais avec une aura de prédatrice que je n'avais pas détectée en lui parlant. Je n'avais vu que sa coupe féminine ; j'imagine que c'est ce qu'elle voulait me montrer.

Je frissonne.

Elle hausse les épaules avant de saisir la tête du vampire à côté et — main derrière, main devant — lui brise la nuque d'un coup sec. Même traitement pour le troisième à côté de moi. Je ravale la bile dans ma gorge. Je ne suis pas habituée à ce genre de violence.

Mes yeux médusés rencontrent les siens.

— T'inquiète, me rassure-t-elle. On ne peut pas tuer un vampire en lui pétant la nuque ; ils guérissent. En tout cas, ces deux-là. Celui que j'ai poignardé en revanche..., s'interrompt-elle en grimaçant. J'ai eu son cœur. Tu peux les relâcher maintenant.

J'annule la magie pétrifiante, et les trois affreux s'effondrent par terre comme des marionnettes libérées de leurs ficelles. L'horreur du spectacle m'arrache un autre frisson.

— Merci. Euh, ça va ?

J'acquiesce.

À l'autre bout de la pièce, un faible râle émerge. Même d'ici, je vois le sang jaillir des lèvres de la pixie qui peine à respirer.

— Oh non, non...

Le désespoir dans le regard de Tru me vrille l'estomac alors qu'elle pivote pour se précipiter vers son amie.

J'ignore combien de temps va durer le pouvoir du sac, alors sans perdre une minute j'essaie de bouger. Mais je crains de sortir mon pied du sac. Je dirige donc la magie vers la pixie pour la guérir.

Je croise les doigts avec une grimace. Tout ça est tellement nouveau pour moi. Je n'ai jamais guéri quelqu'un sans le toucher. Je décoche ma magie telle une flèche pour atteindre la pixie sans problème. Quelques secondes suffisent à la remettre sur pied. Et comme j'en ai le pouvoir, je continue mon travail de guérisseuse avec la pièce montée que le vampire a fichue en l'air.

En sautillant, je retire mon pied et récupère le sac. Ma basket fume et présente une tout autre couleur que sa sœur. Apparemment, je n'ai pas lésiné sur la magie. Je la frotte contre le sol, laissant une trace de caoutchouc fondu. Au moins, elle ne s'est pas désintégrée.

Le sac bouillonne encore d'énergie, je le sens. Mais je n'ai plus la force pour puiser dedans. Faire de la magie dans le monde réel est éreintant.

Prise de vertige, je m'écroule sur la chaise, les mains tremblantes. Puis j'avale une gorgée de chocolat froid. Des points noirs piquent mon champ de vision. Je dois manger quelque chose. Mon estomac crie famine en se rongeant lui-même. Je prends une énorme bouchée de gâteau.

— Hé, merci, me lance la pixie.

Debout sur le dôme de verre protégeant le gâteau, elle me sourit.

— Un gros merci ! Tu nous as sauvé la vie, à moi et au gâteau. Il m'a fallu des heures pour le faire.

Je lui indique ma bouche pleine et m'essuie les lèvres.

— Oh, de rien ! Je suis contente que tu ailles bien.

La clochette d'entrée tinte pour signaler le départ silencieux des petites mamies. Plongeant la tête sur mon gâteau, j'essaie de ne pas regarder Tru déplacer sans ménagement les corps des vampires.

— Il va le savoir. Je parie qu'il est déjà en route, murmure la pixie.

— Ouais, je sais. C'est pour ça que j'ai dit à Tilly que je devais m'arracher de là. Aujourd'hui, j'en ai ma claque. Il faut que j'aille me défouler à la salle de sport.

— On peut fermer plus tôt, c'est presque l'heure.

Je me lève de ma chaise lorsque la fille arc-en-ciel apparaît devant moi. *Merde, silencieuse comme la mort.* Elle a dû flotter pour être aussi discrète, un fantôme. En plus, j'étais hyper attentive à leur conversation. Encore un détail qui démontre sa nature dangereuse.

— J'ai une dette envers toi. Tu es intervenue alors que tu ne nous connais même pas et tu as sauvé mon amie. Merci.

Je cligne des yeux. Son regard orangé scanne mon corps qui tremble comme une feuille.

Je dois faire pitié.

Je gigote sur ma chaise, mal à l'aise.

— C'est rien, dis-je en haussant les épaules. C'était la chose à faire.

— Ah ouais ? Ben, merci. T'es une dure à cuire.

— Moi ?!

Je m'auto-pointe du doigt en secouant la tête.

— J'étais morte de trouille.

— On n'aurait pas dit. J'ai adoré le « ça suffit ! ». C'était ultra flippant. Tiens, c'est la maison qui offre.

Elle glisse un autre chocolat chaud sur ma table.

Je la remercie timidement.

— Je m'appelle Tru.

Elle tapote deux fois la table, puis lève un sourcil multi-colore interrogateur.

Ah, elle veut mon nom.

— Mardi.

Manifestement satisfaite de notre conversation arrivée à son terme, elle m'adresse un sourire chaleureux avant de tourner les talons et de retourner faire le ménage.

Ah. Aucune question bizarre. Aucun intérêt pour le genre de créature que je suis. Elle a juste apprécié mon aide.

C'était cool.

Mon corps cesse de trembloter et mon cœur reprend un rythme normal. Maudit destin. Il semblerait que je sois exactement là où je dois être : retour au royaume miniature, à aider les gens comme Erin. Pour la première fois depuis le début de cette aventure déboussolante, je peux enfin respirer. Le combat avec le vampire a débloqué quelque chose en moi.

Je suis assez forte. Si je dois dégainer la magie pour refaire le portrait à des brutes épaisses, je peux tenir tête à ma mère et diriger l'hôtel dans une autre dimension. Je mets mon doigt dans l'assiette et essuie une traînée de chocolat au passage.

Il se pourrait que je sois une dure à cuire. *Ouais*. Je regarde l'assiette en souriant. *Un sacré morceau.*

CHAPITRE TRENTE-DEUX

— JODIE, toqué-je. C'est moi. T'as une seconde ?

J'adore utiliser ma magie pour localiser ma sœur. Je n'arrive pas à mettre le doigt sur Larry, mais je parie qu'il va apparaître. Et plus je me sers de ma magie, plus le phénomène devient naturel.

De retour du monde réel, je me sens rechargée et j'ai le cœur plus léger. Qui aurait cru que cette épreuve serait aussi cathartique ? J'ai les idées claires pour la première fois depuis des années.

— Mardi !

La porte s'ouvre à la volée. Jodie cligne des yeux, puis jette un regard derrière mon épaule avec un sourire malicieux, qui s'efface aussi sec.

— Oh, pas de molosse bien gaulé aujourd'hui ?

— Non, il ne me suit pas comme un toutou.

— On pourrait le croire, pourtant, murmure-t-elle.

Puis elle ajoute plus fort :

— Je le connais depuis des années, et la façon dont il te mate...

Elle sourit et s'évente théâtralement.

— Je l'aime bien, moi aussi, je réponds tout bas.

Je sens que mon visage prend une belle teinte écrevisse. Faudra que je m'habitue à toute la palette des rouges si tout le monde me parle d'Owen. Je frotte le bout de ma basket abîmée contre la moquette, décollant le caoutchouc.

Ah oui, la raison de ma visite.

— Tiens.

Je lui fourre la mini dimension miniature dans les mains. En rentrant, je l'ai inspectée pour m'assurer de ne pas l'avoir abîmée avec mon pied. Bizarrement, l'énergie à l'intérieur avait augmenté, au point où le sac vibrait presque. Apparemment, ce que j'ai fait dans le monde réel lui a plu.

Magie cheloue.

Le sourire de Jodie s'estompe. Elle penche la tête, fronce les sourcils devant le sac. Visiblement intriguée, elle l'ouvre et jette un œil à l'intérieur.

— Oh, souffle-t-elle. Oh là là, Mardi, c'est... waouh.

Elle me regarde, le cul par terre.

Je me gratte la nuque en pouffant, puis je lui explique rapidement comment l'utiliser, avec le sang et tout le reste.

— C'est un prototype, tu me diras si tu veux des modifs ou des améliorations.

— Bien sûr. Merci beaucoup.

— Je t'en prie. J'ai aussi fixé le portail. Je l'ai installé dans ta réserve, contre le mur du fond. Mais c'était peut-être une idée idiote, avec toutes les barrières de protection dans la boutique. Si une créature non autorisée essaie de passer, elle va se prendre une sacrée décharge. Du coup, je vais voir avec papa s'il a un autre endroit à proposer, et on pourra garder celui-là pour l'usage exclusif du coven.

Jodie acquiesce et agite la main ; elle ne m'écoute plus. Elle fixe le sac de la mini dimension miniature, totalement fascinée. Je roule des yeux quand elle le serre contre sa poitrine.

— Maman est d'humeur massacrante, murmure-t-elle entre deux câlins au sac.

— Elle est toujours d'humeur massacrante, rétorqué-je. Bon, à demain matin. Je vais me terrer dans ma cham...

Alors que je m'éloigne, je trébuche et m'écrase de tout mon long contre le mur.

Oh ! Ça, c'est pas bon.

— Qu'est-ce qui t'arrive ? demande Jodie en accourant. Mardi, t'es blanche comme un linge.

C'est quoi ce truc ?

Je plaque mon front contre le mur et gémis. Jodie m'attrape par le coude, je bloque mes genoux pour ne pas m'effondrer. La magie en moi déclenche mille sirènes d'alarme.

— Quelqu'un vient d'ouvrir une brèche monstrueuse dans le royaume, dis-je incrédule.

Les yeux ronds d'horreur, je fixe Jodie. Mes oreilles sifflent et mes tempes palpitent sous l'assaut.

— Je ne sais pas ce qui se passe... Personne ne devrait pouvoir entrer, dis-je d'une voix blanche. Tu n'es pas en sécurité. Personne ne l'est. Il faut que je verrouille les portails. Rassemble le coven et passez par la nouvelle sortie d'urgence. C'est la porte derrière la réception, près de mon bureau. Je t'enverrai un message quand ce sera sécurisé.

— Non, non, je veux t'aider !

Je secoue la tête et lui transmets mentalement la localisation de tous les membres du coven. Sauf Andy, que je ne trouve pas. C'est bizarre. J'espère qu'il va bien.

Jodie insiste, me tire par le bras.

— Viens avec moi. On ira les chercher ensemble.

— Je ne peux pas, désolée. Je...

— S'il te plaît, m'implore-t-elle.

J'ai pris une décision, au café. J'ai choisi cette nouvelle vie et le royaume. Et maintenant, c'est comme si l'univers me lançait une épreuve tordue pour prouver ma force de caractère. Mais je tiendrai bon. Je ne tomberai pas à la première embûche.

Des vies dépendent de moi.

— J'ai une responsabilité envers mes visiteurs, envers le royaume. Je sais où se trouve cette personne. Il me reste encore de la magie, Jodie.

Jodie observe mon visage déterminé et, pendant une seconde, elle ferme les yeux et baisse les épaules, vaincue.

— T'es têtue comme une mule.

— Si Owen refuse de partir avec toi, dis-lui d'aller vers l'est.

— D'accord, très bien, va leur botter le cul. Je m'occupe du reste, sœurette. Je vais mettre tout le monde à l'abri. Vas-y ! File !

Jodie court vers la chambre de nos parents et cogne à la porte.

Sous l'insistance de la magie qui me tire, je *steppe*.

Chapitre Trente-Trois

J'atterris dans un endroit sombre dont j'ignorais l'existence. Cela ressemble à un angle mort, isolé du monde. L'air ambiant est lourd et stagne.

L'elfe qui a tenté de me kidnapper se tient en face de moi.

— Toi, lâché-je, incrédule.

Dès qu'il me voit, ses longs yeux bleus s'arrondissent de stupeur.

Ouais, t'es pas le seul à pouvoir stepper. Je n'en suis peut-être pas capable dans le monde réel sans utiliser mon sac magique, mais ici, ma magie vaut de l'or.

— Bonjour, dit-il poliment. Quelle belle surprise ! C'est agréable d'être accueilli.

— Toi..., sifflé-je à nouveau. Tu croyais vraiment que je n'aurais pas remarqué que tu avais ouvert une brèche dans mon royaume ? Qu'est-ce que tu manigances ? Tu n'es pas le bienvenu en ces lieux.

— Je cherche asile, répond-il, arrogant.

Ma lèvre s'ourle en un rictus.

— Asile refusé. Déguerpis.

— Très bien, tu m'as eu !

Il joint ses poignets comme si j'étais sur le point de le menotter.

— Je me fiche pas mal de ton stupide droit d'asile. Mais merci à toi de m'avoir facilité la tâche. Tu as *steppé* pile dans mes mains.

Je lève les yeux en soufflant.

— Tu connais la définition de la folie, elfe ? le questionné-je en plantant mes mains sur mes hanches façon maman Larson. Selon Einstein, la folie est de faire toujours la même chose et de s'attendre à un résultat différent. Est-ce qu'on n'a pas déjà joué à ce petit jeu, toi et moi, il y a quelques jours ?

L'elfe me domine de toute sa hauteur, massif et menaçant. Je regrette aussitôt mon audace et recule.

— Ne t'approche pas, l'avertis-je en gesticulant.

Son ricanement grave me donne envie de lui coller mon poing dans la figure.

Bon Dieu, on peut pas faire plus pathétique...

La magie ! Tout un royaume s'offre à moi. *Pourquoi j'oublie toujours ce détail ?* J'interromps ma fuite en arrière et rassemble ma magie. La confiance me gagne progressivement.

— Mes amis arrivent, ils vont t'arrêter, poursuivis-je, sûre de moi. Tu as commis une erreur monumentale en venant ici. Tu t'es livré à une armée de guerriers faës.

Avec assurance, je le pétrifie comme les vampires du café.

— Tu parles de ce groupe d'incapables de faës et de guerriers que j'ai étalé et bombardé d'argent ? *Ces* amis-là ?

Oh non, c'était lui ?

Son visage se fend d'un sourire, puis il se gratte le nez. *Attends... Il y a un problème.* Comment se fait-il qu'il puisse parler et bouger ? Mon cœur se glace lorsque je réalise que la magie n'a pas de prise sur lui. Aucune. Je ne l'ai pas immobilisé.

J'essaie de puiser dans la magie du royaume ; ce type est balèze, je vais devoir sortir l'artillerie lourde. Mais je la sens réticente, mollassonne. J'expire, et un frisson d'angoisse remonte le long de ma colonne vertébrale. La chair de poule me hérisse le bras. Peut-être qu'il m'est impossible de faire appel à la magie après avoir *steppé* ? Ou sa brèche dans le royaume a provoqué des dégâts ?

Je ravale la panique et continue de faire diversion.

— Qu'est-ce que tu me veux ? Pourquoi avoir attaqué mon coven ?

En même temps, j'invoque la magie qui rechigne à venir à moi. Il faut que je le neutralise. Enfin, des filaments énergétiques s'enroulent lentement autour de son corps, l'emprisonnant comme une mouche dans une toile.

— C'est parce que tu connaissais ma nature ? Tu savais que j'étais une hôte ?

Maintenant, il ne devrait plus bouger.

Pendant une seconde, j'ai failli céder à la crise de panique. Puis, une idée me traverse l'esprit.

— Est-ce que tu es un membre des sealgairí... un sealgair ?

Un rire rauque monte de sa poitrine et me hérisse. Ses yeux bleus s'illuminent alors qu'il baisse la tête pour observer la magie qui le retient dans ses filets.

— C'est comme ça qu'on m'appelle ? Un sealgair, un chasseur ? Pas mal.

— Si tu sais ce que je suis, pourquoi tu m'attaques sur mon propre terrain, là où je suis la plus forte ? C'est quoi ton problème ?

— Es-tu sûre d'être plus forte ici ? dit-il en me défiant du menton, un sourire machiavélique aux lèvres. Crois-tu vraiment être la plus puissante de nous deux, petite hôte ?

Son sourire s'étire et mon ventre se noue.

— La magie n'a pas l'air de vouloir coopérer.

D'un geste de la main, il effrite la toile magique.

Par la barbe de Merlin, c'est pas bon...

— Crois-tu que je t'aie envoyée ici pour gâcher toute mon œuvre ?

Ses yeux se plissent alors qu'il se rapproche. J'ai envie de fuir, mais le sol sous mes pieds m'en empêche. Oh mon Dieu, je suis littéralement clouée au sol.

— Cette dimension est la mienne, petite sotte !

Son visage est si près du mien qu'il me postillonne dessus et que sa voix résonne dans le royaume. Je suis parcourue d'un frisson. Ses narines palpitent alors qu'il prend une grande inspiration. Une fois qu'il a regagné son contrôle, il reprend d'un ton plus bas :

— Je t'ai amenée ici pour drainer ta magie...

Je le regarde, épouvantée.

— ... pas pour que tu fasses de l'hôtel une œuvre de charité en jouant les bons samaritains, continue-t-il avec mépris. Tu n'aurais jamais dû survivre à la première nuit... n'est-ce pas, Larry ?

Larry se matérialise à côté de l'elfe. Tête baissée, mains dans les poches, il donne des petits coups de pied au sol.

— Larry ? m'étranglé-je.

Je capte l'expression horrifiée et inquiète qui barre ses taches de rousseur. Ses yeux verts croisent les miens, et la lueur qui y vivait s'éteint.

Oh, Larry...

Je sursaute lorsque l'elfe m'attrape les cheveux et me tire violemment la tête en arrière, m'arrachant une grimace. Mon crâne chauffe sous sa poigne et la douleur me transperce les cervicales. Me maintenant la tête dans un angle anormal, son doigt recueille la larme qui s'est échappée de mes yeux, puis la lèche d'une façon écœurante.

— Il était censé t'attirer ici pour que le royaume te vide de ton énergie, chuchote-t-il à mon oreille, pressant son visage contre ma joue. Pas faire ami-amie avec toi.

Larry tressaille lorsque la main libre de l'elfe lui saisit violemment le crâne.

— Larry, tu m'as attirée ici pour me drainer ? peiné-je à dire à travers la terreur qui obstrue mes cordes vocales.

De ma vie, je n'ai jamais été aussi effrayée. Mes pupilles s'agitent dans tous les sens.

— En fait, t'es un méchant ? lâché-je en vrillant mes yeux sur Larry, incapable de bouger.

Putain, réveille-toi, Mardi ; c'est un méchant. L'incident avec les dryades ne t'a rien appris ? À ton avis, pourquoi a-t-il fait comme si c'était le quotidien ? Parce que ça l'était !

Je n'ai rien vu.

J'ai refusé de voir.

J'ai attribué cela au fait qu'il n'était pas humain, qu'il n'était qu'un artéfact. Qu'est-ce que je croyais ? Je suis stupide. Comment ai-je pu être aussi confiante ? *Sauf s'il n'a pas le choix parce qu'il y est contraint...* Et voilà, encore des excuses ! Je suis d'une stupidité sans borne.

Mon Dieu, j'espère que mon coven est parti. Je ne ressens plus leur présence. Ma connexion au royaume a disparu. Je n'arrive pas à croire que je les ai entraînés dans ce scénario catastrophe. Je croyais que l'endroit était sûr. Même si mon instinct me disait que quelque chose clochait, je n'ai pas eu le temps d'enregistrer ce qui se passait ; j'ai été submergée. S'il leur arrive malheur, ce sera ma faute.

L'instant d'après, je perçois la présence d'Owen, sous sa forme lupine. Il arrive.

— Je croyais qu'on était amis ? murmuré-je.

— C'est un artéfact magique, idiote !

Je gémis lorsqu'il me secoue brutalement la tête.

— Il n'est pas réel. Le rouquin que tu as devant toi est un appât pour tromper les victimes.

Il abandonne mes cheveux et saisit Larry au visage pour l'attirer à moi. Il lui compresse les joues jusqu'à gonfler ses pommettes.

— Tout le monde raffole de ses adorables taches de rousseur, minaude l'elfe en faisant la moue, pour imiter le visage écrabouillé de Larry. Son grand sourire est le piège parfait.

Avec un rire cynique, il le gifle et le repousse brusquement.

Tout cela n'était qu'un piège élaboré.

— Si tu es un hôte, et que c'est ta dimension, pourquoi le royaume se meurt ?

Je dois continuer de le faire parler. Je dois donner du temps à Owen pour qu'il me rejoigne et me vienne en aide. Mon chien de l'enfer va le mettre en pièces.

— C'est mon pouvoir, espèce d'écervelée. Je contrôle la dimension ; ce n'est pas elle qui me contrôle. J'ai dépensé une quantité inimaginable de magie pour bâtir ce monde. Je n'en gaspillerai pas davantage pour l'embellir. C'est un outil.

— Mais... mais Nyssa m'a dit que l'homme qui avait créé le sanctuaire l'avait fait pour aider les autres ?

— Encore ce vieux baratin ? De la poudre aux yeux, rien de plus. C'était moi que je voulais aider, pas les autres créatures. Bon, cette discussion est sympa, mais je préfère te drainer à présent. Tu feras une ravissante dépouille.

Dépouille ?

Oh mon Dieu.

Chapitre Trente-Quatre

— Il n'y a rien de plus savoureux que de drainer un hôte. Notre magie a un goût exquis.

L'elfe se lèche les lèvres.

— Tu te nourris de ton propre peuple ?

Comprendre ce que fait cette créature est un concept qui dépasse mon esprit de Terrienne. C'est atroce. Une autre prise de conscience me foudroie.

— Il n'y a pas de sealgairí, n'est-ce pas ? Pas de chasseurs d'hôtes, seulement toi... depuis toujours. Tu as berné tout le monde, réalisé-je, consternée. Tu ne t'es pas contenté de mener notre espèce au bord de l'extinction en commettant des meurtres de masse... Tu as drainé d'autres créatures en accusant d'autres royaumes.

— Pas si bête finalement.

Il penche la tête et se tapote les lèvres. Ce type est un grand malade. Pensif, il secoue la tête.

— Tu sais quoi ? Je vais t'accorder une ultime grâce. Qu'est-ce que ça peut faire de toute façon ? Les hôtes encore en vie sont trop malins, tapis dans leurs petits royaumes comme des rats. Alors, je chasse les plus jeunes, comme toi.

Il me tapote le nez.

— Les bébés hôtes qui n'ont pas encore acquis leur pouvoir. Je les effraie pour qu'ils s'enfuient et finissent coincés dans ma dimension qui active leur magie et... bam ! Je les siphonne.

Il hausse les épaules, parlant du meurtre d'êtres vivants comme du beau temps.

— Tout fonctionnait à la perfection, jusqu'à toi, grince-t-il.

Il se rapproche et me renifle. Un frisson de dégoût me secoue l'échine.

— Tant de magie..., souffle-t-il.

Sa langue sort de sa bouche alors qu'il continue de me mater comme si j'étais un hamburger sur pattes.

— Seulement une ou deux fois, le royaume n'a pas complètement drainé mes proies, admet-il avec un sourire. Elles ont passé leur temps à courir dans tous les sens, à geindre, à paniquer, incapables de quitter leur chambre. Au bout d'un jour ou deux, je les ai trouvées dans un état second. Elles exhalaient une délicieuse odeur de peur.

J'ai la nausée. Ce type est un monstre.

— Par contre, mes victimes n'ont jamais pris le contrôle du royaume... Contrairement à toi ! Regarde ce que t'as fait !

Je tressaille lorsqu'il s'époumone en désignant d'un

geste ample la dimension qui émerge de cet horrible coin obscur. Son ton devient grave, saturé de menace :

— Des arbres, des fleurs, des papillons, un lac ? J'ai laissé derrière moi un hôtel moisi et un parking défoncé. Tu t'es donné du mal à bâtir un vrai sanctuaire alors que tu aurais dû crever. C'est pas Disneyland, putain. Cette dimension miniature ne t'appartient pas. Elle est à moi... à moi, tu entends ? Cet endroit était censé être une prison.

Dans la panique, j'envoie ma magie chercher celle du royaume. Mais l'effort revient à tirer sur des fils emmêlés, à traverser le verre ; je continue de me heurter à un mur.

— Cesse d'essayer de manipuler la magie. Tu as eu quelques jours pour tenter d'apprendre ce que j'ai mis des millénaires à acquérir. Laisse tomber. Cette dimension miniature ne t'appartient pas.

Mais je sens qu'elle le veut.

— C'est bien ça le problème ? lâché-je d'une voix éraillée. Ce royaume préfère être un sanctuaire qu'un piège.

Je sais que ça paraît dingue, mais je sens que cet endroit est doué d'une sensibilité. La magie possède sa propre conscience ; c'est pour cette raison que je suis encore en vie. Cela fait des siècles qu'il assassine des gens, qu'il aspire leur énergie vitale, qu'il abuse du pouvoir du royaume. Comme moi, la magie ne veut pas blesser les êtres vivants, elle veut aider. Il est possible qu'elle ait vu cette lueur d'espoir en moi. Elle et moi sommes sur la même longueur d'onde, alignées. Elle s'est érigée en bouclier pour me protéger.

— C'est pour ça que t'as les boules. Ton royaume t'a tourné le dos.

Ma magie d'hôte combinée à celle de la dimension a

guéri le monde, le subtilisant aux griffes de cet hôte monstrueux.

— Oh, tu vas la fermer, Fantômette ? Qu'est-ce que ça peut faire ? Tais-toi et crève, enrage-t-il. Il va me falloir des années pour désincruster ta puanteur de cet endroit. Mais tu sais quoi ? Je vais prendre mon temps pour te drainer, des semaines.

Il fait courir un doigt sur ma bouche.

— Je vais te couper la langue pour que tu cesses de jacasser et t'enfermer dans une cellule miniature, loin de mon royaume. Je te regarderai perdre la tête pendant que je te viderai de tes forces.

Un éclair de douleur me traverse. *Est-ce qu'il a déjà commencé à me drainer ?* Aïe.

— Tu sens ça ? Le picotement sous ta peau.

Un picotement ? J'ai plutôt l'impression que mes boyaux sont passés au broyeur.

— C'est l'effet du danger ; la magie n'aime pas ça. Elle est très capricieuse dans sa volonté d'épurer.

Ma vision devient noire et je suis contrainte de fermer les paupières. Dans mon esprit, des créatures pigmentent la carte magique qui palpite sous la surcharge d'informations. J'en profite pour repérer Owen, Daisy et mon coven. Pour l'instant, ils sont en sécurité. Je sens l'inquiétude et la détermination de mon chien de l'enfer. Mais je vois ensuite ce que l'affreux hôte veut me montrer, la raison pour laquelle il me permet de visualiser la dimension ; il se sert de la vérité pour me torturer. Il y a huit... non, dix personnes de trop sur la carte. Des mercenaires.

La première chose que j'ai faite en détectant la brèche a été de fermer les portails, qu'il n'a pas encore rouverts.

J'ai verrouillé chaque portail, sauf un.

L'issue de secours dans la réserve de Jodie. Hormis les membres de mon coven, personne ne peut accéder à la boutique. Pourtant, *eux* ont réussi. L'hôte rebelle a probablement détruit la barrière. Mais Jodie l'aurait su.

— J'ai ramené des copains.

Le désespoir m'envahit. Ses *copains* encerclent mon coven, qui n'a pas réussi à s'enfuir. J'ai échoué. La magie me supplie d'agir, mais l'elfe sectionne la connexion. Je lâche dans un souffle, la voix brisée :

— Comment ?

— Je n'ai même pas eu à les soudoyer, dévoile-t-il joyeusement. L'un d'eux était amoureux d'une dryade que tu as tuée. Il a perdu les pédales quand son arbre a disparu. Ce pauvre fou croyait qu'il avait une chance de la sauver ; sauve l'arbre et tu sauves la fille.

Erin.

— Quand tout le groupe de dryades a disparu, il a su que quelque chose s'était produit. Alors il a mené son enquête. Une âme au grand cœur — moi — lui a suggéré ton nom. Je l'ai aiguillé pour le mettre sur la bonne voie. Vers toi. Je lui ai également glissé le numéro d'une très bonne compagnie de mercenaires. Les rats métamorphes font d'excellents soldats : ils sont beaucoup plus faciles à manipuler que les loups.

Je vois... Les mêmes qui ont saccagé mon appartement.

Je ne perds pas mon temps à lui révéler qu'Erin est en vie et en bonne santé. Il ne comprendrait pas. De toute évidence, il est convaincu que tout le monde est un suceur énergétique comme lui.

— Il me fallait des renforts, au cas où tu te serais

montrée coriace. Une perte d'énergie, vraiment. Je pensais que tu m'aurais donné du fil à retordre, mais...

Il pousse un soupir déçu.

— Tant pis. À l'heure qu'il est, les rats auront rassemblé tous tes visiteurs, y compris ton coven pathétique, pour que je puisse les drainer. Même s'ils tuent tout le monde avant mon arrivée, leur pouvoir, leurs âmes... m'appartiennent.

Je force mes traits à adopter une expression horrifiée. L'hôte a commis une erreur. Il aurait dû me mettre un bracelet inhibiteur, et ne pas me permettre cette minuscule ouverture sur la magie du royaume.

Changement de tactique. Au lieu de laisser Owen venir à moi, il doit foncer aider mes visiteurs et mon coven. Je me sers de la magie qui s'échappe de moi pour lui délivrer un message : je le briefe et lui transmets la carte magique du royaume, lui communiquant le lieu où se trouvent les mercenaires. Je mens éhontément en lui disant que j'ai la situation sous contrôle. Dans une bourrasque magique, je le fais *stepper* à côté de l'hôtel. Je pousse un soupir de soulagement, constatant que j'ai réussi.

L'hôte ne remarque rien, trop occupé à s'écouter bavasser.

— ... Je dois admettre que l'idée d'ajouter plusieurs créatures au festin me plaît.

— Te rappelles-tu de toutes tes victimes ?

Il se met à ricaner, resserrant sa prise dans mes cheveux avant de me passer une main autour du cou.

— Et Rebbeca Lynch ? continué-je. Elle était une...

— Morte, achève-t-il en m'étranglant. Chaque créature qui pénètre l'hôtel et qui n'est d'aucune utilité est un cadavre. Un encas. Contrairement à toi. Je vais me repaître de ton énergie. Je veillerai à te drainer comme il faut pour te garder en vie pendant des mois.

— Et Atticus ? Ça ne lui fait rien que tu tues tes visiteurs, tes semblables ?

Il éclate de rire.

— Ce que tu peux être naïve ! Il ne sait rien, évidemment. Pour qui tu me prends, un amateur ? Je contrôle tout ce qu'il voit. Les sangs-purs sont égoïstes. Lui se fiche des autres.

— C'est là que tu te trompes, s'élève une voix raffinée derrière nous. Je ne me fiche pas des autres, et j'avoue que la piscine ajoute du cachet à l'hôtel.

CHAPITRE TRENTE-CINQ

ATTICUS DÉVOILE ses crocs et les plante dans le cou de l'hôte. Ses yeux noirs, brillants de satisfaction, cherchent les miens. Le sol se dérobe sous mes pieds, et je recule en titubant.

Quand j'ai envoyé un message à Owen, j'en ai glissé un autre en douce pour Atticus, avec deux questions : Comment s'appelait sa copine ? Est-ce qu'il voulait rencontrer son potentiel assassin ? Ma magie a rapporté les réponses : Rebecca Lynch — et si je lui livrais son meurtrier, il me serait éternellement reconnaissant.

Alors, quand j'ai envoyé Owen en mission, j'ai fait venir Atticus ici.

Je détourne les yeux du vampire, essayant d'ignorer les bruits de succion. Je n'aime pas la violence, mais je comprends la notion de justice.

Même si la justice me retourne l'estomac.

Mes genoux s'entrechoquent. Je me frotte la gorge, puis mon cou endolori. Je ne veux plus jamais me retrouver avec la main d'un ennemi serrée autour de mon cou.

Je dois devenir meilleure, plus forte.

— Mardi, j'ai fait ce que j'ai pu pour te protéger. Je suis désolé de ne pas avoir pu t'en parler, dit une voix brisée.

Je lève les yeux, croise le regard vert de Larry qui me supplie.

Oh non, Larry. L'artéfact magique est *translucide*.

— Larry ? Qu'est-ce qui t'arrive ?

Pourquoi est-ce qu'il n'a plus l'air réel ?

— Tu m'as libéré d'un monstre. Pardonne-moi ma trahison. Je suis heureux que tu sois saine et sauve.

Je le regarde disparaître lentement dans le néant.

— Merci de m'avoir montré ce qu'était l'amitié...

— Oh, Larry, bien sûr que je te pardonne.

Je tends la main vers le vide. Mes doigts tremblent. Je m'enlace et me fais un câlin.

Un bruit sourd résonne derrière moi. Un truc lourd heurte le sol. Un corps, sûrement. Je déglutis, me recroqueville, gardant le dos tourné. J'ai déjà vu un mort aujourd'hui. Ça m'a suffi. Une seconde plus tard, la magie du royaume se déverse en moi comme une marée. Le lien est rétabli, plus fort que jamais. L'énergie est si puissante que je chancèle. Je vérifie que mes pieds touchent le sol, car j'ai l'impression de flotter. Mes follicules vibrent, et quand je touche mes cheveux, ils crépitent, chargés d'électricité. *Dément.*

Bon sang, qu'est-ce que je fais plantée là ? Il faut que j'aide mon coven.

Aussitôt cette pensée émise, la magie du royaume se met à traquer les intrus. Les mercenaires n'ont aucune chance. On les désarme un par un, on les attrape comme des pions de jeu de société, et on les *steppe* à la réception de l'hôtel, où ils sont pétrifiés et incapables de bouger, en attendant que je décide de leur sort.

— Mardi, dit Atticus.

Non. Je ne peux pas me retourner. Si je le fais, je vomis. Je rentre en moi-même.

— Oui, dis-je à travers des lèvres tendues.

— Tiens.

Il passe la main au-dessus de mon épaule et dépose dans ma paume un lourd anneau en bronze.

— Il le portait. Il t'appartient. Il est chargé de magie... celle de ton royaume.

Mon précieux, murmure Gollum du *Seigneur des anneaux* dans un coin de ma tête. *Putain, je suis trop zarbi.* L'anneau pèse comme une pierre dans ma main. Je fronce les sourcils et le pousse du bout de l'index. La puissance à l'intérieur me picote en retour.

— Merci. Et merci d'être venu à mon secours.

Je décide de ranger la bague dans la minuscule poche de mon jean. Je la fais tourner entre mes doigts pour la glisser dedans, mais au contact du tissu, la bague se désagrège et se transforme en un simple anneau de métal. Je me fige. *Oh, c'est pas...* Comme dans un film d'horreur, elle bondit et s'enroule autour de mon annulaire droit. Et se resserre.

Un couinement m'échappe quand je sors enfin de ma torpeur. Et là, comme si ma main était en feu, je l'agite frénétiquement comme une hystérique. *Dégage, dégage, dégage putain !* Oui bon, comme si secouer la main allait la déloger. Je tente de l'arracher. Aïe ! Cette saloperie m'a électrocutée. C'était plus qu'un picotement.

Ma main tremble et je l'éloigne au maximum de mon corps. Je siffle entre mes dents et la tiens de l'autre main quand une douleur aiguë, comme mille aiguilles, me transperce la peau, les muscles, jusqu'à l'os de ce pauvre doigt martyrisé.

— Aïe, aïe, aïe...

Mon estomac se retourne, la douleur me donne envie de vomir.

Quand je commence à paniquer pour de bon, à me dire que je vais faire une connerie — genre invoquer un couteau et me trancher le doigt dans un moment de pure folie — la douleur s'arrête net.

Je passe la langue sur mes lèvres sèches.

— Je n'ai jamais rien vu de tel. En général, les bijoux ne sont pas aussi turbulents, commente Atticus.

Je tourne vers lui des yeux ronds.

— Sans blague. Il voulait absolument me passer la bague au doigt, comme on dit.

Ma poitrine me fait mal. Prudemment, comme si l'anneau était une bête sauvage, je me frotte le sternum. Mon cœur cogne sous ma paume.

— Par la barbe de Merlin, j'ai eu la trouille de ma vie.

Je me racle la gorge et souffle un grand coup.

Quelques secondes passent. Pas de douleur. Puis les motifs argentés, jusque-là inertes sur le dos de ma main, s'animent.

Oulà.

Ils pulsent, calés sur le rythme de mon cœur affolé, puis changent de trajectoire. Ils se redressent, filent droit vers mon doigt meurtri et l'anneau. Un peu comme un circuit électrique qui se met en place.

— Tu veux que je te le coupe ? propose Atticus, très calme.

— Non ! je couine, en repliant ma main contre ma poitrine. Pas la peine. L'anneau ne me fait plus mal.

Et puis, il ne draine pas mon énergie. Au contraire, il m'équilibre. Je n'ai jamais ressenti la magie du royaume aussi clairement.

Sérieusement, est-ce que cette journée peut encore devenir plus dingue ?

Atticus penche la tête en observant ma main.

— Je pense que c'est ainsi qu'il utilisait la magie à l'extérieur du royaume.

— Oh.

Le vampire a raison. L'anneau regorge de magie. Et certaines choses qui m'avaient dérangée trouvent maintenant leur explication. Les pièces du puzzle s'imbriquent.

— J'avais oublié qu'il *steppait* dans le monde réel.

Et qu'il pulvérisait des barrières magiques en quelques minutes, là où d'autres auraient mis des heures — quand ils y arrivaient. Je me souviens alors de la femme-crocodile qui m'avait lancé ce petit sourire moqueur en voyant que je ne portais pas d'anneau.

— Les autres hôtes ont tous la même bague, murmuré-je.

Le silence s'installe entre nous.

— Est-ce que vous, euh... voulez le corps ? je demande maladroitement.

Qu'est-ce que tu racontes, Mardi ?

J'en sais rien, moi ! C'est stressant, j'ai aucune idée du protocole en matière de vengeance.

— Non merci, répond-il en souriant.

Je me frotte la figure.

— D'accord.

Je hoche la tête comme un petit chien à ressort, puis laisse la magie du royaume absorber la dépouille de l'hôte. Je ne regarde pas, mais je sais, sans avoir besoin de vérifier, qu'il a disparu.

Je contemple l'anneau. En toute logique, vu qu'il était l'hôte originel, le royaume aurait dû mourir avec lui. Mais à cause de moi — ou grâce à moi — il est plus fort et plus vivant que jamais.

Punaise, j'ai encore tellement à apprendre. Tout ce qu'on raconte sur les hôtes est faux ou à côté de la plaque. Il reste tant à faire... Waouh, ça va être une sacrée aventure.

— Il faut que je m'occupe de tout ça.

— Bien sûr. Ah et... Mardi, je préférerais que tu ne me transportes pas. Ça me donne la nausée, me confie Atticus, que cet aveu sincère semble rendre vulnérable.

— Entendu, acquiescé-je.

Je me demande si c'est mon *stepping* qui donne mal au cœur, ou si mon nouveau pote — le grand, le terrible vampire — a juste l'estomac sensible à force de siphonner du sang. Faudra que je demande à Owen.

Owen. Mon esprit et ma magie le repèrent automatiquement. Il a suivi les mercenaires jusqu'à la réception et les surveille, toujours sous sa forme de loup. Je sens son inquiétude, alors je lui envoie un flot de pensées rassurantes à travers la magie.

Bon, au boulot. Il faut que je m'occupe des mercenaires.

Plus ils traînent ici, plus ils risquent de trouver un moyen de contrer ma magie. Et ils ont des comptes à régler. Je sais déjà, ou je devine, en partie ce qui s'est passé. L'empreinte gluante de l'hôte est partout.

— Mardi, merci pour...

— C'est rien ! le coupé-je, la voix un peu trop aiguë. Vraiment. Rien du tout.

Le vampire le plus sanguinaire de tout l'univers éclate de rire. Je me retourne et je file, le laissant repartir par ses propres moyens.

Juste avant de *stepper*, j'envoie un message magique à toutes les créatures du royaume : danger écarté, fin de l'état d'urgence. Puis j'envoie un second message à mon coven pour qu'ils nous retrouvent, Owen et moi, à la réception.

Chapitre Trente-Six

Le feuillage craque sous mes pas tandis que je me fraye un chemin entre les arbres. Je dois faire un arrêt rapide par l'arbre d'Erin avant d'aller m'occuper des mercenaires.

Heureusement que les seuls résidents sont mon coven, Atticus et les dryades. Sinon, la réputation du sanctuaire serait foutue après cette journée désastreuse. Aucune dryade ne semble avertie du danger, car elles n'ont pas quitté leurs arbres. Elles doivent être plongées dans une sorte de profond sommeil régénérateur. Il va falloir que je m'adresse directement à elles. Ma colère que l'incident avec Erin a suscitée m'a rendue négligente, j'ai laissé Larry s'occuper d'elles... Merde, à quoi je pensais ? Je secoue la tête, sarcastique. Le problème est justement que je ne pensais pas du tout.

Touchée, Mardi. Je me donne mentalement une tape dans le dos. *Bon boulot.*

Le recul est une chose fantastique.

Au moins, le royaume m'apprend qu'elles vont bien. Autrement... Je gonfle les joues en sentant une digue céder en moi. Tout ce merdier avec l'hôte maléfique me filera des nuits blanches à me fustiger, imaginant ce qui aurait pu se passer et où j'aurais pu être meilleure. Je jette un œil à ma main droite. À la seule pensée, l'anneau dans ma paume s'alourdit. Je slalome entre les branchages et me dirige vers un buisson épineux.

Le royaume était une foutue prison, à partir de là, on ne peut que progresser. Ah l'amertume, ma grande amie. Une prison... Et moi, qui me croyais dans le monde des bisounours. Je pensais que le royaume serait un sanctuaire fabuleux, alors que je ne savais rien de lui. Si j'avais inventé l'eau chaude, ça se saurait. Fais chier, j'ai permis à mon coven de venir ici. J'ai mis ma famille en danger.

Bon, stop l'autoflagellation. C'est pas le moment.

Je bâillonne mentalement mes pensées, chasse l'horreur et la panique, que j'affronterai plus tard — quand je serai prête.

— Erin.

Je caresse l'écorce râpeuse de son arbre. Instantanément, je me sens bizarre. Est-ce que toucher leur arbre revient à toucher les dryades ? Je ne maîtrise pas les codes sociaux de ce peuple. Je retire ma main et recule de quelques pas, espérant adopter une distance convenable.

L'arbre d'Erin est splendide. Il est en meilleure santé que lorsque je l'ai soigné. Toute la forêt semble aller mieux. Hier, elle était plus éparse, mais aujourd'hui, elle a gagné en densité, comme une épaisse barrière protectrice qui aurait poussé autour de l'arbre de la dryade.

— Erin ? tenté-je à nouveau. Je sais que tu veux rester seule, mais quelque chose de grave s'est produit. J'ai besoin de ton aide. Je ne lui ai pas encore parlé, mais à ce qu'on m'a dit, un homme qui prétend être amoureux de toi s'est infiltré dans le royaume avec des mercenaires pour réclamer justice ; il pense que tu es morte, que je t'ai tuée. Erin ? Je t'en prie, j'ai besoin de toi.

Je me sens bête à causer à un arbre. Rien ne se passe, je doute même qu'elle ait entendu ma supplique. L'arbre frémit, puis le joli visage d'Erin se dessine dans le tronc. Ses longs cils battent et des copeaux de bois s'en détachent.

— Pardon ? dit-elle en bâillant. J'ai bien entendu ? Un homme prétend m'aimer et veut vous tuer ?

En gémissant, elle s'extrait péniblement du tronc, libérant ses bras puis ses jambes. Visiblement, elle doit batailler avec l'arbre qui refuse de la laisser partir.

— Des mercenaires ?

Elle me dévisage, apeurée.

— Jeff est venu me chercher ?

Donc il s'appelle Jeff.

— Je dirais plutôt qu'il est venu me tuer. Je n'ai pas encore eu le plaisir de faire sa connaissance. Heureusement pour lui, il n'a blessé personne, pour le moment. Il est sous détention.

Songeant qu'elle s'inquiète pour lui, j'ajoute rapidement :

— Il va bien.

— Il pense que je suis morte et est venu me venger ? Oh non..., soupire-t-elle en se frottant le front. Mais pourquoi ?

Ça fait un mois qu'on a rompu, on n'est plus ensemble. Il… il m'a dit qu'il n'arrivait pas à accepter le lien avec mon arbre ; il refusait de comprendre que sans lui, je ne pouvais pas rester en vie.

Elle pose une main sur son cœur et l'autre sur son arbre derrière elle.

— Il disait que j'en faisais des caisses, et que ça nuisait à son temps de geekage. Sa console l'intéressait plus que ma vie. Vous y croyez ? Prétendre que j'exagérais en parlant de l'éventualité de ma mort !

Elle marque un léger temps d'arrêt.

— On a eu une grosse dispute, et je l'ai quitté. Puis, tout a commencé. Mon arbre a été amoché. Ses racines pourrissaient lentement dans le sol ravagé de notre forêt, et j'ai commencé à pourrir avec lui. Paniquées, les autres dryades n'ont eu d'autre choix que de demander de l'aide, car elles voyaient ce qui était en train de m'arriver et savaient qu'elles étaient les suivantes. Un elfe nous a montré la direction de l'hôtel en disant que c'était un endroit sûr pour nous. Nous sommes nées sur la Terre ; nous ne sommes autorisées à intégrer aucun royaume faë.

Elle se frotte la tête, la mine sérieuse.

— J'ignore pourquoi je ne vous en ai pas parlé avant. C'est comme si… ma langue était liée, et que ça n'était pas important. Je n'avais qu'une envie : dormir.

Elle laisse retomber sa main, désarmée.

— L'elfe nous a dit qu'il fallait offrir un sacrifice. On m'a désignée, car je périssais déjà. Mes amies, des créatures que je connaissais depuis toujours, se sont liguées contre moi, prétendant que ma mort ne serait pas vaine. Mais en arrivant, vous m'avez guérie et sauvée, ainsi que mon arbre.

Je n'ai pas eu le temps d'informer Jeff, et honnêtement, je n'en avais rien à faire.

Un rire amer s'échappe de ses lèvres.

— Et maintenant, il m'aime ? Qu'est-ce qu'il raconte ?

Ses yeux retombent, braqués sur ses pieds et quelques feuilles mortes.

— À mon avis, je ne comptais pas pour lui. Je suis vraiment désolée, j'ignorais qu'il viendrait ici. Après tout ce que vous avez fait pour moi, je vous remercie en vous causant du souci. Je suis terriblement navrée, Mardi. Mon Dieu ! Est-ce que ses jeux vidéo l'ont poussé à devenir un mercenaire ?

Elle s'écarte brusquement de l'arbre.

— Il parle d'amour ? lâche-t-elle amèrement. Je ne lui plaisais même pas réellement.

— Il est évident que l'elfe vous a tous manipulés. C'est pour ça que tes amies se sont comportées bizarrement et que tu ne m'as pas expliqué ce qui s'est passé avant maintenant. L'elfe est mort ; il ne peut plus vous manipuler.

Je l'espère...

Voilà pourquoi il est important de questionner. Si je n'avais pas été assommée par l'arrivée des dryades, je me serais peut-être évité bien des peines. Si je leur avais posé des questions de base, je me serais rendu compte que quelque chose ne collait pas.

— Tu veux bien m'accompagner pour lui parler ? demandé-je en lui tendant la main.

— Évidemment, je viens avec vous.

Ma main retombe au moment où une pensée s'immisce dans mon esprit. Je dois l'avertir maintenant, avant qu'elle le voie et ne change éventuellement d'avis.

— Je te préviens, même si Jeff était manipulé, je dois le

traiter comme une menace. Il est venu dans l'intention de blesser des êtres vivants, il ne sera pas autorisé à rester au royaume avec toi.

— Je comprends totalement. Croyez-moi, moi non plus je ne veux pas qu'il reste. J'ignore comment il a pu songer que se pointer avec une bande de voyous était une bonne idée. Venger ma mort... alors qu'il m'a laissée pourrir.

Erin relève la tête pour m'implorer du regard.

— V-vous ne le tuerez pas... ? S'il vous plaît, ne...

— Je ne le tuerai pas, je réponds, horrifiée.

Son insinuation me déçoit légèrement. D'un autre côté, je comprends pourquoi elle est préoccupée. Elle doit percevoir la colère que j'irradie. Je suis une boule de rage, qui est cependant dirigée uniquement contre moi. Je suis déçue de moi-même.

— Et je ne te tiens pas responsable de ses méfaits, la rassuré-je.

Et en toute franchise, je ne le tiens pas non plus pour seul responsable. Cet hôte était un maître de la manipulation.

— Viens, on va remettre de l'ordre dans ce foutoir, l'encouragé-je en lui tendant à nouveau une main qu'elle saisit.

Chapitre Trente-Sept

Erin et moi sommes les dernières à arriver sur place. Aussitôt, mon regard est attiré par les mercenaires immobiles. Ma magie s'est contentée de les regrouper au même endroit. Sept debout et trois inconscients. Certains sont même tournés face au mur. Ah... *les Power Rangers.*

— Personne ne vous a dit que la tenue de Power Ranger était ridicule ?

Naturellement, ils ne peuvent pas répondre, ils sont figés. Pour éviter les mauvaises surprises, je redouble de prudence en créant un dôme autour de la réception.

Les grands yeux gris du loup se posent sur moi, puis Owen reprend forme humaine. Une expression de réel soulagement traverse son beau visage alors qu'il vient à ma rencontre, le regard braqué sur moi. Ses grandes mains se plantent dans mes hanches avant de me soulever de terre. Le mélange de cannelle et de vanille s'engouffre dans mes poumons. Il cale son bras sous mes fesses, s'improvisant fauteuil — le meilleur du marché. Il me garde contre lui, calant sa paume contre ma joue. Mon ventre s'agite, submergé par la chaleur de son corps, et ses lèvres parfaites entrent en collision avec les miennes.

Il m'embrasse avec tendresse, avec adoration, me donnant le sentiment d'être la seule personne au monde importante à ses yeux.

À regret, je romps notre baiser pour reprendre mon souffle, mes seins effleurent son torse dur. L'acier tapissé d'une peau de velours me rappelle la force de l'homme qui me porte. Pendant plusieurs secondes, nos respirations se soulèvent à l'unisson. Hélas, mon esprit me crie que nous ne sommes pas seuls.

Oups.

Dorénavant, je suis extrêmement consciente des témoins présents, à savoir mon coven et les méchants. Je lance un regard accusateur à Owen, qui me répond par un sourire adorable. Je m'accorde encore un peu de répit dans sa main qui berce mon visage.

Lorsque je relève enfin la tête, je jette un regard par-dessus son épaule. Mon coven a l'air détendu malgré le contexte et mes retrouvailles passionnées avec Owen. Je rive mon attention sur ma mère qui est raide comme un piquet. Elle détourne le regard d'un air prude, plaquant une main ferme sur le visage renfrogné d'Heather pour lui bloquer la vue du spectacle.

À sa décharge, mon chien de l'enfer est quand même à poil, même si j'adore sentir sa peau douce sous mes doigts, et que je sais qu'il n'est pas du genre à rougir quand on mate son cul.

— Bienvenue dans le club, Flash, le taquiné-je.

Je l'enveloppe dans sa tenue de combat, sans oublier les armes pour faire bonne mesure.

— J'étais vraiment inquiet, murmure-t-il. Je suis heureux que tu n'aies rien.

Il embrasse le sommet de ma tête, et sa barbe rugueuse râpe mes cheveux. Il me dépose par terre et s'écarte pour m'examiner.

L'hématome sur ma gorge a dû s'estomper après que l'hôte m'ait étranglée. Mais cela n'empêche pas mon chien de l'enfer de s'attarder sur cette zone, détectant probablement son odeur sur moi.

— Où est-il ? fulmine-t-il.

— Parti.

Ces mots m'assèchent la bouche et me resserrent la gorge.

— Il est mort, précisé-je.

Le regard d'Owen s'adoucit, chargé de compassion.

— Bien. Tu l'as tué ?

Je fais non de la tête.

— Atticus.

— Je lui en dois une.

Je ne prends pas la peine de lui expliquer que le vampire m'en doit encore une. C'est une longue histoire que je lui raconterai en privé, et non à l'accueil, devant une assemblée de mercenaires immobilisés.

— Daisy ?

Je n'ai pas besoin d'attendre sa réponse ; mon pouvoir la

localise instinctivement. Ma dragonnette nage dans une piscine de lave avec ses copines magiques.

— Trouvée, murmuré-je.

— Elle n'a pas arrêté d'essayer de croquer ta mère.

— Oh…

Malgré moi, je souris et les pupilles d'Owen brillent.

— Je vais lui interdire de mordre mamie.

Quand on parle du diable…

Ouch !

Ma mère me dégage des bras d'Owen pour me prendre dans les siens avec force.

— La dragonnette n'est pas ma petite fille, réplique-t-elle. Je suis heureuse que tu ailles bien, Mardi. Ne refais jamais ça, je me faisais du souci. Tu n'as pas à prouver que tu es la plus forte. Nous le savons tous ici. La prochaine fois, laisse-nous t'aider. Tu ne dois pas affronter les catastrophes dans ton coin, dit-elle en me secouant.

Puis, Diane, ma protectrice, vient à la rescousse pour m'extraire de son étreinte.

— Ce n'est pas le moment, maman. Contente que tu n'aies rien, sœurette.

Je m'attends à ce que ma mère ajoute quelque chose, me fasse la morale… mais non. Elle me fait un petit sourire et… Est-ce du respect que je lis dans son regard ?

Nan ! Je dois halluciner. Son inquiétude m'a scotchée.

— Tout le monde va bien ? lance Andy, bougon comme à son habitude.

— Oui, on va bien, répond Ava.

— Chien de l'enfer…, commence ma mère en toussant, nous devrions peut-être voir ensemble un sort qui te permette d'être habillé quand tu reprends forme humaine.

Tu es indéniablement bien fait de ta personne, mais nous n'avons pas besoin de te voir dans le plus simple appareil. Encore moins en la présence d'enfants. Nous sommes des sorciers, pas des loups ; nous avons des règles.

Je pouffe de rire, puis Owen et moi échangeons un regard.

— Je sais pas, chuchote Jodie à Diane. Perso, ça me gêne pas...

Diane lui flanque un coup de coude dans les côtes, tandis qu'Andy observe la scène, consterné.

Je pivote vers nos prisonniers.

— Alors, vous en avez étalé trois ? demandé-je à Owen.

Je passe en revue les trois mercenaires inconscients et mal en point. Je les examine de plus près, notant le type bizarre qui sort du lot. Ça fait donc deux mercenaires et un amoureux transi pétrifiés par terre.

— Ah. Salut, Jeff.

Erin interprète ça comme une permission pour se précipiter vers lui. S'agenouillant à côté de lui, ses mains restent en suspens au-dessus du corps de Jeff. Mal à l'aise, ne sachant où entamer un contact physique, elle chuchote :

— Je ne sais pas si je dois vous demander de lui filer une bonne leçon ou de l'aider...

Quand elle capte mon regard, elle refoule les larmes bordant ses yeux.

— Pitié, aidez-le. Je sais que j'ai tort, mais pouvez-vous le guérir, comme vous l'avez fait pour moi ?

Je constate qu'il est un peu amoché. Les coups de griffes sont visibles sur sa poitrine et son abdomen. Mon coven et les mercenaires me suivent du regard alors que j'avance vers lui. Je m'agenouille à son niveau.

— Tu peux t'éloigner une seconde ? demandé-je doucement à Erin. J'aimerais lui parler sans interférence. Promis,
ce ne sera pas long.

Elle consent et se retire de son champ de vision.

— Je vais commencer par te soigner.

Sans le défiger, ma magie s'infiltre dans son métabolisme pour guérir les plaies superficielles. Enfin, « superficielles » pour une créature magique... Pas pour un garçon
pâlichon, qui semble passer son temps cloîtré dans sa piaule.

Jeff est humain. Malgré ça, il a voulu se venger. *Impressionnant... ou stupide*, songé-je, dubitative. Qu'est-ce qu'il
avait en tête ? L'influence de l'hôte était-elle aussi forte ? Ou
Jeff couve-t-il une âme de Rambo ?

Bordel, il s'en est sacrément bien tiré avec quelques égra-
tignures. Alors que ma magie achève son œuvre, il ouvre les
yeux.

— Salut, Jeff, dis-je, prenant un ton amical.

Puis, je me souviens que le reste de son corps ne peut
pas bouger. Je libère sa bouche pour qu'il puisse s'exprimer.

— Salope !

Erin hoquète de stupeur, et je lui fais signe de se taire,
comme il ne peut pas la voir. Je veux avant tout lui toucher
deux mots.

— C'est toi, hein ? Il m'a dit que t'avais une tignasse
violette de cinglée. Tu as tué ma petite amie, je vais en finir
avec toi.

Je reste hébétée. Monsieur va en *finir* avec moi. Je
réprime un sourire amusé. Qu'il est mignon.

— Je vais te briser la nuque et te désosser à mains nues.

Oh, charmant. Ça, c'était moins mignon par contre.

— Sérieux ? Bon, très bien, je réponds sans conviction.

T'exagères pas un peu, Jeff ? Je te rappelle que t'es cloué au sol. Au fait, je t'ai guéri… De rien.

Je me gratte le sourcil et plisse le nez en le voyant enrager.

Il serre les dents et tente de me contredire par un grognement téméraire, mais bizarre. J'observe son visage qui se teinte de colère. La frustration palpite dans la veine de sa tempe, car il est incapable de mettre sa menace à exécution.

Ah.

J'incline la tête, attendant la fin de son cirque. Après quelques grognements, il se calme.

— T'as fini ?

Il me lance un regard assassin avant de détourner les yeux.

— Alors, Jeff, qui t'a dit que j'avais tué Erin ? poursuivis-je, le sourcil interrogateur.

— Tout le monde le sait. On sait tous que t'es qu'une putain de meurtrière. Si je ne te fais pas la peau, quelqu'un d'autre s'en chargera.

— Ouais, super, acquiescé-je. Je répète : qui t'a dit que je l'avais tuée ?

— Un elfe.

Enfin, on avance. Son explication semble identique à celle du méchant.

— Qu'est-ce qu'il t'a raconté ?

Il pince la bouche et ferme résolument les yeux. Ses gamineries me désespèrent.

— Il t'a menti, Jeff. Il t'a manipulé et tu as mis Erin en danger avec ton armada de potions.

— Menteuse ! T'es qu'une menteuse de merde !

Entendant un grognement derrière moi, je zippe à

nouveau la bouche de Jeff, avant qu'Owen lui arrache la tête.

Je me relève et frotte mes mains contre mon jean. Clairement, je patauge dans la semoule. C'est peine perdue, je n'obtiendrai rien de lui ; il est rongé par la haine. Au moins, je peux prouver que je ne suis pas une *menteuse de merde*.

— Eh ben, Erin... on peut dire que t'as tiré le gros lot. Je comprends mieux pourquoi t'as rompu.

Je lui fais un signe qui veut dire « je te laisse gérer ». Elle tombe à genoux, rampe à quatre pattes vers son corps inerte.

Mes yeux se braquent sur les autres. Peut-être que je rencontrerai plus de succès en parlant à ses confrères ?

— Qu'est-ce que t'as fait ? sanglote Erin en lui saisissant le tee-shirt.

Le choc dans le regard de Jeff le dépouille quelques instants de son air bravache.

— Mardi m'a sauvé la vie, crétin ! Elle a sauvé mon arbre et tu veux l'étriper ? T'es sérieux ? Qu'est-ce que j'ai bien pu te trouver, espèce de tache ?

À nouveau, je libère Jeff, dont les yeux sont exorbités.

— Hein ? T'es vivante ? Mais comment ? Erin, je t'aime comme un fou ! Fallait que je vienne, je peux pas vivre sans toi.

Je pousse un soupir résigné en l'entendant chialer. Comme je doute qu'il veuille encore *en finir* avec moi, je le relâche. Ses bras s'enroulent autour de la dryade qu'il plaque contre lui, en la couvrant d'un mélange de larmes et de morve.

Je grimace en croisant le regard mortifié d'Erin.

En essayant de le repousser, elle lui raconte comment je

les ai sauvés, elle et son arbre. Jeff lui explique qu'il avait appris sa disparition, puis celle des autres dryades.

Ce n'est qu'après qu'il a rencontré un elfe qui lui a proposé de se venger. L'occasion était trop belle.

Maintenant que j'ai ce qu'il me faut, je les déplace dans une nouvelle cabane dans les bois, près de l'arbre d'Erin, pour leur laisser un peu d'intimité. Je m'assure qu'il ne puisse pas se faire la malle en le confinant dans sa cabane. Après tout, il a engagé une bande de mercenaires qu'il a conduits dans mon royaume pour m'assassiner. Je ne suis pas un être abject ; ils ont besoin d'être seuls pour résoudre leurs problèmes. Je lui laisse une heure avant de le renvoyer par le premier portail. Ensuite, la police des humains s'occupera de son cas.

Ma magie virevolte au-dessus des deux autres blessés qui guérissent en un rien de temps. Leur nature de métamorphe leur permettrait de guérir s'ils se transformaient. Mais pas question de les dépétrifier. Mains sur les hanches, je dévisage les mercenaires. Du moins, ceux qui ne sont pas face au mur. Les yeux sont le reflet de l'âme. Un type en particulier me donne des frissons nerveux. Il vrille sur moi des pupilles noires, exhumant de la haine. Une aura de leader à l'état brut vibre autour de lui. C'est sûrement avec lui que je dois m'entretenir.

Comme pour Jeff, je lui dézippe la bouche et le passe au grill :

— Pour qui tu travailles ?

Il continue de me toiser.

— Tu sais, moi aussi j'ai eu une journée pourrie, avoué-je en secouant la tête, lasse. Ça a été un enchaînement de crises, j'ai juste envie de prendre un bain et de pioncer.

Ouais, une semaine à jouer la belle au bois dormant... Pareil pour toi, hein, le Power Ranger vert ? Ce serait normal après avoir été piégé pour servir d'appât et se faire botter le cul en prime. Je parie que tu rêves de rentrer chez toi pour te débarrasser de ta combinaison en latex, prendre une binouze et chiller.

L'œil gauche tressaille.

— S'il te plaît, ne me force pas à te tuer, dis-je à voix basse.

Quand je repenserai à cette conversation, j'aimerais croire que la douceur dans ma voix aura incité cet affreux jojo à me répondre. Mais je sais que s'il se met à table, c'est en grande partie grâce au chien de l'enfer qui garde mes arrières. Le monde dans lequel je vis est embourbé dans le patriarcat. Peu importe le pouvoir que j'acquiers, on me réduira au statut de simple « femme ». Par chance, je m'en tape.

— Je travaille pour Rattan and Sons.

Bingo !

— Merci. Tu as leur numéro ?

Je sors le téléphone de ma poche. Ahuri, il me communique le numéro que je compose aussitôt. Ça sonne...

— Comment s'appelle ton patron ?

— Henderson.

— Parfait.

Tandis que la ligne sonne à l'autre bout du fil, je remercie avec un signe du menton le chien de l'enfer au regard d'acier. *Je t'ai vu faire ton numéro d'intimidateur, bogosse.*

Quelqu'un décroche. Une standardiste entonne le nom de l'entreprise d'un ton morne en terminant par un « En quoi puis-je vous aider ? » forcé. J'imagine que la journée a été longue aussi pour elle.

— Bonsoir, pourrais-je parler à monsieur Henderson ?

— Monsieur Henderson n'est pas disponible pour le moment.

— À mon avis, il voudra *vraiment* s'entretenir avec moi.

— Monsieur Henderson a fini sa journée.

— Ah, je vois... Je me suis dit qu'il aurait aimé savoir où était passée son équipe. Je suis convaincue qu'il est aisé de sacrifier neuf vies. Après tout, les mercenaires, ça court les rues, c'est facile à trouver. Je comprends que ces casse-pieds d'employés ne valent pas le temps de *monsieur Henderson*.

Je marque une pause en braquant mon regard sur le Power Ranger vert, cueillant le choc de la réceptionniste.

— Je vous mets en ligne immédiatement. Ne quittez pas.

Une musique joue dans le fond et je mets le téléphone sur haut-parleur en tapant mon pied en rythme.

— Qui est à l'appareil et que voulez-vous ? lance une voix contrariée.

— Monsieur Henderson ? Je suis Mardi Larson. On a dû vous communiquer que je détenais neuf de vos mercenaires.

— Sont-ils en vie ?

— Et en bonne santé.

— À quoi jouez-vous ? Que voulez-vous ?

— Je ne joue pas, monsieur Henderson. Je vous renvoie vos hommes pour preuve de bonne foi. Par contre, j'attends une faveur en retour.

— Quoi ? grince-t-il.

— Monsieur Henderson, que ce soit clair : leurs vies

sont en jeu. En échange de leur retour, sains et saufs, dans le monde, je veux que vous me juriez de ne *jamais* accepter un contrat visant mon royaume ou un membre de mon coven, tant que votre entreprise existera et que *vous* existerez. Ah et on ajoute mon petit ami, Owen ; c'est un chien de l'enfer. Nous sommes sur votre liste « pas touche », c'est compris ? Si vous n'avez pas ce genre de liste, faites-en une ce soir.

— Une promesse contre la vie de mes hommes ? C'est tout ? s'esclaffe-t-il avec défiance. Et vous dites ne jouer à aucun jeu, mademoiselle Larson ?

— Si vous m'en faites la promesse, disons que j'ai le pouvoir de la renforcer.

— Oh, je n'en doute pas. On a un accord... aussi bancal soit-il, conclut-il sans trop comprendre.

— Parfait. Ah, j'oubliais... En guise de punition et de garantie : toutes les personnes en lien avec votre société, y compris votre famille, sont bannies à vie du Sanctuaire. Si elles tentent de pénétrer dans mon royaume, l'entrée leur sera refusée. Si elles s'introduisent sous une fausse appa-rence, je les tuerai. Suis-je bien claire ?

Ma parole, je blague pas ce soir.

— Oui, oui, peu importe.

— J'ai votre parole ?

— Oui.

La magie de la dimension pulse, et des filaments énergé-tiques foncent à la vitesse lumière pour se planter dans la poitrine des mercenaires. Pratique. Une puce magique pour que je puisse les localiser.

— C'était quoi ce bordel ?! s'écrie monsieur Henderson.

J'ouvre un portail derrière eux et les pousse dedans. Dès que j'entends le brouhaha dans le téléphone, j'annule le sort de pétrification qui les retient et referme le portail aussitôt. Owen se détache de moi, soulagé.

— C'était un plaisir, monsieur Henderson. Je vous souhaite une agréable soirée.

S'ils n'ont pas fait dans leurs frocs, je ne vois pas ce qu'il leur faut.

— Mademoiselle Larson, un instant ! me retient-il. Vous ne voulez pas savoir qui a guidé mes hommes dans votre royaume ?

Encore prise en flagrant délit d'oubli de questions importantes. Évidemment que je veux savoir.

— Puisque vous avez renvoyé mes employés sans les tuer, je vous offre cette information sur un plateau d'argent.

— Je suis tout ouïe.

— Eh bien, celui qui a accès à la boutique de magie et à votre portail permanent est le loup. Le petit ami. Andrew.

Chapitre Trente-Huit

Les yeux d'Owen s'arrondissent et tout ralentit autour de moi, comme si le temps se fragmentait en micro-secondes.

Une lourde masse me percute de plein fouet et m'envoie valdinguer. Un loup de cent kilos. Le téléphone exécute un vol plané, puis retombe, suivi de près par mon propre corps. Je m'écrase sur le sol dans un craquement. Ma tête rebondit contre le bois et un sifflement aigu me perce les tympans. Aïe. Je roule pour esquiver la patte griffue qui vise mon visage et relève les bras juste à temps pour protéger ma gorge des crocs féroces.

Bordel de merde.

Sous les grognements sauvages du loup, j'entends le rire lointain de monsieur Henderson.

L'attaque, qui me paraît interminable, ne dure en réalité

que quelques secondes avant que le loup ne soit arraché de moi et projeté dans les airs.

— Andy ? C'est Andy, pas vrai ? dis-je, sonnée.

Je vois flou, des lignes ondulées dansent devant mes yeux. J'ai dû me fêler le crâne pour montrer des signes de commotion cérébrale. Une grosse boule de poils noirs se précipite vers moi.

— Mardi, tu vas bien ? s'écrie maman en m'aidant à me redresser.

— Ça va, maman, murmuré-je avec un sourire forcé, tournant la tête pour faire tomber sa main glacée de ma joue.

Le fichu détecteur magique émet un signal sonore pour dénoncer mon mensonge. *Génial*. La magie ne me laisse même pas le loisir de me mentir à moi-même.

Je cligne des yeux et le flou se dissipe.

— Il m'a coupé le souffle, c'est tout. La magie du royaume va me remettre d'aplomb vite fait.

Ma voix est légère, presque insouciante, mais mon cœur cogne contre mes côtes. Je passe ma langue sur mes lèvres. Du sang. J'ai du sang dans la bouche. Et l'arrière de mon crâne m'élance.

Je baisse la tête pour cacher mon expression horrifiée. Un rire nerveux me gratte la gorge. J'ai juste envie de me rouler en boule sur le sol et de me marrer. Rigoler comme si mon monde ne venait pas de s'effondrer.

Debout. Lève-toi.

Mon estomac se retourne sous l'effet de la peur, et mon corps devient une chiffe molle. J'ai les membres en coton. Je me hisse sur les genoux, puis je tends le bras pour ramasser le téléphone avec ma main gauche.

— Merci pour l'info, monsieur Henderson, dis-je poliment avant de raccrocher.

Maman m'aide à me relever. Je serre le poing droit derrière mon dos.

— Ça va, Flash ? me demande Owen au milieu du vacarme que fait le loup brun en se débattant.

Il le tient par la peau du cou d'une poigne ferme.

— Oui, acquiescé-je miraculeusement avant que ma gorge se bloque.

Menteuse, ton nez s'allonge comme Pinocchio. La vieille rengaine résonne dans ma tête.

Mais Owen étant occupé à maîtriser Andy, il est facile de lui cacher la vérité. Et puis, c'est mon royaume, je peux distordre la réalité. Je m'assure que l'odeur de mon sang ne parvienne pas aux narines hypersensibles du métamorphe. Le chien de l'enfer pousse un grondement terrifiant et secoue le loup comme une peluche. Son bras gonfle sous l'effort, mais le poids d'Andy ne semble pas affecter le molosse.

— Andy ? souffle Diane, brisée. Pourquoi, Andy ? Pourquoi as-tu fait ça ?

Je serre les dents et il me faut toute ma volonté pour ne pas lâcher : « parce que c'est un connard ».

Jodie tente de réconforter notre sœur, tout en jetant un regard effrayé vers maman et moi. Ava et Heather ont disparu, mais je n'ai pas besoin de demander à la magie où elles sont. Papa garde l'entrée de mon bureau.

— Reprends forme humaine, ou je te brise la nuque, siffle Owen à l'oreille du loup d'une voix menaçante.

Et là, comme s'il revenait à lui, Andy arrête enfin de

lutter. Il baisse la tête, rentre la queue entre les pattes et se recroqueville.

Avec des yeux de chien battu et une bave rose qui dégouline de sa gueule, il observe notre coven furieux. La prise de conscience se lit peu à peu sur ses traits lupins. Il comprend qu'il a merdé.

Le loup redevient homme.

Heureusement pour tout le monde, Andy n'est pas à poil ; merci à la potion anti-strip-tease hors de prix offerte par le coven. Je reste silencieuse. Je n'ai pas le cœur de m'immiscer dans l'interrogatoire.

Une pensée m'obsède. Elle cogne contre les parois de mon crâne et je dois la repousser pour ne pas qu'elle jaillisse de ma gorge comme un cri déchirant.

— C'est toi qui as fait entrer les mercenaires, l'accuse Diane.

Elle repousse le bras de Jodie et, contre toute attente, s'avance. Toute la pièce la regarde avec étonnement.

Sa voix ne tremble plus. La douleur a laissé place à la rage.

— Tu les as amenés ici pour attaquer mon coven. Pourquoi ? Pourquoi t'as fait ça ?

Andy grimace alors qu'Owen resserre sa prise sur sa nuque. Un brasier danse dans les yeux de mon chien de l'enfer. Et oui... sa main s'embrase aussi, s'enveloppant de flammes bleues.

J'adore voir sa magie. Les circonstances sont terribles, mais je suis heureuse de pouvoir l'apercevoir encore une fois, et sûrement la dernière.

— J'en ai marre de toi et de ton coven fabuleux, génial, incroyable, qui me méprise comme si j'étais de la merde.

Sans vos potions, vous valez quoi ? Qu'est-ce que vous savez faire, hein ? C'était facile de te faire croire que je t'aimais. Un trou est un trou, pas vrai ?

Il lui fait un clin d'œil. À côté de moi, maman laisse échapper un bruit de dégoût.

Les paupières de Diane papillonnent, puis elle éclate de rire.

— Espèce de petit con narcissique. Et dire que je trouvais ta gaucherie presque touchante. T'es un bouffon. Qui t'a fait croire que c'était une bonne idée ? T'as pondu ce plan de génie quand exactement ?

Elle fait un geste vague, et d'un signe de tête, donne son accord à Owen. Sa main en feu se rapproche d'Andy. Une goutte de sueur glisse de la racine des cheveux du traître jusqu'à sa joue.

— C'est monsieur Henderson ! Tout vient de lui ! Il savait que je sortais avec toi. Quand tu m'as inclus dans le voyage vers le refuge, c'était l'occasion rêvée pour mettre le plan à exécution. Une petite combine bien juteuse. D'une pierre, deux coups. J'aurais enfin été débarrassé de toi, sans risquer de me faire démonter par ta salope de mère.

Maman lâche un souffle méprisant.

— Gagnant-gagnant. Jusqu'à ce que vous décidiez de changer d'endroit et de venir ici.

Il m'adresse un grand sourire de prédateur.

Il sait. Il sait ce qu'il a fait.

— Alors quand ta sœur, la bonne à rien, a parlé de créer un portail dans la boutique à l'heure du déjeuner, j'ai chopé le téléphone et lancé le plan. Tout s'est enchaîné très vite après ça.

Ah, donc ce n'était pas l'œuvre de l'hôte. C'est bon à

savoir, Andy n'est pas une victime, personne ne l'a manipulé. Il a agi de son propre chef.

Je garde ma main mordue cachée dans mon dos. Une minuscule goutte de sang s'écrase discrètement sur le sol. La magie du royaume l'efface aussitôt.

Andy me regarde de nouveau avec un sourire triomphant. Je n'en suis pas sortie indemne. Et aucune magie sur cette terre ne pourra me guérir. Andy m'a mordue sous sa forme de loup.

Il m'a mordue.

— Mardi, tu ouvres un portail ?

J'ai dû rater une partie de la conversation. Maman me caresse doucement la nuque pour attirer mon attention.

— Ton père et Owen vont livrer Andy à la guilde des chasseurs.

Je hoche la tête.

— Bien sûr, murmuré-je d'une voix cassée.

Je dois masquer mon désespoir, tenir jusqu'à leur départ.

J'ouvre le portail.

— Me laissez pas là-bas, je veux pas finir enfermé ! Diane, dis-leur de me buter ! Vous voulez pas me tuer ?

— Te tuer ? Non. Ce serait trop facile. Là où tu vas, mon vieux, ils vont te garder en vie très longtemps.

Owen secoue Andy comme un prunier pour illustrer son propos. Je suis soulagée de n'avoir rien dit à propos de la morsure. Owen lui aurait arraché la gorge ici même...

— Dis-lui, Mardi...

Mais Andy semble en être arrivé à la même conclusion.

Je pétrifie sa bouche pour le faire taire.

Ma respiration se hache. C'est peut-être mon imagination — j'ai toujours eu un côté mélodramatique —, mais la morsure me brûle, et j'ai l'impression de sentir la magie empoisonnée du métamorphe s'infiltrer dans mes veines.

— Je t'aime, papa.

Il m'embrasse sur la joue.

— Je t'aime aussi. Prends soin de ta sœur, d'accord ?

Je ne peux pas mentir, alors je hoche la tête.

Je me traîne jusqu'à Owen et murmure un au revoir silencieux.

— À bientôt. Fais attention. Merci pour ton aide.

Il me fait son sourire qui tue.

— Toujours.

Mon cœur saigne.

Pourquoi ? Pourquoi je n'ai pas droit à mon « happy end » ?

Je suis déjà morte, seulement mon corps ne le sait pas encore. Cette morsure minuscule va me tuer en moins de soixante-douze heures. C'est la dernière fois que je vois mon chien de l'enfer. Je ne veux pas qu'il me voie dépérir.

Je redresse le menton avec entêtement, alors que mon père et lui encadrent Andy en franchissant le portail.

Je t'aime. Je t'aime tellement. Je hurle en silence.

Juste avant la fermeture du portail, je plisse les yeux très fort et je tourne la tête pour ne pas voir la confusion naissante dans ses magnifiques yeux gris.

Je ne peux pas le regarder partir. J'en suis incapable.

Quand le portail se ferme, je le scelle pour qu'il ne puisse pas revenir. Je suis trop fière de ne pas avoir craqué.

Maintenant, j'ai une décision à prendre : fuir comme je l'ai fait des millions de fois avant, ou dire la vérité. Être honnête. Tout mon être me crie de fuir loin, de trouver un trou profond et sombre où me cacher et disparaître. Mais au fond de moi, égoïstement, je veux ma mère. Je veux Owen aussi, mais il est parti. Je veux tout. Avoir mon coven et Daisy à mes côtés.

Mon cœur hurle en silence pour que mon magnifique et courageux chien de l'enfer vienne à ma rescousse, qu'il retire ce poison de mes veines et me sauve.

Mais il ne le peut pas.

Un sanglot déchirant m'échappe. Je plaque ma main sur ma bouche, mais le son qui en sort n'a rien d'humain.

Je ne savais pas que le chagrin et la terreur faisaient ce bruit-là.

— Mardi, dis-moi ce qui se passe, je t'en prie.

— Maman, je suis désolée.

Quand je lui tends la main mordue, le sang coule de mon poignet.

CHAPITRE TRENTE-NEUF

S'ensuit un silence étrange, terrible.

Le genre de silence qui va traverser le temps et rester gravé dans leur mémoire à jamais, comme incrusté dans l'âme à coup de burin. Elles me fixent, tétanisées, et je ne sais pas comment les consoler. Diane est la première à réagir. Elle s'effondre d'un coup, comme une marionnette à qui on a coupé les ficelles. Puis elle ramène ses genoux contre elle et dodeline d'avant en arrière.

— Non. C'est pas possible. C'est un cauchemar. C'est pas vrai.

Maman reste figée. Ses yeux violets se plissent et, pendant un instant, une expression d'horreur et de compassion traverse son visage.

— Non. Pitié, non...

Je parie que t'es soulagée que ce soit moi. Et pas elles.

Jodie passe en mode infirmière. En une seconde, elle est face à moi, prend mon poignet glacé entre ses mains chaudes. Elle palpe avec précaution la peau autour de la morsure. La zone est engourdie. Tant mieux, ça fait pas mal. Même si ne rien sentir est sûrement un très mauvais signe.

Elle roule la manche de mon pull jusqu'au coude. Sa respiration se bloque, elle déglutit. Je baisse les yeux. La seule raison pour laquelle je ne lâche pas une bordée de jurons, c'est par respect pour Diane. Je ne veux pas l'anéantir encore plus. Je ravale mon cri de panique.

Une toile d'araignée rouge part de la morsure. Elle se mêle aux volutes argentées sur mon poignet. Sur ma peau pâle, l'effet est affreux. Là où les fils rouges de la toile touchent les spirales d'argent, ils noircissent. Ça n'augure rien de bon. Jodie me regarde avec ses grands yeux bruns pleins de compassion. Sa tristesse est si grande que, l'espace d'un instant, j'ai l'impression d'être déjà morte.

Derrière nous, Diane pousse un cri.

— Aide-la, chuchoté-je.

— D'accord, répond Jodie tout aussi bas.

On sait toutes les deux qu'elle ne peut rien faire. Je suis sûre qu'elle a vu ce genre de cas des dizaines de fois, sous d'autres formes. Je secoue le bras pour que ma manche retombe et couvre mon poignet.

Jodie s'accroupit à côté de Diane. Elle sort un sac noir que je reconnais tout de suite et qui m'arrache un faible sourire. C'est la dimension miniature que j'ai créée pour elle. Elle en extrait plusieurs potions.

— Je vais te donner un truc pour t'aider à tenir le coup.

— Pourquoi tu ne t'occupes pas de Mardi ? murmure maman.

Jodie secoue la tête, puis fait sauter le bouchon d'une fiole lilas. Diane, en larmes, avale docilement une gorgée.

Je m'approche, prête à aider et...

Je le reconnais à sa chaleur. Avant d'avoir le temps de me retourner, un bras solide m'enlace et prend doucement mon bras droit.

— Tu pensais vraiment pouvoir me le cacher ? me murmure-t-il à l'oreille en caressant la peau au-dessus de la morsure. Tu croyais que je ne verrais pas la douleur, la peur dans tes yeux ? Que je ne remarquerais pas la détresse de la femme que j'aime ?

— Owen.

Ma voix se brise. Je me retourne et enfouis mon visage contre son torse. *Il ne m'a pas abandonnée.* Le masque d'indifférence et de bravoure absurde que je portais vole en éclats. Je pensais que souffrir et pleurer en silence, c'était être forte. *J'avais tort.*

Il me serre contre lui pendant que j'éclate en sanglots. Sa grande main me caresse les cheveux, l'autre me frotte doucement le dos. Il émet des petits sons de gorge apaisants. Quand j'ai bien trempé sa chemise et vidé tout mon sac de larmes, je lève les yeux.

— T-tu m'aimes ?

Ses yeux se plissent aux coins.

— Depuis que tu t'es traînée jusqu'aux toilettes avec ton pantalon sur les chevilles.

J'éclate de rire. Un rire affreux, éraillé, moche. Mais je m'en fous.

— Moi aussi, je t'aime. Tellement, tellement fort, déballé-je.

Et puis, je me souviens que ça ne suffira pas.

— Je ne veux pas te quitter.

— Tu crois vraiment que je vais te laisser mourir sans me battre ?

Il essuie mes traces de larme du bout des pouces, puis s'accroupit pour se mettre à ma hauteur.

— Écoute-moi bien, Mardi Larson. Je t'ai vue faire des choses qu'on ne trouve que dans les vieux grimoires. Des trucs impossibles. Tu as pigé en quelques jours une magie que d'autres mettent toute une vie à maîtriser. Alors retiens bien ce que je vais te dire, c'est important. C'est ton royaume. Avec tes règles. Celles de la Terre ne s'appliquent pas ici. C'est pour ça que tu peux créer ce que tu veux, faire apparaître des choses à partir de rien. C'est pour ça que tu peux *guérir* des créatures qu'on croyait condamnées. Tu ne vas *pas* mourir.

— Je ne vais pas mourir ?

— Non. J'ai une foi totale en toi. Je sais, au fond de moi, que tu as le pouvoir de te guérir. Ce n'est pas la fin.

Il colle son front contre le mien.

— Je veux qu'on ait notre *happy end*, grogne-t-il.

Foutues larmes. J'avale la boule énorme qui me bloque la gorge. Sa logique bizarre se tient, mais une morsure de métamorphe est cent pour cent fatale.

Comment survivre à un mal mortel ?

— C'est une idée géniale, s'enthousiasme Jodie, en se relevant.

Diane, amorphe, glisse sans force contre ses jambes.

— Utilise la magie du métamorphe en l'absorbant et en la mêlant à la tienne. Owen a raison. Personne n'a jamais vu un être comme toi. Je suis sûre que tu es différente des autres hôtes.

— Tu m'étonnes. Ils ressemblent à des elfes. Moi, je suis une sorcière.

— Exactement.

— T'es bien trop tenace pour mourir, aboie Maman.

Elle a les yeux rouges d'avoir pleuré en silence, le visage bouffi. Ses cheveux partent dans tous les sens. Je ne l'ai jamais vue dans un tel état. D'une voix plus douce, elle m'adresse une supplique :

— Dis-nous ce qu'il te faut. Nous allons t'aider.

— Maman, qu'est-ce qui se passe ? murmure Heather. Je ne comprends pas.

Oh non.

Je grimace. Je ne les ai pas vues revenir à la réception. La culpabilité m'assaille soudainement. Je n'avais pas prévu que la fillette l'apprenne comme ça. Je ne voulais pas qu'elle sache avant que je sois partie. Elle mérite de l'apprendre par sa tante. De voir que, même la peur au ventre, je garde ma dignité.

— Je suis désolée, Heather. Andy m'a mordue sous sa forme animale. Et comme on nous l'apprend à l'école des sorcières, cette morsure est mortelle pour les femmes.

Encore une fois, le silence s'installe. Heather encaisse la nouvelle.

— Mais tu vas te battre, Tati ? Tu vas pas laisser la magie du métamorphe gagner ?

Je secoue la tête, soudain regonflée à bloc. Il faut juste que j'aie foi en moi.

— Non. Je ne vais pas laisser la magie du métamorphe gagner. Je suis une Larson.

— Oui, approuve Heather.

— Pardonne-moi. Pardonne-moi de ne pas avoir été assez rapide.

Je pivote sur les orteils et regarde mon chien de l'enfer.

— Te pardonner de ne pas avoir une boule de cristal, tu veux dire ? Owen, des choses horribles arrivent. Ça, dis-je en lui agitant mon poignet sous le nez, ce n'est pas de ta faute. Ni celle de Diane. C'est ce connard d'Andy qui m'a attaquée. Il visait ma gorge et il a fini par me mordre au poignet. Arrête de t'en vouloir et accuse le vrai coupable : lui. Ce salopard prétentieux...

Je tape dans mes mains.

— Bon, c'est l'heure de faire dodo. Hop, tout le monde au lit. Je suis crevée et j'arrive plus à réfléchir avec tout ce chialage.

Diane lâche un petit rire entre deux reniflements.

— T'es pas possible. Tu prends les choses au sérieux, parfois ?

— Jamais. Et c'est pas maintenant que je vais commencer. J'aurai besoin de ton cerveau brillant et de tes talents de sorcière demain matin. Donc tu files te reposer. À plus tard.

Je déverrouille le portail pour que mon père puisse revenir après avoir livré Andy. Je vérifie aussi que Jeff est bien parti.

— Tu ne vas rien faire de stupide, n'est-ce pas ?

— Non, maman, mens-je, ignorant le ping magique. Au fait, excuse-moi pour les crayons de couleur.

— Pas la peine, ça m'a relaxée de colorier. Bon, peut-être que le cahier de coloriage d'insultes, c'était un peu fort. Mais tu as fait passer ton message.

— C'était un cahier de gros mots ? Ça existe ce truc ? Contente que ça te plaise.

Je souris. Maman hoche la tête en aidant Diane, toujours aussi flageolante, à se relever.

— Je suis mal, tellement mal que mon horrible petit copain t'ait blessée... tuée. Je t'aime, petite sœur, gémit Diane, la tête ballottant bizarrement.

— Stop. Je ne suis pas encore morte, alors arrête de me regarder comme si j'avais clamsé. Sinon, je vais psalmodier le mot *cerveaux* et marcher comme une zombie.

Heather ouvre la bouche. Je lève une main.

— Non, je ne me transforme pas en zombie. C'est une blague. Pfiou. Diane, tu ne peux pas contrôler les actes d'un autre. Il est le seul coupable. Et moi, j'ai commis l'erreur de mettre ma main au mauvais endroit.

Je suis si heureuse qu'ils soient tous en bonne santé. Ça aurait pu finir bien plus mal.

— J'ai pas eu de bol, c'est tout. Allez, maintenant on va se coucher.

— Je vais le tuer, siffle Diane qui s'éloigne en vacillant, soutenue par maman et Jodie.

— Non, tu vas pas le tuer. Laisse-le pourrir dans une cellule. Il ne mérite pas une mort rapide, réplique Jodie.

— Je le tuerai lentement, grogne Diane.

— Pas ce soir. Ce soir, tu vas dormir. Et demain, tu vas aider notre sœur.

— Évidemment, je vais aider Mardi. Je vais arranger ça. Mais il n'y a aucune chance que je ferme l'œil cette nuit.

— Normal. Mais t'en fais pas, j'ai une merveilleuse potion pour ça.

— À demain matin, Tatie Mardi.

— Bonne nuit, Heather.

La porte du couloir se referme doucement.

— Bon, maintenant que tu t'es débarrassée de ton coven, qu'est-ce qu'on va faire ? demande Owen quand on se retrouve seuls. Je sais que tu vas pas dormir quand tu fais cette tête-là.

— Quelle tête ?

— Celle qui annonce les bêtises et les ennuis.

— Oh.

Je hausse les épaules. Que répondre à ça ? En réalité, avec ma mort qui plane, je suis plus en train de me chier dessus que de préparer une bêtise. Mais bon, son effort pour détendre l'ambiance me touche.

— Alors, qu'est-ce qu'on fait, Flash ?

Depuis le début de cette aventure mouvementée, j'ai toujours eu l'impression que la magie me montrait le chemin. Et j'en suis venue à la conclusion que ce royaume a autant besoin de moi que j'ai besoin de lui. Alors, pourquoi ne pas demander au royaume ce que je dois faire ? La réponse tombe, comme une évidence.

— Je vais me rendre au cœur du royaume et tu vas m'aider.

— Ensemble ?

— Oui, ensemble.

Il m'embrasse tendrement la joue.

— Tes journées ne sont jamais banales, hein ?

— Non.

Et si je m'en sors, je crois que je ne vivrai plus jamais rien de « normal ».

— Je sens la magie étrangère en moi, Owen. Elle me dévore de l'intérieur.

Je frotte mon épaule, souffle un grand coup et retrousse mes manches. La toile d'araignée rouge a gagné du terrain.

Elle me démange jusqu'à l'épaule, pulse et menace de rejoindre mon cœur.

— C'est la guerre dans mon corps. Je crois qu'il me reste moins d'une heure.

— Une heure ?

Owen passe la main sur son front, puis la plaque contre sa bouche.

— Qu'est-ce que je peux faire ?

— Aller chercher Daisy ?

Ma voix se brise en prononçant son nom. Je déglutis plusieurs fois, tousse pour me dégager la gorge.

— Et après, on ira au lac ?

J'ai peur que le fait de *stepper* aggrave le poison.

Aussi, lorsqu'Owen revient avec Daisy, il nous soulève et nous porte toutes les deux dehors.

Chapitre Quarante

La nuit est calme et chaude. Les bras autour de son cou, les jambes enserrant sa taille, je me blottis contre Owen, qui me porte avec une infinie délicatesse. Daisy, calée sur ses épaules, ne me quitte pas des yeux. Elle pousse de petits cris inquiets, et de temps en temps, me touche le bras ou la joue. J'ai du mal à soutenir son regard.

Je n'ai jamais vu un ciel nocturne aussi beau. Je renverse la tête pour contempler l'obscurité et les millions d'étoiles scintillantes, ces points de lumière incandescente tournoyant au-dessus de nous en une spirale vertigineuse. On dirait qu'elles nous suivent. Peut-être qu'elles le font ? Après tout, ce sont mes étoiles.

Même en me portant, ses pas sont silencieux. Mon chien de l'enfer se déplace comme un fantôme. On dirait qu'il flotte. Ses pieds effleurent à peine le sol.

Fascinée par le ciel et la fluidité de son mouvement, je me laisse bercer jusqu'au lac, qu'on atteint rapidement. Owen a choisi le bon endroit : là où on avait pique-niqué, près du ponton et de notre barque. Il s'installe dans l'herbe, et mes jambes glissent de chaque côté de ses hanches.

Il me repositionne avec soin. Mon corps est une guimauve, je ne contrôle plus mes membres.

Mes pensées se dispersent. Ah, la peur, ma vieille pote. Tu ne me ridiculiseras pas cette fois, mon corps est trop en vrac pour réagir. Mon cœur bat au ralenti, même pas fichu de s'affoler alors que mon cerveau panique.

Depuis quelques minutes, respirer devient de plus en plus laborieux. Je n'ai pas mal, mais l'engourdissement qui se propage m'inquiète sérieusement.

Ce n'est surtout pas le moment de perdre mon sang-froid. Sinon, je vais passer mes dernières minutes à flipper au lieu de trouver une solution.

Quand j'étais petite, j'ai eu une crise d'appendicite. Ils ont dû m'opérer. Je me souviens du moment où l'infirmière m'a administré la potion d'anesthésie. Je la sentais brûler et se répandre dans mes veines. Je percevais le goût du sortilège sous ma langue, emplissant ma bouche de son amertume.

Là, c'est un peu pareil. Comme un monstre froid qui s'enroule autour de mes poumons, qui injecte son poison dans mon sang. Je suis glacée.

Owen soutient l'arrière de ma tête tandis que Daisy s'approche en silence, ses ailes dorées nous effleurant tous les deux.

— Mardi, dit Owen, brisant le silence pesant.

— Prends-moi dans tes bras. S'il te plaît, si ça ne marche pas...

— Ça va marcher, affirme le chien de l'enfer.

— Je t'aime, sifflé-je.

Putain, parler sans pouvoir respirer, c'est un calvaire.

— Je suis désolée qu'on n'ait pas eu plus de temps, m'essoufflé-je. Je sais que c'est beaucoup demander, mais… s'il te plaît… veille sur Daisy. Elle est… mon cœur.

— Flash…

— Merci de ne pas être parti même quand t'aurais pu. Merci d'être resté.

— Ne me remercie pas. Et ce n'est pas la fin, murmure-t-il d'une voix rauque, les yeux embués. Je crois en toi. Tu peux le faire.

Il est si fort, mon chien de l'enfer.

— D'accord…

Je me colle contre sa poitrine et j'écoute les battements réguliers de son cœur. Guidée par le son, je ferme les yeux et lâche prise.

Je tombe.

Je bascule dans la magie et la vitalité du royaume m'accueille en son sein. Mon âme s'extirpe de mon enveloppe charnelle au bord du trépas. Je perçois mon essence qui évolue entre les dimensions, arrivant au croisement des mondes.

Il fait si noir. Un caisson d'isolation sensorielle. Le silence occupe tout l'espace et s'étire à l'infini. J'ai beau concentrer mon ouïe, je n'entends pas un bruit. J'ai beau forcer sur ma rétine, aucune lueur ne perce l'obscurité. Rien n'existe.

J'ai commis une erreur ?

J'étais supposée atterrir au cœur du royaume, pas là. Pas dans le néant. Un souffle passe. J'enlace le corps qui n'existe plus. Mon âme meurtrie vacille tandis qu'un pouvoir immense flotte au-dessus de ma forme éthérée. Puis la douleur. Toutes mes anciennes blessures me foudroient, me mettent en pièces.

L'heure du jugement dernier.

Ma vie défile sous mes yeux. Tous mes péchés sont épinglés, exposés, passés à la loupe. Devant moi défile le cortège ignoble, macabre, de mes fautes passées.

Je découvre des moments de souffrance dont je suis à l'origine, des moments empreints de méchanceté que j'avais oubliés. Dieu merci, ils ne sont pas nombreux. Mais les mots blessent et les actes restent. Un mur de la honte que je peine à regarder en face.

Je me fais juger. Verdict : insuffisante.

Je ne suis pas suffisamment digne du paradis mystique ni suffisamment digne de brûler dans les flammes de l'enfer. Ni bonne ni mauvaise. Sans mots, une force supérieure entre en communication avec moi par le langage sensoriel. Il me reste encore beaucoup à accomplir. Un choix s'offre à moi : purger la magie de métamorphe ou l'embrasser.

Ce choix m'est imposé avec la connaissance du futur ; les problèmes et la douleur qui m'attendent. Entêtée, j'opte pour le chemin le plus épineux, qui s'accompagne toutefois de la meilleure récompense possible.

Je suis refaçonnée.

On me remodèle en un être différent, que j'étais destinée à être depuis toujours. Plus qu'une simple hôte, plus qu'une simple sorcière.

Tout ce que j'ai appris, y compris mon choix, est arraché de mon esprit. Aucune trace de mon séjour au purgatoire. Sans ménagement, je suis renvoyée dans mon corps.

Une douleur indescriptible m'assaille.

Une magie foisonnante de couleurs me bombarde, s'écoule dans mes veines. Un étrange enchaînement de saveurs m'emplit la bouche. Fruit, concombre frais, roche volcanique... Daisy ? Lorsque les goûts s'estompent, une magie verte se joint à celle du royaume, balayant la souffrance et les ténèbres qui s'accrochent à moi. Le pouvoir familier. La magie de Daisy se mêle à la mienne et à celle du royaume. Elle s'engage dans la lutte contre les limbes qui persistent.

Tout se fige, s'arrête soudainement lorsque j'entends une voix.

— Allez, respire. Putain, t'as pas intérêt à nous claquer entre les mains.

Qu'est-ce que c'est ?

Je sens une pression sur ma poitrine.

— Pitié, ne lâche pas. Je t'aime.

L'anneau à mon doigt trace un chemin ardent le long de mon bras.

Mon corps s'électrise.

La magie explose en moi. Enfin, la magie de métamorphe m'appartient.

Puis j'inspire un grand coup.

— Je l'ai ramenée. Elle respire, lâche une voix rauque.

Jodie. Cette maligne a dû s'éclipser et nous suivre, pressentant que j'aurais besoin de son aide. Mes paupières papillonnent.

— Refais jamais ça !

Elle frappe mon bras flagada avant de fondre en larmes.

— Trois minutes. Tu as arrêté de respirer pendant trois minutes, renifle-t-elle.

— Désolée…, coassé-je.

— L'anneau autour de ton doigt s'est illuminé, on aurait dit que tout le royaume retenait sa respiration. La morsure à ton poignet et les marques rouges s'effaçaient, mais elles n'ont disparu totalement que lorsque Daisy est entrée en contact avec toi. Mardi, ta dragonnette est devenue un néon vert flippant, à peu près au moment où t'as arrêté de respirer…

Ma sœur continue de piailler. Mon chien de l'enfer est à côté de moi, caressant mon visage et mes cheveux. Je n'arrive pas à me concentrer sur lui, je vois trouble.

— … Je te faisais un massage cardiaque, et j'étais sur le point de lancer un sort défibrillateur.

Je remue les doigts. Au moins, je ne suis plus engourdie. J'inspire à pleins poumons. Ah, je peux respirer sans difficulté. Un oxygène bienvenu s'infiltre dans mes poumons. Je suis vivante. J'ai réussi.

Alors pourquoi je me sens encore barbouillée ? Je fronce les sourcils, pensive.

Cette nouvelle magie s'imprègne dans mon corps, faisant vibrer toutes les cellules qui relient mon être — celles qui m'ont façonnée. Avec l'aide de Jodie et d'Owen, je me relève et lève une main incertaine vers mon visage. La vibration dans mon corps s'intensifie, ma main droite picote.

Le temps paraît ralentir. Un frisson dresse le duvet sur ma peau. Ma vision s'affine. Avec une fascination morbide, j'épingle mon regard aux minuscules lambeaux de peau qui se détachent de ma main pour se mettre à flotter. Effarée, je me demande si quelqu'un d'autre est témoin de ce phénomène. C'est quoi ce truc ?!

La forme de mes doigts disparaît en premier. Cela ne

fait pas mal et les cellules ne s'éloignent pas ; elles planent au-dessus de moi comme une sorte d'essaim magique.

Le temps s'accélère. Cette désintégration ne se limite plus à ma main, mais s'attaque à tout mon bras. La seconde d'après, j'ai l'impression d'être une dune de sable. Tout mon être s'égrène.

Puis, plus rien.

Le noir absolu.

Un ploc étrange résonne dans mes oreilles, et tout redevient normal. Euh, bizarre... et un peu décevant. C'est le manque d'oxygène qui fout mes méninges en l'air ? Peut-être qu'après tout ce qui m'est arrivé, les plombs ont sauté ?

Je remets ma main devant mon visage pour reluquer la morsure et... Oh, ce n'est pas une main. Oh-oh. C'est une patte, poilue... violette !

Jodie et moi partageons un hoquet de stupeur.

Owen lâche un rire étonné que mon oreille gauche capte en se tournant vers lui. Sans déconner, la sensation la plus bizarre au monde. Je ne vais même pas parler de ma queue, parce que dès que je le regarde, elle se met à frétiller !

Je me redresse sur mes quatre pattes. Mes oreilles poussent de chaque côté de ma tête pendant que je titube.

— T'es violette ! Ta fourrure est violette. J'en reviens pas, t'es une louve ! Bordel, attends que maman voie ça, débite Jodie.

Ce dernier rappel raidit mes cellules qui vibrent de panique. Ma mère va me trucider. Et puis, je me retrouve à trembler, nue comme un ver.

Est-ce que ça s'est vraiment passé ?

On me glisse un haut sur la tête et la chaleur

corporelle qui s'accroche au tissu m'engloutit. Le parfum de cannelle vanillée règne autour de moi et m'étourdit. Mon odorat est... waouh. Il me donne le sentiment d'avoir vécu avec le nez pris toute ma vie et de pouvoir enfin respirer pour de vrai. Owen est là, sa peau noire et magnifique tendue sur ses muscles saillants.

— Salut, murmuré-je.

— Salut, répond-il.

J'oblige mes yeux à quitter les muscles qui vallonnent son abdomen. Son œil gris capture le mien, brille ; il a pleuré. Oh Owen...

— Je suis désolée de t'avoir effrayé. Est-ce que je me suis...

Le flot de paroles s'interrompt. Je fixe mes mains comme si je les découvrais pour la première fois. Mon pouce s'attarde sur l'anneau qui n'a pas quitté mon doigt. Même en me transformant, cette saloperie ne me lâche pas. En me transformant... Mes pieds nus gigotent dans l'herbe et un rire hystérique m'échappe.

— Transformée ? Ouais.

— Oh, par la barbe de Merlin.

Daisy détale avant de bondir sur ma poitrine. Quand je la réceptionne, je me réjouis que la transformation ait supprimé les blessures et la douleur. Je la serre dans mes bras et je picore son visage écailleux de baisers affectueux.

— C'est qui la fifille intelligente avec sa magie verte ?

— T'es vivante, j'arrive pas à y croire ! Et tu t'es transformée en louve !

Daisy proteste en voyant Jodie me passer au rouleau compresseur dans ses bras. Je parviens à extirper une main de son câlin étouffant, aussitôt saisie par Owen. Je presse sa grande main chaude qui presse la mienne en retour.

Jodie s'éloigne en tapotant mon bras.

— Je crois que j'ai besoin d'un shot de cette potion que j'ai filée à Diane. Il va me falloir un an avant de me calmer, dit-elle en se frottant le visage. Par les sept enfers, j'ai l'impression d'avoir pris dix ans dans la gueule !

Elle remarque nos mains entrecroisées et sourit.

— Bon, ça suffit. J'ai eu ma dose d'excitation pour la soirée. Je vous laisse, les gars. Je vais pioncer un peu.

Daisy bâille si fort que j'entrevois ses amygdales.

— Elle est trop chou, glousse Jodie. Si tu veux, je l'emmène avec moi. Tu veux dormir avec Tatie Jodie ce soir ?

Je hausse les épaules. Daisy laisse ma sœur la prendre dans ses bras. Tête dressée, raide comme un bâton, ses ailes ouvertes conservent un drôle d'angle signifiant « Je te laisse me toucher, mais j'aime pas ça. » Ses yeux se tournent vers nous, à regret. Elle plisse le museau, puis exprime son mécontentement par un gémissement. Quand Jodie la berce, c'en est fini de sa révolte. À nouveau, elle bâille puis se détend, octroyant une permission temporaire.

Ma dragonnette est lessivée.

— Merci, sœurette. À demain.

Nous les observons regagner l'hôtel. Je ne veux pas les *stepper* sans avoir testé ma magie d'abord.

Owen m'attire dans ses bras et me serre contre lui. J'enfouis mon visage dans son torse doux comme de la soie, tandis qu'il repose son menton sur mon crâne.

— T'es belle en louve.

— Je suis une mordue qui peut se transformer, la première femme à avoir survécu, murmuré-je. La première de mon espèce. Ce sera un cauchemar quand le monde l'apprendra. Ils vont vriller.

— Ils vont se demander si le Sanctuaire est une réponse à notre extinction, si ce qui t'est arrivé est la clé de la survie des métamorphes.

— Non, grogné-je. Ce sera surtout le déchaînement de l'enfer dans nos vies. Owen, des fous vont se pointer.

— Laisse-les venir. On leur fera leur fête. Les prédateurs sont les bienvenus. Tu n'es pas une simple métamorphe, et moi non plus. Et je n'ai pas l'intention de partir.

— T'es sûr de pas vouloir botter en touche ?

Il me lance un sourire ravageur.

— Sûr et certain.

— Alors on va vraiment se lancer ? Gérer l'hôtel ? Et ton boulot ?

— C'est toi ma priorité. Alors, ouais on va jouer les hôteliers.

Un asile pour tous les marginaux et les rebelles. Ça me plaît.

— Hé, Flash, me ferais-tu l'honneur d'un sprint ?

Hein ? Je recule légèrement et le regarde en clignant des yeux.

— En... en loup ? bégayé-je.

Ses yeux gris flambent et un sourire fait rayonner son visage.

— Go !

En un instant, ses vêtements se retrouvent par terre, et un grand loup noir gambade dans l'herbe. Il s'arrête et tourne la tête, se fendant d'un sourire canin d'où sa langue pendouille.

Répondant à ses joyeux jappements, je me transforme et, sur mes membres flageolants, le rejoins.

Chers lecteurs, chères lectrices,

Tout d'abord, je tiens à vous *remercier* d'avoir donné une chance à mon roman. C'est déjà mon quatrièmelivre ! Waouh, j'ai encore réussi. J'espère qu'il vous a plu. Si c'est le cas et que vous avez deux minutes, je vous serais *très* reconnaissante de laisser un avis.

Chaque avis compte *énormément* pour un auteur — surtout pour moi, qui débute encore — et le vôtre pourrait inciter d'autres lecteurs à découvrir mon livre. Cela me toucherait énormément et m'encouragerait à continuer d'écrire.

Merci mille fois !

Ah, et il est possible que je choisisse votre avis pour ma campagne de promotion. Vous imaginez ? Trop classe !

Avec toute mon affection,

Brogan x

À PROPOS DE L'AUTEUR

Brogan vit en Irlande avec son mari et leurs onze enfants poilus : cinq greffiers touffus des ténèbres (alias ses chats), quatre chiens de l'enfer et deux licornes traditionnelles (des Irish cobs robustes à la crinière fournie).

En 2019, elle a décidé de laisser libre cours à ses délires en écrivant sur les personnages imaginaires qui peuplent son esprit. Son premier amour, et son chouchou parmi ses animaux, est Bob, son cob adoré, suivi de sa passion pour la lecture. Hors temps de lecture et d'écriture, on peut la trouver enfoncée jusqu'aux genoux dans du crottin de cheval et de la fourrure, ignorant royalement toutes ses responsabilités d'adulte.

WWW.BROGANTHOMAS.COM

Créatures de l'Autre Monde

La malédiction de la louve (Forrest)

La malédiction de la démone (Emma)

La malédiction de la vampire (Tru)

La malédiction de la sorcière (Tuesday)

La malédiction de la faë (Pepper)

La malédiction de la dragonne (Kricket)

www.ingramcontent.com/pod-product-compliance
Lightning Source LLC
Chambersburg PA
CBHW050612170726
48283CB00001B/211